Rainer Maria Rilke, geboren am 4. Dezember 1875 in Prag, ist am 29. Dezember 1926 in Valmont (Schweiz) gestorben.

Rilkes *Aufzeichnungen des Malte Laurids Brigge*, das Dokument einer existentiellen Krise wie einer Krise der Kunst, ist neben seinen Gedichten aus den späten Jahren (insel taschenbuch 1178) das Werk, das der Gegenwart immer näher kommt und nicht vor ihr ins Historische sich entfernt. Sein Tagebuchroman ist eines der ersten großen Werke der literarischen Moderne. Motive und Musikalität der Sprache, Impressionen und in sich abgeschlossene Texte ersetzen den herkömmlichen Handlungsgang eines Romans. »Ich habe gesehen« und »ich fürchte mich« – das sind zwei leitmotivische Sätze, die sich durch die Aufzeichnungen ziehen.

»Das Buch ist geheimnisvoll, weil es um ein verborgenes Zentrum kreist, dem sich der Autor nicht hat nähern können. Dieses Zentrum ist Maltes Tod, oder der Augenblick seines Zusammenbruchs. Der ganze erste Teil des Buches kündigt ihn an, alle Erfahrungen streben darauf hin, unterhalb des Lebens als Beweis der Unmöglichkeit dieses Lebens einen bodenlosen Raum zu öffnen, in den er gleitet, fällt, aber dieser Sturz ist uns verborgen.« *Maurice Blanchot*

insel taschenbuch 1640
Rainer Maria Rilke
Malte Laurids Brigge

RAINER MARIA RILKE

DIE AUFZEICHNUNGEN DES MALTE LAURIDS BRIGGE

INSEL

insel taschenbuch 1640
Erste Auflage 1994

Hinweise zu dieser Ausgabe am Schluß des Bandes
Vertrieb durch den Suhrkamp Taschenbuch Verlag
Umschlag: Michael Hagemann
Druck: Ebner Ulm
Printed in Germany

1 2 3 4 5 6 – 99 98 97 96 95 94

DIE AUFZEICHNUNGEN
DES MALTE LAURIDS BRIGGE

11. September, rue Toullier.

So, also hierher kommen die Leute, um zu leben, ich würde eher meinen, es stürbe sich hier. Ich bin ausgewesen. Ich habe gesehen: Hospitäler. Ich habe einen Menschen gesehen, welcher schwankte und umsank. Die Leute versammelten sich um ihn, das ersparte mir den Rest. Ich habe eine schwangere Frau gesehen. Sie schob sich schwer an einer hohen, warmen Mauer entlang, nach der sie manchmal tastete, wie um sich zu überzeugen, ob sie noch da sei. Ja, sie war noch da. Dahinter? Ich suchte auf meinem Plan: Maison d'Accouchement. Gut. Man wird sie entbinden – man kann das. Weiter, rue Saint-Jacques, ein großes Gebäude mit einer Kuppel. Der Plan gab an Val-de-grâce, Hôspital militaire. Das brauchte ich eigentlich nicht zu wissen, aber es schadet nicht. Die Gasse begann von allen Seiten zu riechen. Es roch, soviel sich unterscheiden ließ, nach Jodoform, nach dem Fett von pommes frites, nach Angst. Alle Städte riechen im Sommer. Dann habe ich ein eigentümlich starblindes Haus gesehen, es war im Plan nicht zu finden, aber über der Tür stand noch ziemlich leserlich: Asyle de nuit. Neben dem Eingang waren die Preise. Ich habe sie gelesen. Es war nicht teuer.

Und sonst? ein Kind in einem stehenden Kinderwagen: es war dick, grünlich und hatte einen deutlichen Ausschlag auf der Stirn. Er heilte offenbar ab und tat nicht weh. Das Kind schlief, der Mund war offen, atmete Jodoform, pommes frites, Angst. Das war nun mal so. Die Hauptsache war, daß man lebte. Das war die Hauptsache.

Daß ich es nicht lassen kann, bei offenem Fenster zu schlafen. Elektrische Bahnen rasen läutend durch meine Stube. Automobile gehen über mich hin. Eine Tür fällt zu. Irgendwo klirrt eine Scheibe herunter, ich höre ihre großen Scherben lachen, die kleinen Splitter kichern. Dann plötzlich dumpfer, eingeschlossener Lärm von der anderen Seite, innen im Hause. Jemand steigt die Treppe. Kommt, kommt unaufhörlich. Ist da, ist lange da, geht vorbei. Und wieder die Straße. Ein Mädchen kreischt: Ah tais-toi, je ne veux plus. Die Elektrische rennt ganz erregt heran, darüber fort, fort über alles. Jemand ruft. Leute laufen, überholen sich. Ein Hund bellt. Was für eine Erleichterung: ein Hund. Gegen Morgen kräht sogar ein Hahn, und das ist Wohltun ohne Grenzen. Dann schlafe ich plötzlich ein.

Das sind die Geräusche. Aber es giebt hier etwas, was furchtbarer ist: die Stille. Ich glaube, bei großen Bränden tritt manchmal so ein Augenblick äußerster Spannung ein, die Wasserstrahlen fallen ab, die Feuerwehrleute klettern nicht mehr, niemand rührt sich. Lautlos schiebt sich ein schwarzes Gesimse vor oben, und eine hohe Mauer, hinter welcher das Feuer auffährt, neigt sich, lautlos. Alles steht und wartet mit hochgeschobenen Schultern, die Gesichter über die Augen zusammengezogen, auf den schrecklichen Schlag. So ist hier die Stille.

Ich lerne sehen. Ich weiß nicht, woran es liegt, es geht alles tiefer in mich ein und bleibt nicht an der Stelle stehen, wo es sonst immer zu Ende war. Ich habe ein Inneres, von dem ich nicht wußte. Alles geht jetzt dorthin. Ich weiß nicht, was dort geschieht.

Ich habe heute einen Brief geschrieben, dabei ist es mir aufgefallen, daß ich erst drei Wochen hier bin. Drei Wochen anderswo, auf dem Lande zum Beispiel, das konnte sein wie ein Tag, hier sind es Jahre. Ich will auch keinen Brief mehr schreiben. Wozu soll ich jemandem sagen, daß ich mich verändere? Wenn ich mich verändere, bleibe ich ja doch nicht der, der ich war, und bin ich etwas anderes als bisher, so ist klar, daß ich keine Bekannten habe. Und an fremde Leute, an Leute, die mich nicht kennen, kann ich unmöglich schreiben.

Habe ich es schon gesagt? Ich lerne sehen – ja, ich fange an. Es geht noch schlecht. Aber ich will meine Zeit ausnutzen.

Daß es mir zum Beispiel niemals zum Bewußtsein gekommen ist, wieviel Gesichter es giebt. Es giebt eine Menge Menschen, aber noch viel mehr Gesichter, denn jeder hat mehrere. Da sind Leute, die tragen ein Gesicht jahrelang, natürlich nutzt es sich ab, es wird schmutzig, es bricht in den Falten, es weitet sich aus wie Handschuhe, die man auf der Reise getragen hat. Das sind sparsame, einfache Leute; sie wechseln es nicht, sie lassen es nicht einmal reinigen. Es sei gut genug, behaupten sie, und wer kann ihnen das Gegenteil nachweisen? Nun fragt es sich freilich, da sie mehrere Gesichter haben, was tun sie mit den andern? Sie heben sie auf. Ihre Kinder sollen sie tragen. Aber es kommt auch vor, daß ihre Hunde damit ausgehen. Weshalb auch nicht? Gesicht ist Gesicht.

Andere Leute setzen unheimlich schnell ihre Gesichter auf, eins nach dem andern, und tragen sie ab. Es scheint ihnen zuerst, sie hätten für immer, aber sie sind kaum vierzig; da ist schon das letzte. Das hat natürlich seine Tragik. Sie sind nicht gewohnt, Gesichter zu schonen, ihr letztes ist in acht Tagen durch, hat Löcher, ist an vielen Stellen dünn wie Papier, und da kommt dann nach und nach die Unterlage heraus, das Nichtgesicht, und sie gehen damit herum.

Aber die Frau, die Frau: sie war ganz in sich hineingefallen, vornüber in ihre Hände. Es war an der Ecke rue Notre-Dame-des-Champs. Ich fing an, leise zu gehen, sowie ich sie gesehen hatte. Wenn arme Leute nachdenken, soll man sie nicht stören. Vielleicht fällt es ihnen doch ein.

Die Straße war zu leer, ihre Leere langweilte sich und zog mir den Schritt unter den Füßen weg und klappte mit ihm herum, drüben und da, wie mit einem Holzschuh. Die Frau erschrak und hob sich aus sich ab, zu schnell, zu heftig, so daß das Gesicht in den zwei Händen blieb. Ich konnte es darin liegen sehen, seine hohle Form. Es kostete mich unbeschreibliche Anstrengung, bei diesen Händen zu bleiben und nicht zu schauen, was sich aus ihnen abgerissen hatte. Mir graute, ein Gesicht von innen zu sehen, aber ich fürchtete mich doch noch viel mehr vor dem bloßen wunden Kopf ohne Gesicht.

Ich fürchte mich. Gegen die Furcht muß man etwas tun, wenn man sie einmal hat. Es wäre sehr häßlich, hier krank zu werden, und fiele es jemandem ein, mich ins Hôtel-Dieu zu schaffen, so würde ich dort gewiß sterben. Dieses Hôtel ist ein angenehmes Hôtel, ungeheuer besucht. Man kann kaum die Fassade der Kathedrale von Paris betrachten ohne Gefahr, von einem der vielen Wagen, die so schnell wie möglich über den freien Plan dort hinein müssen, überfahren zu werden. Das sind kleine Omnibusse, die fortwährend läuten, und selbst der Herzog von Sagan müßte sein Gespann halten lassen, wenn so ein kleiner Sterbender es sich in den Kopf gesetzt hat, geradenwegs in Gottes Hôtel zu wollen. Sterbende sind starrköpfig, und ganz Paris stockt, wenn Madame Legrand, brocanteuse aus der rue des Martyrs, nach einem gewissen Platz der Cité gefahren kommt. Es ist zu bemerken, daß diese verteufelten kleinen Wagen ungemein anregende Milchglasfenster haben, hinter denen man sich die herrlichsten Agonien vorstellen kann; dafür genügt die Phantasie einer Concierge. Hat man noch mehr Einbildungskraft und schlägt sie nach anderen Richtungen hin, so sind die Vermutungen geradezu unbegrenzt. Aber ich habe auch offene Droschken ankommen sehen, Zeitdroschken mit aufgeklapptem Verdeck, die nach der üblichen Taxe fuhren: Zwei Francs für die Sterbestunde.

Dieses ausgezeichnete Hôtel ist sehr alt, schon zu König Chlodwigs Zeiten starb man darin in einigen Betten. Jetzt wird in 559 Betten gestorben. Natürlich fabrikmäßig. Bei so enormer Produktion ist der einzelne Tod nicht so gut ausgeführt, aber darauf kommt es auch nicht an. Die Masse macht es. Wer giebt heute noch etwas für einen gut ausgearbeiteten Tod? Niemand. Sogar die Reichen, die es sich doch leisten könnten, ausführlich zu sterben, fangen an, nachlässig und gleichgültig zu werden; der Wunsch, einen eigenen Tod zu haben, wird immer seltener. Eine Weile noch, und er wird ebenso selten sein wie ein eigenes Leben. Gott, das ist alles da. Man kommt, man findet ein Leben, fertig, man hat es nur anzuziehen. Man will gehen oder man ist dazu gezwungen: nun, keine Anstrengung: Voilà votre mort, monsieur. Man stirbt, wie es gerade kommt; man stirbt den Tod, der zu der Krankheit gehört, die man hat (denn seit man alle Krankheiten kennt, weiß man auch, daß die verschiedenen letalen Abschlüsse zu den Krankheiten gehören und nicht zu den Menschen; und der Kranke hat sozusagen nichts zu tun).

In den Sanatorien, wo ja so gern und mit so viel Dankbarkeit gegen Ärzte und Schwestern gestorben wird, stirbt man einen von den an der Anstalt angestellten Toden; das wird gerne gesehen. Wenn man aber zu Hause stirbt, ist es natürlich, jenen höflichen Tod der guten Kreise zu wählen, mit dem gleichsam das Begräbnis erster Klasse schon anfängt und die ganze Folge seiner wunderschönen Gebräuche. Da stehen dann die Armen vor so einem Haus und sehen sich satt. Ihr Tod ist natürlich banal, ohne alle Umstände. Sie sind froh, wenn sie einen finden, der ungefähr paßt. Zu weit darf er sein: man wächst immer noch ein bißchen. Nur wenn er nicht zugeht über der Brust oder würgt, dann hat es seine Not.

Wenn ich nach Hause denke, wo nun niemand mehr ist, dann glaube ich, das muß früher anders gewesen sein. Früher wußte man (oder vielleicht man ahnte es), daß man den Tod *in* sich hatte wie die Frucht den Kern. Die Kinder hatten einen kleinen in sich und die Erwachsenen einen großen. Die Frauen hatten ihn im Schooß und die Männer in der Brust. Den *hatte* man, und das gab einem eine eigentümliche Würde und einen stillen Stolz.

Meinem Großvater noch, dem alten Kammerherrn Brigge, sah man es an, daß er einen Tod in sich trug. Und was war das für einer: zwei Monate lang und so laut, daß man ihn hörte bis aufs Vorwerk hinaus.

Das lange, alte Herrenhaus war zu klein für diesen Tod, es schien, als müßte man Flügel anbauen, denn der Körper des Kammerherrn wurde immer größer, und er wollte fortwährend aus einem Raum in den anderen getragen sein und geriet in fürchterlichen Zorn, wenn der Tag noch nicht zu Ende war und es gab kein Zimmer mehr, in dem er nicht schon gelegen hatte. Dann ging es mit dem ganzen Zuge von Dienern, Jungfern und Hunden, die er immer um sich hatte, die Treppe hinauf und, unter Vorantritt des Haushofmeisters, in seiner hochseligen Mutter Sterbezimmer, das ganz in dem Zustande, in dem sie es vor dreiundzwanzig Jahren verlassen hatte, erhalten worden war und das sonst nie jemand betreten durfte. Jetzt brach die ganze Meute dort ein. Die Vorhänge wurden zurückgezogen, und das robuste Licht eines Sommernachmittags untersuchte alle die scheuen, erschrockenen Gegenstände und drehte sich ungeschickt um in den aufgerissenen Spiegeln. Und die Leute machten es ebenso. Es gab da Zofen, die vor Neugierde nicht wußten, wo ihre Hände sich gerade aufhielten, junge Bediente, die alles anglotzten, und ältere Dienstleute, die herumgingen und sich zu erinnern suchten, was man ihnen von diesem verschlossenen Zimmer, in dem sie sich nun glücklich befanden, alles erzählt hatte.

Vor allem aber schien den Hunden der Aufenthalt in einem Raum, wo alle Dinge rochen, ungemein anregend. Die großen, schmalen russischen Windhunde liefen beschäftigt hinter den Lehnstühlen hin und her, durchquerten in langem Tanzschritt mit wiegender Bewegung das Gemach, hoben sich wie Wappenhunde auf und schauten, die schmalen Pfoten auf das weißgoldene Fensterbrett gestützt, mit spitzem, gespanntem Gesicht und zurückgezogener Stirn nach rechts und nach links in den Hof. Kleine, handschuhgelbe Dachshunde saßen, mit Gesichtern, als wäre alles ganz in der Ordnung, in dem breiten, seidenen Polstersessel am Fenster, und ein stichelhaariger, mürrisch aussehender Hühnerhund rieb seinen Rücken an der Kante eines goldbeinigen Tisches, auf dessen gemalter Platte die Sèvrestassen zitterten.

Ja, es war für diese geistesabwesenden, verschlafenen Dinge eine schreckliche Zeit. Es passierte, daß aus Büchern, die irgend eine hastige Hand ungeschickt geöffnet hatte, Rosenblätter heraustaumelten, die zertreten wurden; kleine, schwächliche Gegenstände wurden ergriffen und, nachdem sie sofort zerbrochen waren, schnell wieder hingelegt, manches Verbogene auch unter Vorhänge gesteckt oder gar hinter das goldene Netz des Kamingitters geworfen. Und von Zeit zu Zeit fiel etwas, fiel verhüllt auf Teppich, fiel hell auf das harte Parkett, aber es zerschlug da und dort, zersprang scharf oder brach fast lautlos auf, denn diese Dinge, verwöhnt wie sie waren, vertrugen keinerlei Fall.

Und wäre es jemandem eingefallen zu fragen, was die Ursache von alledem sei, was über dieses ängstlich gehütete Zimmer alles Untergangs Fülle herabgerufen habe, – so hätte es nur *eine* Antwort gegeben: der Tod.

Der Tod des Kammerherrn Christoph Detlev Brigge auf Ulsgaard. Denn dieser lag, groß über seine dunkelblaue

Uniform hinausquellend, mitten auf dem Fußboden und rührte sich nicht. In seinem großen, fremden, niemandem mehr bekannten Gesicht waren die Augen zugefallen: er sah nicht, was geschah. Man hatte zuerst versucht, ihn auf das Bett zu legen, aber er hatte sich dagegen gewehrt, denn er haßte Betten seit jenen ersten Nächten, in denen seine Krankheit gewachsen war. Auch hatte sich das Bett da oben als zu klein erwiesen, und da war nichts anderes übrig geblieben, als ihn so auf den Teppich zu legen; denn hinunter hatte er nicht gewollt.

Da lag er nun, und man konnte denken, daß er gestorben sei. Die Hunde hatten sich, da es langsam zu dämmern begann, einer nach dem anderen durch die Türspalte gezogen, nur der Harthaarige mit dem mürrischen Gesicht saß bei seinem Herrn, und eine von seinen breiten, zottigen Vorderpfoten lag auf Christoph Detlevs großer, grauer Hand. Auch von der Dienerschaft standen jetzt die meisten draußen in dem weißen Gang, der heller war als das Zimmer; die aber, welche noch drinnen geblieben waren, sahen manchmal heimlich nach dem großen, dunkelnden Haufen in der Mitte, und sie wünschten, daß das nichts mehr wäre als ein großer Anzug über einem verdorbenen Ding.

Aber es war noch etwas. Es war eine Stimme, die Stimme, die noch vor sieben Wochen niemand gekannt hatte: denn es war nicht die Stimme des Kammerherrn. Nicht Christoph Detlev war es, welchem diese Stimme gehörte, es war Christoph Detlevs Tod.

Christoph Detlevs Tod lebte nun schon seit vielen, vielen Tagen auf Ulsgaard und redete mit allen und verlangte. Verlangte, getragen zu werden, verlangte das blaue Zimmer, verlangte den kleinen Salon, verlangte den Saal. Verlangte die Hunde, verlangte, daß man lache, spreche, spiele und still sei und alles zugleich. Verlangte Freunde zu sehen, Frauen und Verstorbene, und verlangte selber zu sterben: verlangte. Verlangte und schrie.

Denn, wenn die Nacht gekommen war und die von den übermüden Dienstleuten, welche nicht Wache hatten, einzuschlafen versuchten, dann schrie Christoph Detlevs Tod, schrie und stöhnte, brüllte so lange und anhaltend, daß die Hunde, die zuerst mitheulten, verstummten und nicht wagten sich hinzulegen und, auf ihren langen, schlanken, zitternden Beinen stehend, sich fürchteten. Und wenn sie es durch die weite, silberne, dänische Sommernacht im Dorfe hörten, daß er brüllte, so standen sie auf wie beim Gewitter, kleideten sich an und blieben ohne ein Wort um die Lampe sitzen, bis es vorüber war. Und die Frauen, welche nahe vor dem Niederkommen waren, wurden in die entlegensten Stuben gelegt und in die dichtesten Bettverschläge; aber sie hörten es, sie hörten es, als ob es in ihrem eigenen Leibe wäre, und sie flehten, auch aufstehen zu dürfen, und kamen, weiß und weit, und setzten sich zu den andern mit ihren verwischten Gesichtern. Und die Kühe, welche kalbten in dieser Zeit, waren hülflos und verschlossen, und einer riß man die tote Frucht mit allen Eingeweiden aus dem Leibe, als sie gar nicht kommen wollte. Und alle taten ihr Tagwerk schlecht und vergaßen das Heu hereinzubringen, weil sie sich bei Tage ängstigten vor der Nacht und weil sie vom vielen Wachsein und vom erschreckten Aufstehen so ermattet waren, daß sie sich auf nichts besinnen konnten. Und wenn sie am Sonntag in die weiße, friedliche Kirche gingen, so beteten sie, es möge keinen Herrn mehr auf Ulsgaard geben: denn dieser war ein schrecklicher Herr. Und was sie alle dachten und beteten, das sagte der Pfarrer laut von der Kanzel herab, denn auch er hatte keine Nächte mehr und konnte Gott nicht begreifen. Und die Glocke sagte es, die einen furchtbaren Rivalen bekommen hatte, der die ganze Nacht dröhnte und gegen den sie, selbst wenn sie aus allem Metall zu läuten begann, nichts vermochte. Ja, alle sagten es, und es gab einen unter den jungen Leuten, der geträumt hatte, er wäre ins Schloß gegangen und hätte den gnädigen Herrn erschlagen mit seiner Mistforke, und so aufgebracht war man, so zu Ende, so überreizt, daß alle zuhörten, als er seinen Traum erzählte, und ihn, ganz ohne es zu wissen, daraufhin ansahen, ob er solcher Tat wohl gewachsen sei. So fühlte und sprach man in der ganzen Gegend, in der man den Kammerherrn noch vor einigen Wochen geliebt und bedauert hatte. Aber obwohl man so sprach, veränderte sich nichts. Christoph Detlevs Tod, der auf Ulsgaard wohnte, ließ sich nicht drängen. Er war für zehn Wochen gekommen, und die blieb er. Und während dieser Zeit war er mehr Herr, als Christoph Detlev Brigge es je gewesen war, er war wie ein König, den man den Schrecklichen nennt, später und immer.

Das war nicht der Tod irgendeines Wassersüchtigen, das war der böse, fürstliche Tod, den der Kammerherr sein ganzes Leben lang in sich getragen und aus sich genährt hatte. Alles Übermaß an Stolz, Willen und Herrenkraft, das er selbst in seinen ruhigen Tagen nicht hatte verbrauchen können, war in seinen Tod eingegangen, in den Tod, der nun auf Ulsgaard saß und vergeudete.

Wie hätte der Kammerherr Brigge den angesehen, der von ihm verlangt hätte, er solle einen anderen Tod sterben als diesen. Er starb seinen schweren Tod.

Und wenn ich an die andern denke, die ich gesehen oder von denen ich gehört habe: es ist immer dasselbe. Sie alle haben einen eigenen Tod gehabt. Diese Männer, die ihn in der Rüstung trugen, innen, wie einen Gefangenen, diese Frauen, die sehr alt und klein wurden und dann auf einem ungeheueren Bett, wie auf einer Schaubühne, vor der ganzen Familie, dem Gesinde und den Hunden diskret und herrschaftlich hinübergingen. Ja die Kinder, sogar die ganz kleinen, hatten nicht irgendeinen Kindertod, sie nahmen sich zusammen und starben das, was sie schon waren, und das, was sie geworden wären.

Und was gab das den Frauen für eine wehmütige Schönheit, wenn sie schwanger waren und standen, und in ihrem großen Leib, auf welchem die schmalen Hände unwillkürlich liegen blieben, waren *zwei* Früchte: ein Kind und ein Tod. Kam das dichte, beinah nahrhafte Lächeln in ihrem ganz ausgeräumten Gesicht nicht davon her, daß sie manchmal meinten, es wüchsen beide?

Ich habe etwas getan gegen die Furcht. Ich habe die ganze Nacht gesessen und geschrieben, und jetzt bin ich so gut müde wie nach einem weiten Weg über die Felder von Ulsgaard. Es ist doch schwer zu denken, daß alles das nicht mehr ist, daß fremde Leute wohnen in dem alten langen Herrenhaus. Es kann sein, daß in dem weißen Zimmer oben im Giebel jetzt die Mägde schlafen, ihren schweren, feuchten Schlaf schlafen von Abend bis Morgen.

Und man hat niemand und nichts und fährt in der Welt herum mit einem Koffer und mit einer Bücherkiste und eigentlich ohne Neugierde. Was für ein Leben ist das eigentlich: ohne Haus, ohne ererbte Dinge, ohne Hunde. Hätte man doch wenigstens seine Erinnerungen. Aber wer hat die? Wäre die Kindheit da, sie ist wie vergraben. Vielleicht muß man alt sein, um an das alles heranreichen zu können. Ich denke es mir gut, alt zu sein.

Heute war ein schöner, herbstlicher Morgen. Ich ging durch die Tuilerien. Alles, was gegen Osten lag, vor der Sonne, blendete. Das Angeschienene war vom Nebel verhangen wie von einem lichtgrauen Vorhang. Grau im Grauen sonnten sich die Statuen in den noch nicht enthüllten Gärten. Einzelne Blumen in den langen Beeten standen auf und sagten: Rot, mit einer erschrockenen Stimme. Dann kam ein sehr großer, schlanker Mann um die Ecke, von den Champs-Elysées her; er trug eine Krücke, aber nicht mehr unter die Schulter geschoben, – er hielt sie vor sich her, leicht, und von Zeit zu Zeit stellte er sie fest und laut auf wie einen Heroldstab. Er konnte ein Lächeln der Freude nicht unterdrücken und lächelte, an allem vorbei, der Sonne, den Bäumen zu. Sein Schritt war schüchtern wie der eines Kindes, aber ungewöhnlich leicht, voll von Erinnerung an früheres Gehen.

Was so ein kleiner Mond alles vermag. Da sind Tage, wo alles um einen licht ist, leicht, kaum angegeben in der hellen Luft und doch deutlich. Das Nächste schon hat Töne der Ferne, ist weggenommen und nur gezeigt, nicht hergereicht; und was Beziehung zur Weite hat: der Fluß, die Brücken, die langen Straßen und die Plätze, die sich verschwenden, das hat diese Weite eingenommen hinter sich, ist auf ihr gemalt wie auf Seide. Es ist nicht zu sagen, was dann ein lichtgrüner Wagen sein kann auf dem Pontneuf oder irgendein Rot, das nicht zu halten ist, oder auch nur ein Plakat an der Feuermauer einer perlgrauen Häusergruppe. Alles ist vereinfacht, auf einige richtige, helle plans gebracht wie das Gesicht in einem Manetschen Bildnis. Und nichts ist gering und überflüssig. Die Bouquinisten am Quai tun ihre Kästen auf, und das frische oder vernutzte Gelb der Bücher, das violette Braun der Bände, das größere Grün einer Mappe: alles stimmt, gilt, nimmt teil und bildet eine Vollzähligkeit, in der nichts fehlt.

Unten ist folgende Zusammenstellung: ein kleiner Handwagen, von einer Frau geschoben; vorn darauf ein Leierkasten, der Länge nach. Dahinter quer ein Kinderkorb, in dem ein ganz Kleines auf festen Beinen steht, vergnügt in seiner Haube, und sich nicht mag setzen lassen. Von Zeit zu Zeit dreht die Frau am Orgelkasten. Das ganz Kleine stellt sich dann sofort stampfend in seinem Korbe wieder auf, und ein kleines Mädchen in einem grünen Sonntagskleid tanzt und schlägt Tamburin zu den Fenstern hinauf.

Ich glaube, ich müßte anfangen, etwas zu arbeiten, jetzt, da ich sehen lerne. Ich bin achtundzwanzig, und es ist so gut wie nichts geschehen. Wiederholen wir: ich habe eine Studie über Carpaccio geschrieben, die schlecht ist, ein Drama, das ›Ehe‹ heißt und etwas Falsches mit zweideutigen Mitteln beweisen will, und Verse. Ach, aber mit Versen ist so wenig getan, wenn man sie früh schreibt. Man sollte warten damit und Sinn und Süßigkeit sammeln ein ganzes Leben lang und ein langes womöglich, und dann, ganz zum Schluß, vielleicht könnte man dann zehn Zeilen schreiben, die gut sind. Denn Verse sind nicht, wie die Leute meinen, Gefühle (die hat man früh genug), – es sind Erfahrungen. Um eines Verses willen muß man viele Städte sehen, Menschen und Dinge, man muß die Tiere kennen, man muß fühlen, wie die Vögel fliegen, und die Gebärde wissen, mit welcher die kleinen Blumen sich auftun am Morgen. Man muß zurückdenken können an Wege in unbekannten Gegenden, an unerwartete Begegnungen und an Abschiede, die man lange kommen sah, – an Kindheitstage, die noch unaufgeklärt sind, an die Eltern, die man kränken mußte, wenn sie einem eine Freude brachten und man begriff sie nicht (es war eine Freude für einen anderen –), an Kinderkrankheiten, die so seltsam anheben mit so vielen tiefen und schweren Verwandlungen, an Tage in stillen, verhaltenen Stuben und an Morgen am Meer, an das Meer überhaupt, an Meere, an Reisenächte, die hoch dahinrauschten und mit allen Sternen flogen, – und es ist noch nicht genug, wenn man an alles das denken darf. Man muß Erinnerungen haben an viele Liebesnächte, von denen keine der andern glich, an Schreie von Kreißenden und an leichte, weiße, schlafende Wöchnerinnen, die sich schließen. Aber auch bei Sterbenden muß man gewesen sein, muß bei Toten gesessen haben in der Stube mit dem offenen Fenster und den stoßweisen Geräuschen. Und es genügt auch noch nicht, daß man Erinnerungen hat. Man muß sie vergessen können, wenn es viele sind, und man muß die große Geduld haben, zu warten, daß sie wiederkommen. Denn die Erinnerungen selbst *sind* es noch nicht. Erst wenn sie Blut werden in uns, Blick und Gebärde, namenlos und nicht mehr zu unterscheiden von uns selbst, erst dann kann es geschehen, daß in einer sehr seltenen Stunde das erste Wort eines Verses aufsteht in ihrer Mitte und aus ihnen ausgeht.

Alle meine Verse aber sind anders entstanden, also sind es keine. – Und als ich mein Drama schrieb, wie irrte ich da. War ich ein Nachahmer und Narr, daß ich eines Dritten bedurfte, um von dem Schicksal zweier Menschen zu erzählen, die es einander schwer machten? Wie leicht ich in die Falle fiel. Und ich hätte doch wissen müssen, daß dieser Dritte, der durch alle Leben und Literaturen geht, dieses Gespenst eines Dritten, der nie gewesen ist, keine Bedeutung hat, daß man ihn leugnen muß. Er gehört zu den Vorwänden der Natur, welche immer bemüht ist, von ihren tiefsten Geheimnissen die Aufmerksamkeit der Menschen abzulenken. Er ist der Wandschirm, hinter dem ein Drama sich abspielt. Er ist der Lärm am Eingang zu der stimmlosen Stille eines wirklichen Konfliktes. Man möchte meinen, es wäre allen bisher zu schwer gewesen, von den Zweien zu reden, um die es sich handelt; der Dritte, gerade weil er so unwirklich ist, ist das Leichte der Aufgabe, ihn konnten sie alle. Gleich am Anfang ihrer Dramen merkt man die Ungeduld, zu dem Dritten zu kommen, sie könnten ihn kaum erwarten. Sowie er da ist, ist alles gut. Aber wie langweilig, wenn er sich verspätet, es kann rein nichts geschehen ohne ihn, alles steht, stockt, wartet. Ja und wie, wenn es bei diesem Stauen und Anstehn bliebe? Wie, Herr Dramatiker, und du, Publikum, welches das Leben kennt, wie, wenn er verschollen wäre, dieser beliebte Lebemann oder dieser anmaßende junge Mensch, der in allen Ehen schließt wie ein Nachschlüssel? Wie, wenn ihn, zum Beispiel, der Teufel geholt hätte? Nehmen wirs an. Man merkt auf einmal die künstliche Leere der Theater, sie werden vermauert wie gefährliche Löcher, nur die Motten aus den Logenrändern taumeln durch den haltlosen Hohlraum. Die Dramatiker genießen nicht mehr ihre Villenviertel. Alle öffentlichen Aufpassereien suchen für sie in entlegenen Weltteilen nach dem Unersetzlichen, der die Handlung selbst war.

Und dabei leben sie unter den Menschen, nicht diese ›Dritten‹, aber die Zwei, von denen so unglaublich viel zu sagen wäre, von denen noch nie etwas gesagt worden ist, obwohl sie leiden und handeln und sich nicht zu helfen wissen.

Es ist lächerlich. Ich sitze hier in meiner kleinen Stube, ich, Brigge, der achtundzwanzig Jahre alt geworden ist und von dem niemand weiß. Ich sitze hier und bin nichts. Und dennoch, dieses Nichts fängt an zu denken und denkt, fünf Treppen hoch, an einem grauen Pariser Nachmittag diesen Gedanken:

Ist es möglich, denkt es, daß man noch nichts Wirkliches und Wichtiges gesehen, erkannt und gesagt hat? Ist es möglich, daß man Jahrtausende Zeit gehabt hat, zu schauen, nachzudenken und aufzuzeichnen, und daß man die Jahrtausende hat vergehen lassen wie eine Schulpause, in der man sein Butterbrot ißt und einen Apfel?

Ja, es ist möglich.

Ist es möglich, daß man trotz Erfindungen und Fortschritten, trotz Kultur, Religion und Weltweisheit an der Oberfläche des Lebens geblieben ist? Ist es möglich, daß man sogar diese Oberfläche, die doch immerhin etwas gewesen wäre, mit einem unglaublich langweiligen Stoff überzogen hat, so daß sie aussieht, wie die Salonmöbel in den Sommerferien?

Ja, es ist möglich.

Ist es möglich, daß die ganze Weltgeschichte mißverstanden worden ist? Ist es möglich, daß die Vergangenheit falsch ist, weil man immer von ihren Massen gesprochen hat, gerade, als ob man von einem Zusammenlauf vieler Menschen erzählte, statt von dem Einen zu sagen, um den sie herumstanden, weil er fremd war und starb?

Ja, es ist möglich.

Ist es möglich, daß man glaubte, nachholen zu müssen, was sich ereignet hat, ehe man geboren war? Ist es möglich, daß man jeden einzelnen erinnern müßte, er sei ja aus allen Früheren entstanden, wüßte es also und sollte sich nichts einreden lassen von den anderen, die anderes wüßten?

Ja, es ist möglich.

Ist es möglich, daß alle diese Menschen eine Vergangenheit, die nie gewesen ist, ganz genau kennen? Ist es möglich, daß alle Wirklichkeiten nichts sind für sie; daß ihr Leben abläuft, mit nichts verknüpft, wie eine Uhr in einem leeren Zimmer –?

Ja, es ist möglich.

Ist es möglich, daß man von den Mädchen nichts weiß, die doch leben? Ist es möglich, daß man ›die Frauen‹ sagt, ›die Kinder‹, ›die Knaben‹ und nicht ahnt (bei aller Bildung nicht ahnt), daß diese Worte längst keine Mehrzahl mehr haben, sondern nur unzählige Einzahlen?

Ja, es ist möglich.

Ist es möglich, daß es Leute giebt, welche ›Gott‹ sagen und meinen, das wäre etwas Gemeinsames? – Und sieh nur zwei Schulkinder: Es kauft sich der eine ein Messer, und sein Nachbar kauft sich ein ganz gleiches am selben Tag. Und sie zeigen einander nach einer Woche die beiden Messer, und es ergiebt sich, daß sie sich nur noch ganz entfernt ähnlich sehen, – so verschieden haben sie sich in verschiedenen Händen entwickelt. (Ja, sagt des einen Mutter dazu: wenn ihr auch gleich immer alles abnutzen müßt. –) Ach so: Ist es möglich, zu glauben, man könne einen Gott haben, ohne ihn zu gebrauchen?

Ja, es ist möglich.

Wenn aber dieses alles möglich ist, auch nur einen Schein

von Möglichkeit hat, – dann muß ja, um alles in der Welt, etwas geschehen. Der Nächstbeste, der, welcher diesen beunruhigenden Gedanken gehabt hat, muß anfangen, etwas von dem Versäumten zu tun; wenn es auch nur irgend einer ist, durchaus nicht der Geeignetste: es ist eben kein anderer da. Dieser junge, belanglose Ausländer, Brigge, wird sich fünf Treppen hoch hinsetzen müssen und schreiben, Tag und Nacht. Ja er wird schreiben müssen, das wird das Ende sein.

Zwölf Jahre oder höchstens dreizehn muß ich damals gewesen sein. Mein Vater hatte mich nach Urnekloster mitgenommen. Ich weiß nicht, was ihn veranlaßte, seinen Schwiegervater aufzusuchen. Die beiden Männer hatten sich jahrelang, seit dem Tode meiner Mutter, nicht gesehen, und mein Vater selbst war noch nie in dem alten Schlosse gewesen, in welches der Graf Brahe sich erst spät zurückgezogen hatte. Ich habe das merkwürdige Haus später nie wiedergesehen, das, als mein Großvater starb, in fremde Hände kam. So wie ich es in meiner kindlich gearbeiteten Erinnerung wiederfinde, ist es kein Gebäude; es ist ganz aufgeteilt in mir; da ein Raum, dort ein Raum und hier ein Stück Gang, das diese beiden Räume nicht verbindet, sondern für sich, als Fragment, aufbewahrt ist. In dieser Weise ist alles in mir verstreut, – die Zimmer, die Treppen, die mit so großer Umständlichkeit sich niederließen, und andere enge, rundgebaute Stiegen, in deren Dunkel man ging wie das Blut in den Adern; die Turmzimmer, die hoch aufgehängten Balkone, die unerwarteten Altane, auf die man von einer kleinen Tür hinausgedrängt wurde: – alles das ist noch in mir und wird nie aufhören, in mir zu sein. Es ist, als wäre das Bild dieses Hauses aus unendlicher Höhe in mich hineingestürzt und auf meinem Grunde zerschlagen.

Ganz erhalten ist in meinem Herzen, so scheint es mir, nur jener Saal, in dem wir uns zum Mittagessen zu versammeln pflegten, jeden Abend um sieben Uhr. Ich habe diesen Raum niemals bei Tage gesehen, ich erinnere mich nicht einmal, ob er Fenster hatte und wohin sie aussahen; jedesmal, so oft die Familie eintrat, brannten die Kerzen in den schweren Armleuchtern, und man vergaß in einigen Minuten die Tageszeit und alles, was man draußen gesehen hatte. Dieser hohe, wie ich vermute, gewölbte Raum war stärker als alles; er saugte mit seiner dunkelnden Höhe, mit seinen niemals ganz aufgeklärten Ecken alle Bilder aus einem heraus, ohne einem einen bestimmten Ersatz dafür zu geben. Man saß da wie aufgelöst; völlig ohne Willen, ohne Besinnung, ohne Lust, ohne Abwehr. Man war wie eine leere Stelle. Ich erinnere mich, daß dieser vernichtende Zustand mir zuerst fast Übelkeit verursachte, eine Art Seekrankheit, die ich nur dadurch überwand, daß ich mein Bein ausstreckte, bis ich mit dem Fuß das Knie meines Vaters berührte, der mir gegenübersaß. Erst später fiel es mir auf, daß er dieses merkwürdige Benehmen zu begreifen oder doch zu dulden schien, obwohl zwischen uns ein fast kühles Verhältnis bestand, aus dem ein solches Gebaren nicht erklärlich war. Es war indessen jene leise Berührung, welche mir die Kraft gab, die langen Mahlzeiten auszuhalten. Und nach einigen Wochen krampfhaften Ertragens hatte ich, mit der fast unbegrenzten Anpasssung des Kindes, mich so sehr an das Unheimliche jener Zusammenkünfte gewöhnt, daß es mich keine Anstrengung mehr kostete, zwei Stunden bei Tische zu sitzen; jetzt vergingen sie sogar verhältnismäßig schnell, weil ich mich damit beschäftigte, die Anwesenden zu beobachten.

Mein Großvater nannte es die Familie, und ich hörte auch die andern diese Bezeichnung gebrauchen, die ganz willkürlich war. Denn obwohl diese vier Menschen miteinander in entfernten verwandtschaftlichen Beziehungen standen, so gehörten sie doch in keiner Weise zusammen. Der Oheim, welcher neben mir saß, war ein alter Mann, dessen hartes und verbranntes Gesicht einige schwarze Flecke zeigte, wie ich erfuhr, die Folgen einer explodierten Pulverladung; mürrisch und malkontent wie er war, hatte er als Major seinen Abschied genommen, und nun machte er in einem mir unbekannten Raum des Schlosses alchymistische Versuche, war auch, wie ich die Diener sagen hörte, mit einem Stockhause in Verbindung, von wo man ihm ein- oder zweimal jährlich Leichen zusandte, mit denen er sich Tage und Nächte einschloß und die er zerschnitt und auf eine geheimnisvolle Art zubereitete, so daß sie der Verwesung widerstanden. Ihm gegenüber war der Platz des Fräuleins Mathilde Brahe. Es war das eine Person von unbestimmtem Alter, eine entfernte Cousine meiner Mutter, von der nichts bekannt war, als daß sie eine sehr rege Korrespondenz mit einem österreichischen Spiritisten unterhielt, der sich Baron Nolde nannte und dem sie vollkommen ergeben war, so daß sie nicht das geringste unternahm, ohne vorher seine Zustimmung oder vielmehr etwas wie seinen Segen einzuholen. Sie war zu jener Zeit außerordentlich stark, von einer weichen, trägen Fülle, die gleichsam achtlos in ihre losen, hellen Kleider hineingegossen war; ihre Bewegungen waren müde und unbestimmt, und ihre Augen flossen beständig über. Und trotzdem war etwas in ihr, das mich an meine zarte und schlanke Mutter erinnerte.

Ich fand, je länger ich sie betrachtete, alle die feinen und leisen Züge in ihrem Gesichte, an die ich mich seit meiner Mutter Tode nie mehr recht hatte erinnern können; nun erst, seit ich Mathilde Brahe täglich sah, wußte ich wieder, wie die Verstorbene ausgesehen hatte; ja, ich wußte es vielleicht zum erstenmal. Nun erst setzte sich aus hundert und hundert Einzelheiten ein Bild der Toten in mir zusammen, jenes Bild, das mich überall begleitet. Später ist es mir klar geworden, daß in dem Gesicht des Fräuleins Brahe wirklich alle Einzelheiten vorhanden waren, die die Züge meiner Mutter bestimmten, – sie waren nur, als ob ein fremdes Gesicht sich dazwischen geschoben hätte, auseinandergedrängt, verbogen und nicht mehr in Verbindung miteinander.

Neben dieser Dame saß der kleine Sohn einer Cousine, ein Knabe, etwa gleichaltrig mit mir, aber kleiner und schwächlicher. Aus einer gefältelten Krause stieg sein dünner, blasser Hals und verschwand unter einem langen Kinn. Seine Lippen waren schmal und fest geschlossen, seine Nasenflügel zitterten leise, und von seinen schönen dunkelbraunen Augen war nur das eine beweglich. Es blickte manchmal ruhig und traurig zu mir herüber, während das andere immer in dieselbe Ecke gerichtet blieb, als wäre es verkauft und käme nicht mehr in Betracht.

Am oberen Ende der Tafel stand der ungeheure Lehnsessel meines Großvaters, den ein Diener, der nichts anderes zu tun hatte, ihm unterschob und in dem der Greis nur einen geringen Raum einnahm. Es gab Leute, die diesen schwerhörigen und herrischen alten Herrn Exzellenz und Hofmarschall nannten, andere gaben ihm den Titel General. Und er besaß gewiß auch alle diese Würden, aber es war so lange her, seit er Ämter bekleidet hatte, daß diese Benennungen kaum mehr verständlich waren. Mir schien es überhaupt, als ob an seiner in gewissen Momenten so scharfen und doch immer wieder aufgelösten Persönlichkeit kein bestimmter Name haften könne. Ich konnte mich nie entschließen, ihn Großvater zu nennen, obwohl er bisweilen freundlich zu mir war, ja mich sogar zu sich rief, wobei er meinem Namen eine scherzhafte Betonung zu geben versuchte. Übrigens zeigte die ganze Familie ein aus Ehrfurcht und Scheu gemischtes Benehmen dem Grafen gegenüber, nur der kleine Erik lebte in einer gewissen Vertraulichkeit mit dem greisen Hausherrn; sein bewegliches Auge hatte zuzeiten rasche Blicke des Einverständnisses mit ihm, die ebensorasch von dem Großvater erwidert wurden; auch konnte man sie zuweilen in den langen Nachmittagen am

Ende der tiefen Galerie auftauchen sehen und beobachten, wie sie, Hand in Hand, die dunklen alten Bildnisse entlang gingen, ohne zu sprechen, offenbar auf eine andere Weise sich verständigend.

Ich befand mich fast den ganzen Tag im Parke und draußen in den Buchenwäldern oder auf der Heide; und es gab zum Glück Hunde auf Urnekloster, die mich begleiteten; es gab da und dort ein Pächterhaus oder einen Meierhof, wo ich Milch und Brot und Früchte bekommen konnte, und ich glaube, daß ich meine Freiheit ziemlich sorglos genoß, ohne mich, wenigstens in den folgenden Wochen, von dem Gedanken an die abendlichen Zusammenkünfte ängstigen zu lassen. Ich sprach fast mit niemandem, denn es war meine Freude, einsam zu sein; nur mit den Hunden hatte ich kurze Gespräche dann und wann: mit ihnen verstand ich mich ausgezeichnet. Schweigsamkeit war übrigens eine Art Familieneigenschaft; ich kannte sie von meinem Vater her, und es wunderte mich nicht, daß während der Abendtafel fast nichts gesprochen wurde.

In den ersten Tagen nach unserer Ankunft allerdings benahm sich Mathilde Brahe äußerst gesprächig. Sie fragte den Vater nach früheren Bekannten in ausländischen Städten, sie erinnerte sich entlegener Eindrücke, sie rührte sich selbst bis zu Tränen, indem sie verstorbener Freundinnen und eines gewissen jungen Mannes gedachte, von dem sie andeutete, daß er sie geliebt habe, ohne daß sie seine inständige und hoffnungslose Neigung hätte erwidern mögen. Mein Vater hörte höflich zu, neigte dann und wann zustimmend sein Haupt und antwortete nur das Nötigste. Der Graf, oben am Tisch, lächelte beständig mit herabgezogenen Lippen, sein Gesicht erschien größer als sonst, es war, als trüge er eine Maske. Er ergriff übrigens selbst manchmal das Wort, wobei seine Stimme sich auf niemanden bezog, aber, obwohl sie sehr leise war, doch im ganzen Saal gehört werden konnte; sie hatte etwas von dem gleichmäßigen unbeteiligten Gang einer Uhr; die Stille um sie schien eine eigene leere Resonanz zu haben, für jede Silbe die gleiche.

Graf Brahe hielt es für eine besondere Artigkeit meinem Vater gegenüber, von dessen verstorbener Gemahlin, meiner Mutter, zu sprechen. Er nannte sie Gräfin Sibylle, und alle seine Sätze schlossen, als fragte er nach ihr. Ja es kam mir, ich weiß nicht weshalb, vor, als handle es sich um ein ganz junges Mädchen in Weiß, das jeden Augenblick bei uns eintreten könne. In demselben Tone hörte ich ihn auch von ›unserer kleinen Anna Sophie‹ reden. Und als ich eines Tages nach diesem Fräulein fragte, das dem Großvater besonders lieb zu sein schien, erfuhr ich, daß er des Großkanzlers Conrad Reventlow Tochter meinte, weiland Friedrichs des Vierten Gemahlin zur linken Hand, die seit nahezu anderthalb hundert Jahren zu Roskilde ruhte. Die Zeitfolgen spielten durchaus keine Rolle für ihn, der Tod war ein kleiner Zwischenfall, den er vollkommen ignorierte, Personen, die er einmal in seine Erinnerung aufgenommen hatte, existierten, und daran konnte ihr Absterben nicht das geringste ändern. Mehrere Jahre später, nach dem Tode des alten Herrn, erzählte man sich, wie er auch das Zukünftige mit demselben Eigensinn als gegenwärtig empfand. Er soll einmal einer gewissen jungen Frau von ihren Söhnen gesprochen haben, von den Reisen eines dieser Söhne insbesondere, während die junge Dame, eben im dritten Monate ihrer ersten Schwangerschaft, fast besinnungslos vor Entsetzen und Furcht neben dem unablässig redenden Alten saß.

Aber es begann damit, daß ich lachte. Ja ich lachte laut und ich konnte mich nicht beruhigen. Eines Abends fehlte nämlich Mathilde Brahe. Der alte, fast ganz erblindete Bediente hielt, als er zu ihrem Platze kam, dennoch die Schüssel anbietend hin. Eine Weile verharrte er so; dann ging er befriedigt und würdig und als ob alles in Ordnung wäre weiter. Ich hatte diese Szene beobachtet, und sie kam mir, im Augenblick da ich sie sah, durchaus nicht komisch vor. Aber eine Weile später, als ich eben einen Bissen in den Mund steckte, stieg mir das Gelächter mit solcher Schnelligkeit in den Kopf, daß ich mich verschluckte und großen Lärm verursachte. Und trotzdem diese Situation mir selber lästig war, trotzdem ich mich auf alle mögliche Weise anstrengte, ernst zu sein, kam das Lachen stoßweise immer wieder und behielt völlig die Herrschaft über mich.

Mein Vater, gleichsam um mein Benehmen zu verdecken, fragte mit seiner breiten gedämpften Stimme: »Ist Mathilde krank?« Der Großvater lächelte in seiner Art und antwortete dann mit einem Satze, auf den ich, mit mir selber beschäftigt, nicht achtgab und der etwa lautete: Nein, sie wünscht nur, Christinen nicht zu begegnen. Ich sah es also auch nicht als Wirkung dieser Worte an, daß mein Nachbar, der braune Major, sich erhob und, mit einer undeutlich gemurmelten Entschuldigung und einer Verbeugung gegen den Grafen hin, den Saal verließ. Es fiel mir nur auf, daß er sich hinter dem Rücken des Hausherrn in der Tür nochmals umdrehte und dem kleinen Erik und zu meinem größten Erstaunen plötzlich auch mir winkende und nickende Zeichen machte, als forderte er uns auf, ihm zu folgen. Ich war so überrascht, daß mein Lachen aufhörte, mich zu bedrängen. Im übrigen schenkte ich dem Major weiter keine Aufmerksamkeit; er war mir unangenehm, und ich bemerkte auch, daß der kleine Erik ihn nicht beachtete.

Die Mahlzeit schleppte sich weiter wie immer, und man war gerade beim Nachtisch angelangt, als meine Blicke von einer Bewegung ergriffen und mitgenommen wurden, die im Hintergrund des Saales, im Halbdunkel, vor sich ging. Dort war nach und nach eine, wie ich meinte, stets verschlossene Türe, von welcher man mir gesagt hatte, daß sie in das Zwischengeschoß führe, aufgegangen, und jetzt, während ich mit einem mir ganz neuen Gefühl von Neugier und Bestürzung hinsah, trat in das Dunkel der Türöffnung eine schlanke, hellgekleidete Dame und kam langsam auf uns zu. Ich weiß nicht, ob ich eine Bewegung machte oder einen Laut von mir gab, der Lärm eines umstürzenden Stuhles zwang mich, meine Blicke von der merkwürdigen Gestalt abzureißen, und ich sah meinen Vater, der aufgesprungen war und nun, totenbleich im Gesicht, mit herabhängenden geballten Händen, auf die Dame zuging. Sie bewegte sich indessen, von dieser Szene ganz unberührt, auf uns zu, Schritt für Schritt, und sie war schon nicht mehr weit von dem Platze des Grafen, als dieser sich mit einem Ruck erhob, meinen Vater beim Arme faßte, ihn an den Tisch zurückzog und festhielt, während die fremde Dame, langsam und teilnahmlos, durch den nun freigewordenen Raum vorüberging, Schritt für Schritt, durch unbeschreibliche Stille, in der nur irgendwo ein Glas zitternd klirrte, und in einer Tür der gegenüberliegenden Wand des Saales verschwand.

In diesem Augenblick bemerkte ich, daß es der kleine Erik war, der mit einer tiefen Verbeugung diese Türe hinter der Fremden schloß.

Ich war der einzige, der am Tische sitzengeblieben war; ich hatte mich so schwer gemacht in meinem Sessel, mir schien, ich könnte allein nie wieder auf. Eine Weile sah ich, ohne zu sehen. Dann fiel mir mein Vater ein, und ich gewahrte, daß der Alte ihn noch immer am Arme festhielt. Das Gesicht meines Vaters war jetzt zornig, voller Blut, aber der Großvater, dessen Finger wie eine weiße Kralle meines Vaters Arm umklammerten, lächelte sein maskenhaftes Lächeln. Ich hörte dann, wie er etwas sagte, Silbe für Silbe, ohne daß ich den Sinn seiner Worte verstehen konnte. Dennoch fielen sie mir tief ins Gehör, denn vor etwa zwei Jahren fand ich sie eines Tages unten in meiner Erinnerung, und seither weiß ich sie. Er sagte: »Du bist heftig, Kammerherr, und unhöflich. Was läßt du die Leute nicht an ihre Beschäftigungen gehn?« »Wer ist das?« schrie mein Vater dazwischen. »Jemand, der wohl das Recht hat, hier zu sein. Keine Fremde. Christine Brahe.« – Da entstand wieder jene merkwürdig dünne Stille, und wieder fing das Glas an zu zittern. Dann aber riß sich mein Vater mit einer Bewegung los und stürzte aus dem Saale.

Ich hörte ihn die ganze Nacht in seinem Zimmer auf und ab gehen; denn auch ich konnte nicht schlafen. Aber plötzlich gegen Morgen erwachte ich doch aus irgend etwas Schlafähnlichem und sah mit einem Entsetzen, daß mich bis ins Herz hinein lähmte, etwas Weißes, das an meinem Bette saß. Meine Verzweiflung gab mir schließlich die Kraft, den Kopf unter die Decke zu stecken, und dort begann ich aus Angst und Hülflosigkeit zu weinen. Plötzlich wurde es kühl und hell über meinen weinenden Augen; ich drückte sie, um nichts sehen zu müssen, über den Tränen zu. Aber die Stimme, die nun von ganz nahe auf mich einsprach, kam lau und süßlich an mein Gesicht, und ich erkannte sie: es war Fräulein Mathildes Stimme. Ich beruhigte mich sofort und ließ mich trotzdem, auch als ich schon ganz ruhig war, immer noch weiter trösten; ich fühlte zwar, daß diese Güte zu weichlich sei, aber ich genoß sie dennoch und meinte sie irgendwie verdient zu haben. »Tante«, sagte ich schließlich und versuchte in ihrem zerflossenen Gesicht die Züge meiner Mutter zusammenzufassen: »Tante, wer war die Dame?«

»Ach«, antwortete das Fräulein Brahe mit einem Seufzer, der mir komisch vorkam, »eine Unglückliche, mein Kind, eine Unglückliche.«

Am Morgen dieses Tages bemerkte ich in einem Zimmer einige Bediente, die mit Packen beschäftigt waren. Ich dachte, daß wir reisen würden, ich fand es ganz natürlich, daß wir nun reisten. Vielleicht war das auch meines Vaters Absicht. Ich habe nie erfahren, was ihn bewog, nach jenem

Abend noch auf Urnekloster zu bleiben. Aber wir reisten nicht. Wir hielten uns noch acht Wochen oder neun in diesem Hause auf, wir ertrugen den Druck seiner Seltsamkeiten, und wir sahen noch dreimal Christine Brahe.

Ich wußte damals nichts von ihrer Geschichte. Ich wußte nicht, daß sie vor langer, langer Zeit in ihrem zweiten Kindbett gestorben war, einen Knaben gebährend, der zu einem bangen und grausamen Schicksal heranwuchs, – ich wußte nicht, daß sie eine Gestorbene war. Aber mein Vater wußte es. Hatte er, der leidenschaftlich war und auf Konsequenz und Klarheit angelegt, sich zwingen wollen, in Fassung und ohne zu fragen, dieses Abenteuer auszuhalten? Ich sah, ohne zu begreifen, wie er mit sich kämpfte, ich erlebte es, ohne zu verstehen, wie er sich endlich bezwang.

Das war, als wir Christine Brahe zum letztenmal sahen. Dieses Mal war auch Fräulein Mathilde zu Tische erschienen; aber sie war anders als sonst. Wie in den ersten Tagen nach unserer Ankunft sprach sie unaufhörlich ohne bestimmten Zusammenhang und fortwährend sich verwirrend, und dabei war eine körperliche Unruhe in ihr, die sie nötigte, sich beständig etwas am Haar oder am Kleide zu richten, – bis sie unvermutet mit einem hohen klagenden Schrei aufsprang und verschwand.

In demselben Augenblick wandten sich meine Blicke unwillkürlich nach der gewissen Türe, und wirklich: Christine Brahe trat ein. Mein Nachbar, der Major, machte eine heftige, kurze Bewegung, die sich in meinen Körper fortpflanzte, aber er hatte offenbar keine Kraft mehr, sich zu erheben. Sein braunes, altes, fleckiges Gesicht wendete sich von einem zum andern, sein Mund stand offen, und die Zunge wand sich hinter den verdorbenen Zähnen; dann auf einmal war dieses Gesicht fort, und sein grauer Kopf lag auf dem Tische, und seine Arme lagen wie in Stücken darüber und darunter, und irgendwo kam eine welke, fleckige Hand hervor und bebte.

Und nun ging Christine Brahe vorbei, Schritt für Schritt, langsam wie eine Kranke, durch unbeschreibliche Stille, in die nur ein einziger wimmernder Laut hineinklang wie eines alten Hundes. Aber da schob sich links von dem großen silbernen Schwan, der mit Narzissen gefüllt war, die große Maske des Alten hervor mit ihrem grauen Lächeln. Er hob sein Weinglas meinem Vater zu. Und nun sah ich, wie mein Vater, gerade als Christine Brahe hinter seinem Sessel vorüberkam, nach seinem Glase griff und es wie etwas sehr Schweres eine Handbreit über den Tisch hob. Und noch in dieser Nacht reisten wir.

Bibliothèque Nationale.

Ich sitze und lese einen Dichter. Es sind viele Leute im Saal, aber man spürt sie nicht. Sie sind in den Büchern. Manchmal bewegen sie sich in den Blättern, wie Menschen, die schlafen und sich umwenden zwischen zwei Träumen. Ach, wie gut ist es doch, unter lesenden Menschen zu sein. Warum sind sie nicht immer so? Du kannst hingehen zu einem und ihn leise anrühren: er fühlt nichts. Und stößt du einen Nachbar beim Aufstehen ein wenig an und entschuldigst dich, so nickt er nach der Seite, auf der er deine Stimme hört, sein Gesicht wendet sich dir zu und sieht dich nicht, und sein Haar ist wie das Haar eines Schlafenden. Wie wohl das tut. Und ich sitze und habe einen Dichter. Was für ein Schicksal. Es sind jetzt vielleicht dreihundert Leute im Saale, die lesen; aber es ist unmöglich, daß sie jeder einzelne einen Dichter haben. (Weiß Gott, was sie haben.) Dreihundert Dichter giebt es nicht. Aber sieh nur, was für ein Schicksal, ich, vielleicht der armsäligste von diesen Lesenden, ein Ausländer: ich habe einen Dichter. Obwohl ich arm bin. Obwohl mein Anzug, den ich täglich trage, anfängt, gewisse Stellen zu bekommen, obwohl gegen meine Schuhe sich das und jenes einwenden ließe. Zwar mein Kragen ist rein, meine Wäsche auch, und ich könnte, wie ich bin, in eine beliebige Konditorei gehen, womöglich auf den großen Boulevards, und könnte mit meiner Hand getrost in einen Kuchenteller greifen und etwas nehmen. Man würde nichts Auffälliges darin finden und mich nicht schelten und hinausweisen, denn es ist immerhin eine Hand aus den guten Kreisen, eine Hand, die vier- bis fünfmal täglich gewaschen wird. Ja, es ist nichts hinter den Nägeln, der Schreibfinger ist ohne Tinte, und besonders die Gelenke sind tadellos. Bis dorthin waschen arme Leute sich nicht, das ist eine bekannte Tatsache. Man kann also aus ihrer Reinlichkeit gewisse Schlüsse ziehen. Man zieht sie auch. In den Geschäften zieht man sie. Aber es giebt doch ein paar Existenzen, auf dem Boulevard Saint-Michel zum Beispiel und in der rue Racine, die lassen sich nicht irremachen, die pfeifen auf die Gelenke. Die sehen mich an und wissen es. Die wissen, daß ich eigentlich zu ihnen gehöre, daß ich nur ein bißchen Komödie spiele. Es ist ja Fasching. Und sie wollen mir den Spaß nicht verderben; sie grinsen nur so ein bißchen und zwinkern mit den Augen. Kein Mensch hats gesehen. Im übrigen behandeln sie mich wie einen Herrn. Es muß nur jemand in der Nähe sein, dann tun sie sogar untertänig. Tun, als ob ich einen Pelz anhätte und mein Wagen hinter mir herführe. Manchmal gebe ich ihnen zwei Sous und zittere, sie könnten sie abweisen; aber sie nehmen sie an. Und es wäre alles in Ordnung, wenn sie nicht wieder ein wenig gegrinst und gezwinkert hätten. Wer sind diese Leute? Was wollen sie von mir? Warten sie auf mich? Woran erkennen sie mich? Es ist wahr, mein Bart sieht etwas vernachlässigt aus, ein ganz, ganz klein wenig erinnert er an ihre kranken, alten, verblichenen Bärte, die mir immer Eindruck gemacht haben. Aber habe ich nicht das Recht, meinen Bart zu vernachlässigen? Viele beschäftigte Menschen tun das, und es fällt doch niemandem ein, sie deshalb gleich zu den Fortgeworfenen zu zählen. Denn das ist mir klar, daß das die Fortgeworfenen sind, nicht nur

Bettler; nein, es sind eigentlich keine Bettler, man muß Unterschiede machen. Es sind Abfälle, Schalen von Menschen, die das Schicksal ausgespieen hat. Feucht vom Speichel des Schicksals kleben sie an einer Mauer, an einer Laterne, an einer Plakatsäule, oder sie rinnen langsam die Gasse herunter mit einer dunklen, schmutzigen Spur hinter sich her. Was in aller Welt wollte diese Alte von mir, die, mit einer Nachttischschublade, in der einige Knöpfe und Nadeln herumrollten, aus irgendeinem Loch herausgekrochen war? Weshalb ging sie immer neben mir und beobachtete mich? Als ob sie versuchte, mich zu erkennen mit ihren Triefaugen, die aussahen, als hätte ihr ein Kranker grünen Schleim in die blutigen Lider gespuckt. Und wie kam damals jene graue, kleine Frau dazu, eine Viertelstunde lang vor einem Schaufenster an meiner Seite zu stehen, während sie mir einen alten, langen Bleistift zeigte, der unendlich langsam aus ihren schlechten, geschlossenen Händen sich herausschob. Ich tat, als betrachtete ich die ausgelegten Sachen und merkte nichts. Sie aber wußte, daß ich sie gesehen hatte, sie wußte, daß ich stand und nachdachte, was sie eigentlich täte. Denn daß es sich nicht um den Bleistift handeln konnte, begriff ich wohl: ich fühlte, daß das ein Zeichen war, ein Zeichen für Eingeweihte, ein Zeichen, das die Fortgeworfenen kennen; ich ahnte, sie bedeutete mir, ich müßte irgendwohin kommen oder etwas tun. Und das Seltsamste war, daß ich immerfort das Gefühl nicht los wurde, es bestünde tatsächlich eine gewisse Verabredung, zu der dieses Zeichen gehörte, und diese Szene wäre im Grunde etwas, was ich hätte erwarten müssen.

Das war vor zwei Wochen. Aber nun vergeht fast kein Tag ohne eine solche Begegnung. Nicht nur in der Dämmerung, am Mittag in den dichtesten Straßen geschieht es, daß plötzlich ein kleiner Mann oder eine alte Frau da ist, nickt, mir etwas zeigt und wieder verschwindet, als wäre nun alles Nötige getan. Es ist möglich, daß es ihnen eines

Tages einfällt, bis in meine Stube zu kommen, sie wissen bestimmt, wo ich wohne, und sie werden es schon einrichten, daß der Concierge sie nicht aufhält. Aber hier, meine Lieben, hier bin ich sicher vor euch. Man muß eine besondere Karte haben, um in diesen Saal eintreten zu können. Diese Karte habe ich vor euch voraus. Ich gehe ein wenig scheu, wie man sich denken kann, durch die Straßen, aber schließlich stehe ich vor einer Glastür, öffne sie, als ob ich zuhause wäre, weise an der nächsten Tür meine Karte vor (ganz genau wie ihr mir eure Dinge zeigt, nur mit dem Unterschiede, daß man mich versteht und begreift, was ich meine –), und dann bin ich zwischen diesen Büchern, bin euch weggenommen, als ob ich gestorben wäre, und sitze und lese einen Dichter.

Ihr wißt nicht, was das ist, ein Dichter? – Verlaine ... Nichts? Keine Erinnerung? Nein. Ihr habt ihn nicht unterschieden unter denen, die ihr kanntet? Unterschiede macht ihr keine, ich weiß. Aber es ist ein anderer Dichter, den ich lese, einer, der nicht in Paris wohnt, ein ganz anderer. Einer, der ein stilles Haus hat im Gebirge. Der klingt wie eine Glocke in reiner Luft. Ein glücklicher Dichter, der von seinem Fenster erzählt und von den Glastüren seines Bücherschrankes, die eine liebe, einsame Weite nachdenklich spiegeln. Gerade der Dichter ist es, der ich hätte werden wollen; denn er weiß von den Mädchen so viel, und ich hätte auch viel von ihnen gewußt. Er weiß von Mädchen, die vor hundert Jahren gelebt haben; es tut nichts mehr, daß sie tot sind, denn er weiß alles. Und das ist die Hauptsache. Er spricht ihre Namen aus, diese leisen, schlankgeschriebenen Namen mit den altmodischen Schleifen in den langen Buchstaben und die erwachsenen Namen ihrer älteren Freundinnen, in denen schon ein klein wenig Schicksal mitklingt, ein klein wenig Enttäuschung und Tod. Vielleicht liegen in einem Fach seines Mahagonischreibtisches ihre verblichenen Briefe und die gelösten Blätter ihrer Tagebücher, in denen Geburtstage stehen, Sommerpartien, Geburtstage. Oder es kann sein, daß es in der bauchigen Kommode im Hintergrunde seines Schlafzimmers eine Schublade giebt, in der ihre Frühjahrskleider aufgehoben sind; weiße Kleider, die um Ostern zum erstenmal angezogen wurden, Kleider aus getupftem Tüll, die eigentlich in den Sommer gehören, den man nicht erwarten konnte. O was für ein glückliches Schicksal, in der stillen Stube eines ererbten Hauses zu sitzen unter lauter ruhigen, seßhaften Dingen und draußen im leichten, lichtgrünen Garten die ersten Meisen zu hören, die sich versuchen, und in der Ferne die Dorfuhr. Zu sitzen und auf einen warmen Streifen Nachmittagssonne zu sehen und vieles von vergangenen Mädchen zu wissen und ein Dichter zu sein. Und zu denken, daß ich auch so ein Dichter geworden wäre, wenn ich irgendwo hätte wohnen dürfen, irgendwo auf der Welt, in einem von den vielen verschlossenen Landhäusern, um die sich niemand bekümmert. Ich hätte ein einziges Zimmer gebraucht (das lichte Zimmer im Giebel). Da hätte ich drinnen gelebt mit meinen alten Dingen, den Familienbildern, den Büchern. Und einen Lehnstuhl hätte ich gehabt und Blumen und Hunde und einen starken Stock für die steinigen Wege. Und nichts sonst. Nur ein Buch in gelbliches, elfenbeinfarbiges Leder gebunden mit einem alten blumigen Muster als Vorsatz: dahinein hätte ich geschrieben. Ich hätte viel geschrieben, denn ich hätte viele Gedanken gehabt und Erinnerungen von Vielen. Aber es ist anders gekommen, Gott wird wissen, warum. Meine alten Möbel faulen in einer Scheune, in die ich sie habe stellen dürfen, und ich selbst, ja, mein Gott, ich habe kein Dach über mir, und es regnet mir in die Augen.

Manchmal gehe ich an kleinen Läden vorbei in der rue de Seine etwa. Händler mit Altsachen oder kleine Buchantiquare oder Kupferstichverkäufer mit überfüllten

Schaufenstern. Nie tritt jemand bei ihnen ein, sie machen offenbar keine Geschäfte. Sieht man aber hinein, so sitzen sie, sitzen und lesen, unbesorgt; sorgen nicht um morgen, ängstigen sich nicht um ein Gelingen, haben einen Hund, der vor ihnen sitzt, gut aufgelegt, oder eine Katze, die die Stille noch größer macht, indem sie die Bücherreihen entlang streicht, als wischte sie die Namen von den Rücken.

Ach, wenn das genügte: ich wünschte manchmal, mir so ein volles Schaufenster zu kaufen und mich mit einem Hund dahinterzusetzen für zwanzig Jahre.

Es ist gut, es laut zu sagen: »Es ist nichts geschehen.« Noch einmal: »Es ist nichts geschehen.« Hilft es?

Daß mein Ofen wieder einmal geraucht hat und ich ausgehen mußte, das ist doch wirklich kein Unglück. Daß ich mich matt und erkältet fühle, hat nichts zu bedeuten. Daß ich den ganzen Tag in den Gassen umhergelaufen bin, ist meine eigene Schuld. Ich hätte ebensogut im Louvre sitzen können. Oder nein, das hätte ich nicht. Dort sind gewisse Leute, die sich wärmen wollen. Sie sitzen auf den Samtbänken, und ihre Füße stehen wie große leere Stiefel nebeneinander auf den Gittern der Heizungen. Es sind äußerst bescheidene Männer, die dankbar sind, wenn die Diener in den dunklen Uniformen mit den vielen Orden sie dulden. Aber wenn ich eintrete, so grinsen sie. Grinsen und nicken ein wenig. Und dann, wenn ich vor den Bildern hin und her gehe, behalten sie mich im Auge, immer im Auge, immer in diesem umgerührten, zusammengeflossenen Auge. Es war also gut, daß ich nicht ins Louvre gegangen bin. Ich bin immer unterwegs gewesen. Weiß der Himmel in wie vielen Städten, Stadtteilen, Friedhöfen, Brücken und Durchgängen. Irgendwo habe ich einen Mann gesehen, der einen Gemüsewagen vor sich herschob. Er schrie: Chou-fleur, Chou-fleur, das fleur mit eigentümlich trübem eu. Neben ihm ging eine eckige, häßliche Frau, die ihn von Zeit zu Zeit anstieß. Und wenn sie ihn anstieß, so schrie er. Manchmal schrie er auch von selbst, aber dann war es umsonst gewesen, und er mußte gleich darauf wieder schreien, weil man vor einem Hause war, welches kaufte. Habe ich schon gesagt, daß er blind war? Nein? Also er war blind. Er war blind und schrie. Ich fälsche, wenn ich das sage, ich unterschlage den Wagen, den er schob, ich tue, als hätte ich nicht bemerkt, daß er Blumenkohl ausrief. Aber ist das wesentlich? Und wenn es auch wesentlich wäre, kommt es nicht darauf an, was die ganze Sache für mich gewesen ist? Ich habe einen alten Mann gesehen, der blind war und schrie. Das habe ich gesehen. Gesehen.

Wird man es glauben, daß es solche Häuser giebt? Nein, man wird sagen, ich fälsche. Diesmal ist es Wahrheit, nichts weggelassen, natürlich auch nichts hinzugetan. Woher sollte ich es nehmen? Man weiß, daß ich arm bin. Man weiß es. Häuser? Aber, um genau zu sein, es waren Häuser, die nicht mehr da waren. Häuser, die man abgebrochen hatte von oben bis unten. Was da war, das waren die anderen Häuser, die danebengestanden hatten, hohe Nachbarhäuser. Offenbar waren sie in Gefahr, umzufallen, seit man nebenan alles weggenommen hatte; denn ein ganzes Gerüst von langen, geteerten Mastbäumen war schräg zwischen den Grund des Schuttplatzes und die bloßgelegte Mauer gerammt. Ich weiß nicht, ob ich schon gesagt habe, daß ich diese Mauer meine. Aber es war sozusagen nicht die erste Mauer der vorhandenen Häuser (was man doch hätte annehmen müssen), sondern die letzte der früheren. Man sah ihre Innenseite. Man sah in den verschiedenen Stockwerken Zimmerwände, an denen noch die Tapeten klebten, da und dort den Ansatz des Fußbodens oder der Decke. Neben den Zimmerwänden blieb die ganze Mauer entlang noch ein schmutzigweißer Raum, und durch diesen kroch in unsäglich widerlichen, wurmweichen, gleichsam verdauenden Bewegungen die offene, rostfleckige Rinne der

Abortröhre. Von den Wegen, die das Leuchtgas gegangen war, waren graue, staubige Spuren am Rande der Decken geblieben, und sie bogen da und dort, ganz unerwartet, rund um und kamen in die farbige Wand hineingelaufen und in ein Loch hinein, das schwarz und rücksichtslos ausgerissen war. Am unvergeßlichsten aber waren die Wände selbst. Das zähe Leben dieser Zimmer hatte sich nicht zertreten lassen. Es war noch da, es hielt sich an den Nägeln, die geblieben waren, es stand auf dem handbreiten Rest der Fußböden, es war unter den Ansätzen der Ecken, wo es noch ein klein wenig Innenraum gab, zusammengekrochen. Man konnte sehen, daß es in der Farbe war, die es langsam, Jahr um Jahr, verwandelt hatte: Blau in schimmliches Grün, Grün in Grau und Gelb in ein altes, abgestandenes Weiß, das fault. Aber es war auch in den frischeren Stellen, die sich hinter Spiegeln, Bildern und Schränken erhalten hatten; denn es hatte ihre Umrisse gezogen und nachgezogen und war mit Spinnen und Staub auch auf diesen versteckten Plätzen gewesen, die jetzt bloßlagen. Es war in jedem Streifen, der abgeschunden war, es war in den feuchten Blasen am unteren Rande der Tapeten, es schwankte in den abgerissenen Fetzen, und aus den garstigen Flecken, die vor langer Zeit entstanden waren, schwitzte es aus. Und aus diesen blau, grün und gelb gewesenen Wänden, die eingerahmt waren von den Bruchbahnen der zerstörten Zwischenmauern, stand die Luft dieser Leben heraus, die zähe, träge, stockige Luft, die kein Wind noch zerstreut hatte. Da standen die Mittage und die Krankheiten und das Ausgeatmete und der jahrealte Rauch und der Schweiß, der unter den Schultern ausbricht und die Kleider schwer macht, und das Fade aus den Munden und der Fuselgeruch gärender Füße. Da stand das Scharfe vom Urin und das Brennen vom Ruß und grauer Kartoffeldunst und der schwere, glatte Gestank von alterndem Schmalze. Der süße, lange Geruch von vernachlässigten Säuglingen war da und der Angstgeruch der Kinder, die in die Schule gehen, und das Schwüle aus den Betten mannbarer Knaben. Und vieles hatte sich dazugesellt, was von unten gekommen war, aus dem Abgrund der Gasse, die verdunstete, und anderes war von oben herabgesickert mit dem Regen, der über den Städten nicht rein ist. Und manches hatte die schwachen, zahm gewordenen Hauswinde, die immer in derselben Straße bleiben, zugetragen, und es war noch vieles da, wovon man den Ursprung nicht wußte. Ich habe doch gesagt, daß man alle Mauern abgebrochen hatte bis auf die letzte –? Nun von dieser Mauer spreche ich fortwährend. Man wird sagen, ich hätte lange davorgestanden; aber ich will einen Eid geben dafür, daß ich zu laufen begann, sobald ich die Mauer erkannt hatte. Denn das ist das Schreckliche, daß ich sie erkannt habe. Ich erkenne das alles hier, und darum geht es so ohne weiteres in mich ein: es ist zu Hause in mir.

Ich war etwas erschöpft nach alledem, man kann wohl sagen angegriffen, und darum war es zuviel für mich, daß auch er noch auf mich warten mußte. Er wartete in der kleinen Crémerie, wo ich zwei Spiegeleier essen wollte; ich war hungrig, ich war den ganzen Tag nicht dazu gekommen zu essen. Aber ich konnte auch jetzt nichts zu mir nehmen; ehe die Eier noch fertig waren, trieb es mich wieder hinaus in die Straßen, die ganz dickflüssig von Menschen mir entgegenrannen. Denn es war Fasching und Abend, und die Leute hatten alle Zeit und trieben umher und rieben sich einer am andern. Und ihre Gesichter waren voll von dem Licht, das aus den Schaubuden kam, und das Lachen quoll aus ihren Munden wie Eiter aus offenen Stellen. Sie lachten immer mehr und drängten sich immer enger zusammen, je ungeduldiger ich versuchte vorwärts zu kommen. Das Tuch eines Frauenzimmers hakte sich irgendwie an mir fest, ich zog sie hinter mir her, und die Leute hielten mich auf und lachten, und ich fühlte, daß ich auch lachen sollte, aber ich konnte es nicht. Jemand warf mir eine Hand Confetti in die Augen, und es brannte wie eine Peitsche. An den Ecken waren die Menschen festgekeilt, einer in den andern geschoben, und es war keine Weiterbewegung in ihnen, nur ein leises, weiches Auf und Ab, als ob sie sich stehend paarten. Aber obwohl sie standen und ich am Rande der Fahrbahn, wo es Risse im Gedränge gab, hinlief wie ein Rasender, war es in Wahrheit doch so, daß sie sich bewegten und ich mich nicht rührte. Denn es veränderte sich nichts; wenn ich aufsah, gewahrte ich immer noch dieselben Häuser auf der einen Seite und auf der anderen die Schaubuden. Vielleicht auch stand alles fest, und es war nur ein Schwindel in mir und ihnen, der alles zu drehen schien. Ich hatte keine Zeit, darüber nachzudenken, ich war schwer von Schweiß, und es kreiste ein betäubender Schmerz in mir, als ob in meinem Blute etwas zu Großes mittriebe, das die Adern ausdehnte, wohin es kam. Und dabei fühlte ich, daß die Luft längst zu Ende war und daß ich nur mehr Ausgeatmetes einzog, das meine Lungen stehen ließen.

Aber nun ist es vorbei; ich habe es überstanden. Ich sitze in meinem Zimmer bei der Lampe; es ist ein wenig kalt, denn ich wage es nicht, den Ofen zu versuchen; was, wenn er rauchte und ich müßte wieder hinaus? Ich sitze und denke: wenn ich nicht arm wäre, würde ich mir ein anderes Zimmer mieten, ein Zimmer mit Möbeln, die nicht so aufgebraucht sind, nicht so voll von früheren Mietern wie diese hier. Zuerst war es mir wirklich schwer, den Kopf in diesen Lehnstuhl zu legen; es ist da nämlich eine gewisse schmierig-graue Mulde in seinem grünen Bezug, in die alle Köpfe zu passen scheinen. Längere Zeit gebrauchte ich die Vorsicht, ein Taschentuch unter meine Haare zu legen, aber jetzt bin ich zu müde dazu; ich habe gefunden, daß es auch so geht und daß die kleine Vertiefung genau für meinen Hinterkopf gemacht ist, wie nach Maß. Aber ich würde mir, wenn ich nicht arm wäre, vor allem einen guten Ofen kaufen, und ich würde das reine, starke Holz heizen, welches aus dem Gebirge kommt, und nicht diese trostlosen têtes-de-moineau, deren Dunst das Atmen so bang macht und den Kopf so wirr. Und dann müßte jemand da sein, der ohne grobes Geräusch aufräumt und der das Feuer besorgt, wie ich es brauche; denn oft, wenn ich eine Viertelstunde vor dem Ofen knien muß und rütteln, die Stirnhaut gespannt von der nahen Glut und mit Hitze in den offenen Augen, gebe ich alles aus, was ich für den Tag an Kraft habe, und wenn ich dann unter die Leute komme, haben sie es natürlich leicht. Ich würde manchmal, wenn großes Gedränge ist, einen Wagen nehmen, vorbeifahren, ich würde täglich in einem Duval essen ... und nicht mehr in die Crémerien kriechen ... Ob er wohl auch in einem Duval gewesen wäre? Nein. Dort hätte er nicht auf mich warten dürfen. Sterbende läßt man nicht hinein. Sterbende? Ich sitze ja jetzt in meiner Stube; ich kann ja versuchen, ruhig über das nachzudenken, was mir begegnet ist. Es ist gut, nichts im Ungewissen zu lassen. Also ich trat ein und sah zuerst nur, daß der Tisch, an dem ich öfters zu sitzen pflegte, von jemandem anderen eingenommen war. Ich grüßte nach dem kleinen Buffet hin, bestellte und setzte mich nebenan. Aber da fühlte ich ihn, obwohl er sich nicht rührte. Gerade seine Regungslosigkeit fühlte ich und begriff sie mit einem Schlage. Die Verbindung zwischen uns war hergestellt, und ich wußte, daß er erstarrt war vor Entsetzen. Ich wußte, daß das Entsetzen ihn gelähmt hatte, Entsetzen über etwas, was in ihm geschah. Vielleicht brach ein Gefäß in ihm, vielleicht trat ein Gift, das er lange gefürchtet hatte, gerade jetzt in seine Herzkammer ein, vielleicht ging ein großes Geschwür auf in seinem Gehirn wie eine Sonne, die ihm die Welt verwandelte. Mit unbeschreiblicher Anstrengung zwang ich mich, nach ihm hinzusehen, denn ich hoffte noch, daß alles Einbildung sei.

Aber es geschah, daß ich aufsprang und hinausstürzte; denn ich hatte mich nicht geirrt. Er saß da in einem dicken, schwarzen Wintermantel, und sein graues, gespanntes Gesicht hing tief in ein wollenes Halstuch. Sein Mund war geschlossen, als wäre er mit großer Wucht zugefallen, aber es war nicht möglich zu sagen, ob seine Augen noch schauten: beschlagene, rauchgraue Brillengläser lagen davor und zitterten ein wenig. Seine Nasenflügel waren aufgerissen, und das lange Haar über seinen Schläfen, aus denen alles weggenommen war, welkte wie in zu großer Hitze. Seine Ohren waren lang, gelb, mit großen Schatten hinter sich. Ja, er wußte, daß er sich jetzt von allem entfernte, nicht nur von den Menschen. Ein Augenblick noch, und alles wird seinen Sinn verloren haben, und dieser Tisch und die Tasse und der Stuhl, an den er sich klammert, alles Tägliche und Nächste wird unverständlich geworden sein, fremd und schwer. So saß er da und wartete, bis es geschehen sein würde. Und wehrte sich nicht mehr.

Und ich wehre mich noch. Ich wehre mich, obwohl ich weiß, daß mir das Herz schon heraushängt und daß ich doch nicht mehr leben kann, auch wenn meine Quäler jetzt von mir abließen. Ich sage mir: es ist nichts geschehen, und doch habe ich jenen Mann nur begreifen können, weil auch in mir etwas vor sich geht, das anfängt, mich von allem zu entfernen und abzutrennen. Wie graute mir immer, wenn ich von einem Sterbenden sagen hörte: er konnte schon niemanden mehr erkennen. Dann stellte ich mir ein einsames Gesicht vor, das sich aufhob aus Kissen und suchte, nach etwas Bekanntem suchte, nach etwas schon einmal Gesehenem suchte, aber es war nichts da. Wenn meine Furcht nicht so groß wäre, so würde ich mich damit trösten, daß es nicht unmöglich ist, alles anders zu sehen und doch zu leben. Aber ich fürchte mich, ich fürchte mich namenlos vor dieser Veränderung. Ich bin ja noch gar nicht in dieser Welt eingewöhnt gewesen, die mir gut scheint.

Was soll ich in einer anderen? Ich würde so gerne unter den Bedeutungen bleiben, die mir lieb geworden sind, und wenn schon etwas sich verändern muß, so möchte ich doch wenigstens unter den Hunden leben dürfen, die eine verwandte Welt haben und dieselben Dinge.

Noch eine Weile kann ich das alles aufschreiben und sagen. Aber es wird ein Tag kommen, da meine Hand weit von mir sein wird, und wenn ich sie schreiben heißen werde, wird sie Worte schreiben, die ich nicht meine. Die Zeit der anderen Auslegung wird anbrechen, und es wird kein Wort auf dem anderen bleiben, und jeder Sinn wird wie Wolken sich auflösen und wie Wasser niedergehen. Bei aller Furcht bin ich schließlich doch wie einer, der vor etwas Großem steht, und ich erinnere mich, daß es früher oft ähnlich in mir war, eh ich zu schreiben begann. Aber diesmal werde ich geschrieben werden. Ich bin der Eindruck, der sich verwandeln wird. Oh, es fehlt nur ein kleines, und ich könnte das alles begreifen und gutheißen. Nur ein Schritt, und mein tiefes Elend würde Seligkeit sein. Aber ich kann diesen Schritt nicht tun, ich bin gefallen und kann mich nicht mehr aufheben, weil ich zerbrochen bin. Ich habe ja immer noch geglaubt, es könnte eine Hülfe kommen. Da liegt es vor mir in meiner eigenen Schrift, was ich gebetet habe, Abend für Abend. Ich habe es mir aus den Büchern, in denen ich es fand, abgeschrieben, damit es mir ganz nahe wäre und aus meiner Hand entsprungen wie Eigenes. Und ich will es jetzt noch einmal schreiben, hier vor meinem Tisch kniend will ich es schreiben; denn so habe ich es länger, als wenn ich es lese, und jedes Wort dauert an und hat Zeit zu verhallen.

›Mécontent de tous et mécontent de moi, je voudrais bien me racheter et m'enorgueillir un peu dans le silence et la solitude de la nuit. Âmes de ceux que j'ai aimés, âmes de ceux que j'ai chantés, fortifiez-moi, soutenez-moi, éloignez de moi le mensonge et les vapeurs corruptrices du monde;

et vous, Seigneur mon Dieu! accordez-moi la grâce de produire quelques beaux vers qui me prouvent à moi-même que je ne suis pas le dernier des hommes, que je ne suis pas inférieur à ceux que je méprise.‹

›Die Kinder loser und verachteter Leute, die die Geringsten im Lande waren. Nun bin ich ihr Saitenspiel worden und muß ihr Märlein sein.

. . . sie haben über mich einen Weg gemacht . . .

. . . es war ihnen so leicht, mich zu beschädigen, daß sie keiner Hülfe dazu durften.

. . . nun aber geußet sich aus meiner Seele über mich, und mich hat ergriffen die elende Zeit.

Des Nachts wird mein Gebein durchbohret allenthalben; und die mich jagen, legen sich nicht schlafen.

Durch die Menge der Kraft werde ich anders und anders gekleidet; und man gürtet mich damit wie mit dem Loch meines Rocks . . .

Meine Eingeweide sieden und hören nicht auf; mich hat überfallen die elende Zeit . . .

Meine Harfe ist eine Klage worden, und meine Pfeife ein Weinen.‹

Der Arzt hat mich nicht verstanden. Nichts. Es war ja auch schwer zu erzählen. Man wollte einen Versuch machen mit dem Elektrisieren. Gut. Ich bekam einen Zettel: ich sollte um ein Uhr in der Salpêtrière sein. Ich war dort. Ich mußte lange an verschiedenen Baracken vorüber, durch mehrere Höfe gehen, in denen da und dort Leute mit weißen Hauben wie Sträflinge unter den leeren Bäumen standen. Endlich kam ich in einen langen, dunklen, gangartigen Raum, der auf der einen Seite vier Fenster aus mattem, grünlichem Glase hatte, eines vom anderen durch eine breite, schwarze Zwischenwand getrennt. Davor lief eine Holzbank hin, an allem vorbei, und auf dieser Bank saßen sie, die mich kannten, und warteten. Ja, sie waren alle da. Als ich mich an die Dämmerung des Raumes gewöhnt hatte, merkte ich, daß unter denen, welche Schulter an Schulter in endloser Reihe dasaßen, auch einige andere Leute sein konnten, kleine Leute, Handwerker, Bedienerinnen und Lastkutscher. Unten an der Schmalseite des Ganges auf besonderen Stühlen hatten sich zwei dicke Frauen ausgebreitet, die sich unterhielten, vermutlich Conciergen. Ich sah nach der Uhr; es war fünf Minuten vor Eins. Nun in fünf, sagen wir in zehn Minuten, mußte ich drankommen; es war also nicht so schlimm. Die Luft war schlecht, schwer, voll Kleider und Atem. An einer gewissen Stelle schlug die starke, steigernde Kühle von Äther aus einer Türspalte. Ich begann auf und ab zu gehen. Es kam mir in den Sinn, daß man mich hierher gewiesen hatte, unter diese Leute, in diese überfüllte, allgemeine Sprechstunde. Es war sozusagen die erste öffentliche Bestätigung, daß ich zu den Fortgeworfenen gehörte; hatte der Arzt es mir angesehen? Aber ich hatte meinen Besuch in einem leidlich guten Anzuge gemacht, ich hatte meine Karte hineingeschickt. Trotzdem, er mußte es irgendwie erfahren haben, vielleicht hatte ich mich selbst verraten. Nun, da es einmal Tatsache war, fand ich es auch gar nicht so arg; die Leute saßen still und achteten nicht auf mich. Einige hatten Schmerzen und schwenkten ein wenig das eine Bein, um sie leichter auszuhalten. Verschiedene Männer hatten den Kopf in die flachen Hände gelegt, andere schliefen tief mit schweren, verschütteten Gesichtern. Ein dicker Mann mit rotem, angeschwollenem Halse saß vorübergebeugt da, stierte auf den Fußboden und spie von Zeit zu Zeit klatschend auf einen Fleck, der ihm dazu passend schien. Ein Kind schluchzte in einer Ecke; die langen magern Beine hatte es zu sich auf die Bank gezogen, und nun hielt es sie umfaßt und an sich gepreßt, als müßte es von ihnen Abschied nehmen. Eine kleine, blasse Frau, der ein mit runden, schwarzen Blumen geputzter Krepphut schief auf den Haaren saß, hatte die Grimasse eines Lächelns um die dürftigen Lippen, aber ihre wunden Lider gingen beständig über. Nicht weit von ihr hatte man ein Mädchen hingesetzt mit rundem glatten Gesicht und herausgedrängten Augen, die ohne Ausdruck waren; sein Mund stand offen, so daß man das weiße, schleimige Zahnfleisch sah mit den alten, verkümmerten Zähnen. Und viele Verbände gab es. Verbände, die den ganzen Kopf Schichte um Schichte umzogen, bis nur noch ein einziges Auge da war, das niemandem mehr gehörte. Verbände, die verbargen, und Verbände, die zeigten, was darunter war. Verbände, die man geöffnet hatte und in denen nun, wie in einem schmutzigen Bett, eine Hand lag, die keine mehr war; und ein eingebundenes Bein, das aus der Reihe herausstand, groß wie ein ganzer Mensch. Ich ging auf und ab und gab mir Mühe, ruhig zu sein. Ich beschäftigte mich viel mit der gegenüberliegenden Wand. Ich bemerkte, daß sie eine Anzahl einflügeliger Türen enthielt und nicht bis an die Decke reichte, so daß dieser Gang von den Räumen, die daneben liegen mußten, nicht ganz abgetrennt war. Ich sah nach der Uhr; ich war eine Stunde auf und ab gegangen. Eine Weile später kamen die Ärzte. Zuerst ein paar junge Leute, die mit gleichgültigen Gesichtern vorbeigingen, schließlich der, bei dem ich gewesen war, in lichten Handschuhen, Chapeau à huit reflets, tadellosem Überzieher. Als er mich sah, hob er ein wenig den Hut und lächelte zerstreut. Ich hatte nun Hoffnung, gleich gerufen zu werden, aber es verging wieder eine Stunde. Ich kann mich nicht erinnern, womit ich sie verbrachte. Sie verging. Ein alter Mann kam in einer fleckigen Schürze, eine Art Wärter, und berührte mich an der Schulter. Ich trat in eines der Nebenzimmer. Der Arzt und die jungen Leute saßen um einen Tisch und sahen mich an, man gab mir einen Stuhl. So. Und nun sollte ich erzählen, wie das eigentlich mit mir wäre. Möglichst kurz, s'il vous plaît. Denn viel

Zeit hätten die Herren nicht. Mir war seltsam zumut. Die jungen Leute saßen und sahen mich an mit jener überlegenen, fachlichen Neugier, die sie gelernt hatten. Der Arzt, den ich kannte, strich seinen schwarzen Spitzbart und lächelte zerstreut. Ich dachte, daß ich in Weinen ausbrechen würde, aber ich hörte mich französisch sagen: »Ich hatte bereits die Ehre, Ihnen, mein Herr, alle Auskünfte zu geben, die ich geben kann. Halten Sie es für nötig, daß diese Herren eingeweiht werden, so sind Sie nach unserer Unterredung gewiß imstande, dies mit einigen Worten zu tun, während es mir sehr schwer fällt.« Der Arzt erhob sich mit höflichem Lächeln, trat mit den Assistenten ans Fenster und sagte ein paar Worte, die er mit einer waagerechten, schwankenden Handbewegung begleitete. Nach drei Minuten kam einer von den jungen Leuten, kurzsichtig und fahrig, an den Tisch zurück und sagte, indem er versuchte, mich strenge anzusehen: »Sie schlafen gut, mein Herr?« »Nein, schlecht.« Worauf er wieder zu der Gruppe zurücksprang. Dort verhandelte man noch eine Weile, dann wandte sich der Arzt an mich und teilte mir mit, daß man mich rufen lassen würde. Ich erinnerte ihn, daß ich auf ein Uhr bestellt worden sei. Er lächelte und machte ein paar schnelle, sprunghafte Bewegungen mit seinen kleinen weißen Händen, die bedeuten wollten, daß er ungemein beschäftigt sei. Ich kehrte also in meinen Gang zurück, in dem die Luft viel lastender geworden war, und fing wieder an, hin und her zu gehen, obwohl ich mich todmüde fühlte. Schließlich machte der feuchte, angehäufte Geruch mich schwindlig; ich blieb an der Eingangstür stehen und öffnete sie ein wenig. Ich sah, daß draußen noch Nachmittag und etwas Sonne war, und das tat mir unsagbar wohl. Aber ich hatte kaum eine Minute so gestanden, da hörte ich, daß man mich rief. Eine Frauenperson, die zwei Schritte entfernt bei einem kleinen Tische saß, zischte mir etwas zu. Wer mich geheißen hätte, die Türe öffnen. Ich sagte, ich könnte die

Luft nicht vertragen. Gut, das sei meine Sache, aber die Türe müsse geschlossen bleiben. Ob es denn nicht anginge, ein Fenster aufzumachen. Nein, das sei verboten. Ich beschloß, das Aufundabgehen wieder aufzunehmen, weil es schließlich eine Art Betäubung war und niemanden kränkte. Aber der Frau an dem kleinen Tische mißfiel jetzt auch das. Ob ich denn keinen Platz hätte. Nein, den hätte ich nicht. Das Herumgehen sei aber nicht gestattet; ich müßte mir einen Platz suchen. Es würde schon noch einer da sein. Die Frau hatte recht. Es fand sich wirklich sogleich ein Platz neben dem Mädchen mit den herausdrängenden Augen. Da saß ich nun in dem Gefühle, daß dieser Zustand unbedingt auf etwas Fürchterliches vorbereiten müsse. Links war also das Mädchen mit dem faulenden Zahnfleisch; was rechts von mir war, konnte ich erst nach einer Weile erkennen. Es war eine ungeheuere, unbewegliche Masse, die ein Gesicht hatte und eine große, schwere, reglose Hand. Die Seite des Gesichtes, die ich sah, war leer, ganz ohne Züge und ohne Erinnerungen, und es war unheimlich, daß der Anzug wie der einer Leiche war, die man für den Sarg angekleidet hatte. Die schmale, schwarze Halsbinde war in derselben losen unpersönlichen Weise um den Kragen geschnallt, und dem Rock sah man es an, daß er von anderen über diesen willenlosen Körper gezogen worden war. Die Hand hatte man auf diese Hose gelegt, dorthin wo sie lag, und sogar das Haar war wie von Leichenwäscherinnen gekämmt und war, wie das Haar ausgestopfter Tiere, steif geordnet. Ich betrachtete das alles mit Aufmerksamkeit, und es fiel mir ein, daß dies also der Platz sei, der für mich bestimmt gewesen war, denn ich glaubte nun endlich an diejenige Stelle meines Lebens gekommen zu sein, an der ich bleiben würde. Ja, das Schicksal geht wunderbare Wege.

Plötzlich erhoben sich ganz in der Nähe rasch hintereinander die erschreckten, abwehrenden Schreie eines Kindes, denen ein leises, zugehaltenes Weinen folgte. Während ich mich anstrengte, herauszufinden, wo das könnte gewesen sein, verzitterte wieder ein kleiner, unterdrückter Schrei, und ich hörte Stimmen, die fragten, eine Stimme, die halblaut befahl, und dann schnurrte irgend eine gleichgültige Maschine los und kümmerte sich um nichts. Jetzt erinnerte ich mich jener halben Wand, und es war mir klar, daß das alles von jenseits der Türen kam und daß man dort an der Arbeit war. Wirklich erschien von Zeit zu Zeit der Wärter mit der fleckigen Schürze und winkte. Ich dachte gar nicht mehr daran, daß er mich meinen könnte. Galt es mir? Nein. Zwei Männer waren da mit einem Rollstuhl; sie hoben die Masse hinein, und ich sah jetzt, daß es ein alter, lahmer Mann war, der noch eine andere, kleinere, vom Leben abgenutzte Seite hatte mit einem offenen, trüben, traurigen Auge. Sie fuhren ihn hinein, und neben mir entstand eine Menge Platz. Und ich saß und dachte, was sie wohl dem blöden Mädchen tun wollten und ob es auch schreien würde. Die Maschinen dahinten schnurrten so angenehm fabrikmäßig, es hatte gar nichts Beunruhigendes.

Plötzlich aber war alles still, und in die Stille sagte eine überlegene, selbstgefällige Stimme, die ich zu kennen glaubte:

»Riez!« Pause. »Riez. Mais riez, riez.« Ich lachte schon. Es war unerklärlich, weshalb der Mann da drüben nicht lachen wollte. Eine Maschine ratterte los, verstummte aber sofort wieder, Worte wurden gewechselt, dann erhob sich wieder dieselbe energische Stimme und befahl: »Dites-nous le mot: avant.« Buchstabierend: »a-v-a-n-t« . . . Stille. »On n'entend rien. Encore une fois: . . .«

Und da, als es drüben so warm und schwammig lallte: da zum erstenmal seit vielen, vielen Jahren war es wieder da. Das, was mir das erste, tiefe Entsetzen eingejagt hatte, wenn ich als Kind im Fieber lag: das Große. Ja, so hatte ich immer gesagt, wenn sie alle um mein Bett standen und mir den Puls fühlten und mich fragten, was mich erschreckt habe: Das Große. Und wenn sie den Doktor holten und er war da und redete mir zu, so bat ich ihn, er möchte nur machen, daß das Große wegginge, alles andere wäre nichts. Aber er war wie die andern. Er konnte es nicht fortnehmen, obwohl ich damals doch klein war und mir leicht zu helfen gewesen wäre. Und jetzt war es wieder da. Es war später einfach ausgeblieben, auch in Fiebernächten war es nicht wiedergekommen, aber jetzt war es da, obwohl ich kein Fieber hatte. Jetzt war es da. Jetzt wuchs es aus mir heraus wie eine Geschwulst, wie ein zweiter Kopf, und war ein Teil von mir, obwohl es doch gar nicht zu mir gehören konnte, weil es so groß war. Es war da, wie ein großes totes Tier, das einmal, als es noch lebte, meine Hand gewesen war oder mein Arm. Und mein Blut ging durch mich und durch es, wie durch einen und denselben Körper. Und mein Herz mußte sich sehr anstrengen, um das Blut in das Große zu treiben: es war fast nicht genug Blut da. Und das Blut trat ungern ein in das Große und kam krank und schlecht zurück. Aber das Große schwoll an und wuchs mir vor das Gesicht wie eine warme bläuliche Beule und wuchs mir vor den Mund, und über meinem letzten Auge war schon der Schatten von seinem Rande.

Ich kann mich nicht erinnern, wie ich durch die vielen Höfe hinausgekommen war. Es war Abend, und ich verirrte mich in der fremden Gegend und ging Boulevards mit endlosen Mauern in einer Richtung hinauf und, wenn dann kein Ende da war, in der entgegengesetzten Richtung zurück bis an irgendeinen Platz. Dort begann ich eine Straße zu gehen, und es kamen andere Straßen, die ich nie gesehen hatte, und wieder andere. Elektrische Bahnen rasten manchmal überhell und mit hartem, klopfendem Geläute heran und vorbei. Aber auf ihren Tafeln standen Namen, die ich nicht kannte. Ich wußte nicht, in welcher Stadt ich war und ob ich hier irgendwo eine

Wohnung hatte und was ich tun mußte, um nicht mehr gehen zu müssen.

Und jetzt auch noch diese Krankheit, die mich immer schon so eigentümlich berührt hat. Ich bin sicher, daß man sie unterschätzt. Genau wie man die Bedeutung anderer Krankheiten übertreibt. Diese Krankheit hat keine bestimmten Eigenheiten, sie nimmt die Eigenheiten dessen an, den sie ergreift. Mit einer somnambulen Sicherheit holt sie aus einem jeden seine tiefste Gefahr heraus, die vergangen schien, und stellt sie wieder vor ihn hin, ganz nah, in die nächste Stunde. Männer, die einmal in der Schulzeit das hülflose Laster versucht haben, dessen betrogene Vertraute die armen, harten Knabenhände sind, finden sich wieder darüber, oder es fängt eine Krankheit, die sie als Kinder überwunden haben, wieder in ihnen an; oder eine verlorene Gewohnheit ist wieder da, ein gewisses zögerndes Wenden des Kopfes, das ihnen vor Jahren eigen war. Und mit dem, was kommt, hebt sich ein ganzes Gewirr irrer Erinnerungen, das daranhängt wie nasser Tang an einer versunkenen Sache. Leben, von denen man nie erfahren hätte, tauchen empor und mischen sich unter das, was wirklich gewesen ist, und verdrängen Vergangenes, das man zu kennen glaubte: denn in dem, was aufsteigt, ist eine ausgeruhte, neue Kraft, das aber, was immer da war, ist müde von zu oftem Erinnern.

Ich liege in meinem Bett, fünf Treppen hoch, und mein Tag, den nichts unterbricht, ist wie ein Zifferblatt ohne Zeiger. Wie ein Ding, das lange verloren war, eines Morgens auf seiner Stelle liegt, geschont und gut, neuer fast als zur Zeit des Verlustes, ganz als ob es bei irgend jemandem in Pflege gewesen wäre –: so liegt da und da auf meiner Bettdecke Verlorenes aus der Kindheit und ist wie neu. Alle verlorenen Ängste sind wieder da.

Die Angst, daß ein kleiner Wollfaden, der auf dem Saum

der Decke heraussteht, hart sei, hart und scharf wie eine stählerne Nadel; die Angst, daß dieser kleine Knopf meines Nachthemdes größer sei als mein Kopf, groß und schwer; die Angst, daß dieses Krümchen Brot, das jetzt von meinem Bette fällt, gläsern und zerschlagen unten ankommen würde, und die drückende Sorge, daß damit eigentlich alles zerbrochen sei, alles für immer; die Angst, daß der Streifen Rand eines aufgerissenen Briefes etwas Verbotenes sei, das niemand sehen dürfe, etwas unbeschreiblich Kostbares, für das keine Stelle in der Stube sicher genug sei; die Angst, daß ich, wenn ich einschliefe, das Stück Kohle verschlucken würde, das vor dem Ofen liegt; die Angst, daß irgendeine Zahl in meinem Gehirn zu wachsen beginnt, bis sie nicht mehr Raum hat in mir; die Angst, daß das Granit sei, worauf ich liege, grauer Granit; die Angst, daß ich schreien könnte und daß man vor meiner Türe zusammenliefe und sie schließlich aufbräche, die Angst, daß ich mich verraten könnte und alles das sagen, wovor ich mich fürchte, und die Angst, daß ich nichts sagen könnte, weil alles unsagbar ist, – und die anderen Ängste . . . die Ängste.

Ich habe um meine Kindheit gebeten, und sie ist wiedergekommen, und ich fühle, daß sie immer noch so schwer ist wie damals und daß es nichts genützt hat, älter zu werden.

Gestern war mein Fieber besser, und heute fängt der Tag wie Frühling an, wie Frühling in Bildern. Ich will versuchen, auszugehen in die Bibliothèque Nationale zu meinem Dichter, den ich so lange nicht gelesen habe, und vielleicht kann ich später langsam durch die Gärten gehen. Vielleicht ist Wind über dem großen Teich, der so wirkliches Wasser hat, und es kommen Kinder, die ihre Schiffe mit den roten Segeln hineinlassen und zuschauen.

Heute habe ich es nicht erwartet, ich bin so mutig ausgegangen, als wäre das das Natürlichste und Einfachste. Und doch, es war wieder etwas da, das mich nahm wie Papier, mich zusammenknüllte und fortwarf, es war etwas Unerhörtes da.

Der Boulevard St-Michel war leer und weit, und es ging sich leicht auf seiner leisen Neigung. Fensterflügel oben öffneten sich mit gläsernem Aufklang, und ihr Glänzen flog wie ein weißer Vogel über die Straße. Ein Wagen mit hellroten Rädern kam vorüber, und weiter unten trug jemand etwas Lichtgrünes. Pferde liefen in blinkernden Geschirren auf dem dunkel gespritzten Fahrdamm, der rein war. Der Wind war erregt, neu, mild, und alles stieg auf: Gerüche, Rufe, Glocken.

Ich kam an einem der Caféhäuser vorbei, in denen am Abend die falschen roten Zigeuner spielen. Aus den offenen Fenstern kroch mit schlechtem Gewissen die übernächtige Luft. Glattgekämmte Kellner waren dabei, vor der Türe zu scheuern. Der eine stand gebückt und warf, handvoll nach handvoll, gelblichen Sand unter die Tische. Da stieß ihn einer von den Vorübergehenden an und zeigte die Straße hinunter. Der Kellner, der ganz rot im Gesicht war, schaute eine Weile scharf hin, dann verbreitete sich ein Lachen auf seinen bartlosen Wangen, als wäre es darauf verschüttet worden. Er winkte den andern Kellnern, drehte das lachende Gesicht ein paarmal schnell von rechts nach links, um alle herbeizurufen und selbst nichts zu versäumen. Nun standen alle und blickten hinuntersehend oder -suchend, lächelnd oder ärgerlich, daß sie noch nicht entdeckt hatten, was Lächerliches es gäbe.

Ich fühlte, daß ein wenig Angst in mir anfing. Etwas drängte mich auf die andere Seite hinüber; aber ich begann nur schneller zu gehen und überblickte unwillkürlich die wenigen Leute vor mir, an denen ich nichts Besonderes bemerkte. Doch ich sah, daß der eine, ein Laufbursche mit einer blauen Schürze und einem leeren Henkelkorb über der einen Schulter, jemandem nachschaute. Als er genug hatte, drehte er sich auf derselben Stelle nach den Häusern um und machte zu einem lachenden Kommis hinüber die schwankende Bewegung vor der Stirne, die allen geläufig ist. Dann blitzte er mit den schwarzen Augen und kam mir befriedigt und sich wiegend entgegen.

Ich erwartete, sobald mein Auge Raum hatte, irgendeine ungewöhnliche und auffallende Figur zu sehen, aber es zeigte sich, daß vor mir niemand ging, als ein großer hagerer Mann in einem dunklen Überzieher und mit einem weichen, schwarzen Hut auf dem kurzen, fahlblonden Haar. Ich vergewisserte mich, daß weder an der Kleidung, noch in dem Benehmen dieses Mannes etwas Lächerliches sei, und versuchte schon, an ihm vorüber den Boulevard hinunter zu schauen, als er über irgend etwas stolperte. Da ich nahe hinter ihm folgte, nahm ich mich in acht, aber als die Stelle kam, war da nichts, rein nichts. Wir gingen beide weiter, er und ich, der Abstand zwischen uns blieb derselbe. Jetzt kam ein Straßenübergang, und da geschah es, daß der Mann vor mir mit ungleichen Beinen die Stufen des Gangsteigs hinunterhüpfte in der Art etwa, wie Kinder manchmal während des Gehens aufhüpfen oder springen, wenn sie sich freuen. Auf den jenseitigen Gangsteig kam er einfach mit einem langen Schritt hinauf. Aber kaum war er oben, zog er das eine Bein ein wenig an und hüpfte auf dem anderen einmal hoch und gleich darauf wieder und wieder. Jetzt konnte man diese plötzliche Bewegung wieder ganz gut für ein Stolpern halten, wenn man sich einredete, es wäre da eine Kleinigkeit gewesen, ein Kern, die glitschige Schale einer Frucht, irgend etwas; und das Seltsame war, daß der Mann selbst an das Vorhandensein eines Hindernisses zu glauben schien, denn er sah sich jedesmal mit jenem halb ärgerlichen, halb vorwurfsvollen Blick, den die Leute in solchen Augenblicken haben, nach der lästigen Stelle um. Noch einmal rief mich etwas Warnendes auf die andere Seite der Straße, aber ich folgte nicht und blieb immerfort hinter diesem Manne, indem ich meine ganze Aufmerksamkeit auf seine Beine richtete. Ich muß gestehen, daß ich mich merkwürdig erleichtert fühlte, als etwa zwanzig Schritte lang jenes Hüpfen nicht wiederkam, aber da ich nun meine Augen aufhob, bemerkte ich, daß dem Manne ein anderes Ärgernis entstanden war. Der Kragen seines Überziehers hatte sich aufgestellt; und wie er sich auch, bald mit einer Hand, bald mit beiden umständlich bemühte, ihn niederzulegen, es wollte nicht gelingen. Das kam vor. Es beunruhigte mich nicht. Aber gleich darauf gewahrte ich mit grenzenloser Verwunderung, daß in den beschäftigten Händen dieses Menschen zwei Bewegungen waren: eine heimliche, rasche, mit welcher er den Kragen unmerklich hochklappte, und jene andere ausführliche, anhaltende, gleichsam übertrieben buchstabierte Bewegung, die das Umlegen des Kragens bewerkstelligen sollte. Diese Beobachtung verwirrte mich so sehr, daß zwei Minuten vergingen, ehe ich erkannte, daß im Halse des Mannes, hinter dem hochgeschobenen Überzieher und den nervös agierenden Händen dasselbe schreckliche, zweisilbige Hüpfen war, das seine Beine eben verlassen hatte. Von diesem Augenblick an war ich an ihn gebunden. Ich begriff, daß dieses Hüpfen in seinem Körper herumirrte, daß es versuchte, hier und da auszubrechen. Ich verstand seine Angst vor den Leuten, und ich begann selber vorsichtig zu prüfen, ob die Vorübergehenden etwas merkten. Ein kalter Stich fuhr mir durch den Rücken, als seine Beine plötzlich einen kleinen, zuckenden Sprung machten, aber niemand hatte es gesehen, und ich dachte mir aus, daß auch ich ein wenig stolpern wollte, im Falle jemand aufmerksam wurde. Das wäre gewiß ein Mittel, Neugierige glauben zu machen, es hätte da doch ein kleines, unscheinbares Hindernis im Wege gelegen, auf das wir zufällig beide getreten hätten. Aber während ich so auf Hülfe sann, hatte er selbst einen neuen, ausgezeichneten Ausweg gefunden. Ich habe vergessen zu sagen, daß er einen Stock trug, nun, es war ein einfacher

Stock, aus dunklem Holze mit einem schlichten, rund gebogenen Handgriff. Und es war ihm in seiner suchenden Angst in den Sinn gekommen, diesen Stock zunächst mit einer Hand (denn wer weiß, wozu die zweite noch nötig sein würde) auf den Rücken zu halten, gerade über die Wirbelsäule, ihn fest ins Kreuz zu drücken und das Ende der runden Krücke in den Kragen zu schieben, so daß man es hart und wie einen Halt hinter dem Halswirbel und dem ersten Rückenwirbel spürte. Das war eine Haltung, die nicht auffällig, höchstens ein wenig übermütig war; der unerwartete Frühlingstag konnte das entschuldigen. Niemandem fiel es ein, sich umzusehen, und nun ging es. Es ging vortrefflich. Freilich beim nächsten Straßenübergange kamen zwei Hüpfer aus, zwei kleine, halbunterdrückte Hüpfer, die vollkommen belanglos waren; und der eine, wirklich sichtbare Sprung war so geschickt angebracht (es lag gerade ein Spritzschlauch quer über dem Weg), daß nichts zu befürchten war. Ja, noch ging alles gut; von Zeit zu Zeit griff auch die zweite Hand an den Stock und preßte ihn fester an, und die Gefahr war gleich wieder überstanden. Ich konnte nichts dagegen tun, daß meine Angst dennoch wuchs. Ich wußte, daß, während er ging und mit unendlicher Anstrengung versuchte, gleichgültig und zerstreut auszusehen, das furchtbare Zucken in seinem Körper sich anhäufte; auch in mir war die Angst, mit der er es wachsen und wachsen fühlte, und ich sah, wie er sich an den Stock klammerte, wenn es innen in ihm zu rütteln begann. Dann war der Ausdruck dieser Hände so unerbittlich und streng, daß ich alle Hoffnung in seinen Willen setzte, der groß sein mußte. Aber was war da ein Wille. Der Augenblick mußte kommen, da seine Kraft zu Ende war, er konnte nicht weit sein. Und ich, der ich hinter ihm herging mit stark schlagendem Herzen, ich legte mein bißchen Kraft zusammen wie Geld, und indem ich auf seine Hände sah, bat ich ihn, er möchte nehmen, wenn er es brauchte.

Ich glaube, daß er es genommen hat; was konnte ich dafür, daß es nicht mehr war.

Auf der Place St-Michel waren viele Fahrzeuge und hin und her eilende Leute, wir waren oft zwischen zwei Wagen und dann holte er Atem und ließ sich ein wenig gehen, wie um auszuruhen, und ein wenig hüpfte es und nickte ein wenig. Vielleicht war das die List, mit der die gefangene Krankheit ihn überwinden wollte. Der Wille war an zwei Stellen durchbrochen, und das Nachgeben hatte in den besessenen Muskeln einen leisen, lockenden Reiz zurückgelassen und den zwingenden Zweitakt. Aber der Stock war noch an seinem Platz, und die Hände sahen böse und zornig aus; so betraten wir die Brücke, und es ging. Es ging. Nun kam etwas Unsicheres in den Gang, nun lief er zwei Schritte, und nun stand er. Stand. Die linke Hand löste sich leise vom Stock ab und hob sich so langsam empor, daß ich sie vor der Luft zittern sah; er schob den Hut ein wenig zurück und strich sich über die Stirn. Er wandte ein wenig den Kopf, und sein Blick schwankte über Himmel, Häuser und Wasser hin, ohne zu fassen, und dann gab er nach. Der Stock war fort, er spannte die Arme aus, als ob er auffliegen wollte, und es brach aus ihm aus wie eine Naturkraft und bog ihn vor und riß ihn zurück und ließ ihn nicken und neigen und schleuderte Tanzkraft aus ihm heraus unter die Menge. Denn schon waren viele Leute um ihn, und ich sah ihn nicht mehr.

Was hätte es für einen Sinn gehabt, noch irgendwohin zu gehen, ich war leer. Wie ein leeres Papier trieb ich an den Häusern entlang, den Boulevard wieder hinauf.

Ein Briefentwurf.

Ich versuche es, Dir zu schreiben, obwohl es eigentlich nichts giebt nach einem notwendigen Abschied. Ich versuche es dennoch, ich glaube, ich muß es tun, weil ich die Heilige gesehen habe im Pantheon, die einsame, heilige

Frau und das Dach und die Tür und drin die Lampe mit dem bescheidnen Lichtkreis und drüben die schlafende Stadt und den Fluß und die Ferne im Mondschein. Die Heilige wacht über der schlafenden Stadt. Ich habe geweint. Ich habe geweint, weil das alles auf einmal so unerwartet da war. Ich habe davor geweint, ich wußte mir nicht zu helfen.

Ich bin in Paris, die es hören freuen sich, die meisten beneiden mich. Sie haben recht. Es ist eine große Stadt, groß, voll merkwürdiger Versuchungen. Was mich betrifft, ich muß zugeben, daß ich ihnen in gewisser Beziehung erlegen bin. Ich glaube, es läßt sich nicht anders sagen. Ich bin diesen Versuchungen erlegen, und das hat gewisse Veränderungen zur Folge gehabt, wenn nicht in meinem Charakter, so doch in meiner Weltanschauung, jedenfalls in meinem Leben. Eine vollkommen andere Auffassung aller Dinge hat sich unter diesen Einflüssen in mir herausgebildet, und es sind gewisse Unterschiede da, die mich von den Menschen mehr als alles Bisherige abtrennen. Eine veränderte Welt. Ein neues Leben voll neuer Bedeutungen. Ich habe es augenblicklich etwas schwer, weil alles zu neu ist. Ich bin ein Anfänger in meinen eigenen Verhältnissen.

Ob es nicht möglich wäre, einmal das Meer zu sehen?

Ja, aber denke nur, ich bildete mir ein, Du könntest kommen. Hättest Du mir vielleicht sagen können, ob es einen Arzt giebt? Ich habe vergessen, mich danach zu erkundigen. Übrigens brauche ich es jetzt nicht mehr.

Erinnerst Du Dich an Baudelaires unglaubliches Gedicht ›Une Charogne‹? Es kann sein, daß ich es jetzt verstehe. Abgesehen von der letzten Strophe war er im Recht. Was sollte er tun, da ihm das widerfuhr? Es war seine Aufgabe, in diesem Schrecklichen, scheinbar nur Widerwärtigen das Seiende zu sehen, das unter allem Seienden gilt. Auswahl und Ablehnung giebt es nicht. Hältst Du es für einen

Zufall, daß Flaubert seinen Saint-Julien-l'Hospitalier geschrieben hat? Es kommt mir vor, als wäre das das Entscheidende: ob einer es über sich bringt, sich zu dem Aussätzigen zu legen und ihn zu erwärmen mit der Herzwärme der Liebesnächte, das kann nicht anders als gut ausgehen.

Glaube nur nicht, daß ich hier an Enttäuschungen leide, im Gegenteil. Es wundert mich manchmal, wie bereit ich alles Erwartete aufgebe für das Wirkliche, selbst wenn es arg ist.

Mein Gott, wenn etwas davon sich teilen ließe. Aber *wäre* es dann, *wäre* es dann? Nein, es *ist* nur um den Preis des Alleinseins.

Die Existenz des Entsetzlichen in jedem Bestandteil der Luft. Du atmest es ein mit Durchsichtigem; in dir aber schlägt es sich nieder, wird hart, nimmt spitze, geometrische Formen an zwischen den Organen; denn alles, was sich an Qual und Grauen begeben hat auf den Richtplätzen, in den Folterstuben, den Tollhäusern, den Operationssälen, unter den Brückenbögen im Nachherbst: alles das ist von einer zähen Unvergänglichkeit, alles das besteht auf sich und hängt, eifersüchtig auf alles Seiende, an seiner schrecklichen Wirklichkeit. Die Menschen möchten vieles davon vergessen dürfen; ihr Schlaf feilt sanft über solche Furchen im Gehirn, aber Träume drängen ihn ab und ziehen die Zeichnungen nach. Und sie wachen auf und keuchen und lassen einer Kerze Schein sich auflösen in der Finsternis und trinken, wie gezuckertes Wasser, die halbhelle Beruhigung. Aber, ach, auf welcher Kante hält sich diese Sicherheit. Nur eine geringste Wendung, und schon wieder steht der Blick über Bekanntes und Freundliches hinaus, und der eben noch so tröstliche Kontur wird deutlicher als ein Rand von Grauen. Hüte dich vor dem Licht, das den Raum hohler macht; sieh dich nicht um, ob nicht vielleicht ein Schatten hinter deinem Aufsitzen aufsteht wie dein Herr. Besser vielleicht, du wärest in der Dunkelheit geblieben und dein unabgegrenztes Herz hätte versucht, all des Ununterscheidbaren schweres Herz zu sein. Nun hast du dich zusammengenommen in dich, siehst dich vor dir aufhören in deinen Händen, ziehst von Zeit zu Zeit mit einer ungenauen Bewegung dein Gesicht nach. Und in dir ist beinah kein Raum; und fast stillt es dich, daß in dieser Engheit in dir unmöglich sehr Großes sich aufhalten kann; daß auch das Unerhörte binnen werden muß und sich beschränken den Verhältnissen nach. Aber draußen, draußen ist es ohne Absehen; und wenn es da draußen steigt, so füllt es sich auch in dir, nicht in den Gefäßen, die teilweise in deiner Macht sind, oder im Phlegma deiner gleichmütigen Organe: im Kapillaren nimmt es zu, röhrig aufwärts gesaugt in die äußersten Verästelungen deines zahlloszweigigen Daseins. Dort hebt es sich, dort übersteigt es dich, kommt höher als dein Atem, auf den du dich hinaufflüchtest wie auf deine letzte Stelle. Ach, und wohin dann, wohin dann? Dein Herz treibt dich aus dir hinaus, dein Herz ist hinter dir her, und du stehst fast schon außer dir und kannst nicht mehr zurück. Wie ein Käfer, auf den man tritt, so quillst du aus dir hinaus, und dein bißchen obere Härte und Anpassung ist ohne Sinn.

O Nacht ohne Gegenstände. O stumpfes Fenster hinaus, o sorgsam verschlossene Türen; Einrichtungen von alters her, übernommen, beglaubigt, nie ganz verstanden. O Stille im Stiegenhaus. Stille aus den Nebenzimmern, Stille hoch oben an der Decke. O Mutter: o du Einzige, die alle diese Stille verstellt hat, einst in der Kindheit. Die sie auf sich nimmt, sagt: erschrick nicht, ich bin es. Die den Mut hat, ganz in der Nacht diese Stille zu sein für das, was sich fürchtet, was verkommt vor Furcht. Du zündest ein Licht an, und schon das Geräusch bist du. Und du hälst es vor dich und sagst: ich bin es, erschrick nicht. Und du stellst es hin, langsam, und es ist kein Zweifel: du bist es, du bist das

Licht um die gewohnten herzlichen Dinge, die ohne Hintersinn da sind, gut, einfältig, eindeutig. Und wenn es unruhigt in der Wand irgendwo, oder einen Schritt macht in den Dielen: so lächelst du nur, lächelst, lächelst durchsichtig auf hellem Grund in das bangsame Gesicht, das an dir forscht, als wärst du eins und unterm Geheimnis mit jedem Halblaut, abgeredet mit ihm und einverstanden. Gleicht eine Macht deiner Macht in der irdischen Herrschaft? Sieh, Könige liegen und starren, und der Geschichtenerzähler kann sie nicht ablenken. An den seligen Brüsten ihrer Lieblingin überkriecht sie das Grauen und macht sie schlottrig und lustlos. Du aber kommst und hältst das Ungeheuere hinter dir und bist ganz und gar vor ihm; nicht wie ein Vorhang, den es da oder da aufschlagen kann. Nein, als hättest du es überholt auf den Ruf hin, der dich bedurfte. Als wärest du weit allem zuvorgekommen, was kommen kann, und hättest im Rücken nur dein Hereilen, deinen ewigen Weg, den Flug deiner Liebe.

Der Mouleur, an dem ich jeden Tag vorüberkomme, hat zwei Masken neben seiner Tür ausgehängt. Das Gesicht der jungen Ertränkten, das man in der Morgue abnahm, weil es schön war, weil es lächelte, weil es so täuschend lächelte, als wüßte es. Und darunter sein wissendes Gesicht. Diesen harten Knoten aus fest zusammengezogenen Sinnen. Diese unerbittliche Selbstverdichtung fortwährend ausdampfen wollender Musik. Das Antlitz dessen, dem ein Gott das Gehör verschlossen hat, damit es keine Klänge gäbe, außer seinen. Damit er nicht beirrt würde durch das Trübe und Hinfällige der Geräusche. Er, in dem ihre Klarheit und Dauer war; damit nur die tonlosen Sinne ihm Welt eintrügen, lautlos, eine gespannte, wartende Welt, unfertig, vor der Erschaffung des Klanges.

Weltvollendender: wie, was als Regen fällt über die Erde und an die Gewässer, nachlässig niederfällt, zufällig fallend,

– unsichtbarer und froh von Gesetz wieder aufstehend aus allem und steigt und schwebt und die Himmel bildet: so erhob sich aus dir der Aufstieg unserer Niederschläge und umwölbte die Welt mit Musik.

Deine Musik: daß sie hätte um die Welt sein dürfen; nicht um uns. Daß man dir ein Hammerklavier erbaut hätte in der Thebaïs; und ein Engel hätte dich hingeführt vor das einsame Instrument, durch die Reihen der Wüstengebirge, in denen Könige ruhen und Hetären und Anachoreten. Und er hätte sich hoch geworfen und fort, ängstlich, daß du begännest.

Und dann hättest du ausgeströmt, Strömender, ungehört; an das All zurückgebend, was nur das All erträgt. Die Beduinen wären in der Ferne vorbeigejagt, abergläubisch; die Kaufleute aber hätten sich hingeworfen am Rande deiner Musik, als wärst du der Sturm. Einzelne Löwen nur hätten dich weit bei Nacht umkreist, erschrocken vor sich selbst, von ihrem bewegten Blute bedroht.

Denn wer holt dich jetzt aus den Ohren zurück, die lüstern sind? Wer treibt sie aus den Musiksälen, die Käuflichen mit dem unfruchtbaren Gehör, das hurt und niemals empfängt? da strahlt Samen aus, und sie halten sich unter wie Dirnen und spielen damit, oder er fällt, während sie daliegen in ihren ungetanen Befriedigungen, wie Samen Onans zwischen sie alle.

Wo aber, Herr, ein Jungfräulicher unbeschlafenen Ohrs läge bei deinem Klang: er stürbe an Seligkeit oder er trüge Unendliches aus und sein befruchtetes Hirn müßte bersten an lauter Geburt.

Ich unterschätze es nicht. Ich weiß, es gehört Mut dazu. Aber nehmen wir für einen Augenblick an, es hätte ihn einer, diesen Courage de luxe, ihnen nachzugehen, um dann für immer (denn wer könnte das wieder vergessen oder verwechseln?) zu wissen, wo sie hernach hineinkriechen und was sie den vielen übrigen Tag beginnen und ob sie schlafen bei Nacht. Dies ganz besonders wäre festzustellen: ob sie schlafen. Aber mit dem Mut ist es noch nicht getan. Denn sie kommen und gehen nicht wie die übrigen Leute, denen zu folgen eine Kleinigkeit wäre. Sie sind da und wieder fort, hingestellt und weggenommen wie Bleisoldaten. Es sind ein wenig abgelegene Stellen, wo man sie findet, aber durchaus nicht versteckte. Die Büsche treten zurück, der Weg wendet sich ein wenig um den Rasenplatz herum: da stehen sie und haben eine Menge durchsichtigen Raumes um sich, als ob sie unter einem Glassturz stünden. Du könntest sie für nachdenkliche Spaziergänger halten, diese unscheinbaren Männer von kleiner, in jeder Beziehung bescheidener Gestalt. Aber du irrst. Siehst du die linke Hand, wie sie nach etwas greift in der schiefen Tasche des alten Überziehers; wie sie es findet und herausholt und den kleinen Gegenstand linkisch und auffällig in die Luft hält? Es dauert keine Minute, so sind zwei, drei Vögel da, Spatzen, die neugierig heranhüpfen. Und wenn es dem Manne gelingt, ihrer sehr genauen Auffassung von Unbeweglichkeit zu entsprechen, so ist kein Grund, warum sie nicht noch näher kommen sollen. Und schließlich steigt der erste und schwirrt eine Weile nervös in der Höhe jener Hand, die (weiß Gott) ein kleines Stück abgenutzten süßen Brotes mit anspruchslosen, ausdrücklich verzichtenden Fingern hinbietet. Und je mehr Menschen sich um ihn sammeln, in entsprechendem Abstand natürlich, desto weniger hat er mit ihnen gemein. Wie ein Leuchter steht er da, der ausbrennt, und leuchtet mit dem Rest von Docht und ist ganz warm davon und hat sich nie gerührt. Und wie er lockt, wie er anlockt, das können die vielen, kleinen, dummen Vögel gar nicht beurteilen. Wenn die Zuschauer nicht wären und man ließe ihn lange genug dastehen, ich bin sicher, daß auf einmal ein Engel käme und überwände sich und äße den alten, süßlichen Bissen aus der verkümmerten

Hand. Dem sind nun, wie immer, die Leute im Wege. Sie sorgen dafür, daß nur Vögel kommen; sie finden das reichlich, und sie behaupten, er erwarte sich nichts anderes. Was sollte sie auch erwarten, diese alte, verregnete Puppe, die ein wenig schräg in der Erde steckt wie die Schiffsfiguren in den kleinen Gärten zuhause; kommt auch bei ihr diese Haltung davon her, daß sie einmal irgendwo vorne gestanden hat auf ihrem Leben, wo die Bewegung am größten ist? Ist sie nun so verwaschen, weil sie einmal bunt war? Willst du sie fragen?

Nur die Frauen frag nichts, wenn du eine füttern siehst. Denen könnte man sogar folgen; sie tun es so im Vorbeigehen; es wäre ein Leichtes. Aber laß sie. Sie wissen nicht, wie es kam. Sie haben auf einmal eine Menge Brot in ihrem Handsack, und sie halten große Stücke hinaus aus ihrer dünnen Mantille, Stücke, die ein bißchen gekaut sind und feucht. Das tut ihnen wohl, daß ihr Speichel ein wenig in die Welt kommt, daß die kleinen Vögel mit diesem Beigeschmack herumfliegen, wenn sie ihn natürlich auch gleich wieder vergessen.

Da saß ich an deinen Büchern, Eigensinniger, und versuchte sie zu meinen wie die andern, die dich nicht beisammen lassen und sich ihren Anteil genommen haben, befriedigt. Denn da begriff ich noch nicht den Ruhm, diesen öffentlichen Abbruch eines Werdenden, in dessen Bauplatz die Menge einbricht, ihm die Steine verschiebend.

Junger Mensch irgendwo, in dem etwas aufsteigt, was ihn erschauern macht, nütz es, daß dich keiner kennt. Und wenn sie dir widersprechen, die dich für nichts nehmen, und wenn sie dich ganz aufgeben, die, mit denen du umgehst, und wenn sie dich ausrotten wollen, um deiner lieben Gedanken willen, was ist diese deutliche Gefahr, die dich zusammenhält in dir, gegen die listige Feindschaft später des Ruhms, die dich unschädlich macht, indem sie dich ausstreut.

Bitte keinen, daß er von dir spräche, nicht einmal verächtlich. Und wenn die Zeit geht und du merkst, wie dein Name herumkommt unter den Leuten, nimm ihn nicht ernster als alles, was du in ihrem Munde findest. Denk: er ist schlecht geworden, und tu ihn ab. Nimm einen andern an, irgendeinen, damit Gott dich rufen kann in der Nacht. Und verbirg ihn vor allen.

Du Einsamster, Abseitiger, wie haben sie dich eingeholt auf deinem Ruhm. Wie lang ist es her, da waren sie wider dich von Grund aus, und jetzt gehen sie mit dir um, wie mit ihresgleichen. Und deine Worte führen sie mit sich in den Käfigen ihres Dünkels und zeigen sie auf den Plätzen und reizen sie ein wenig von ihrer Sicherheit aus. Alle deine schrecklichen Raubtiere.

Da las ich dich erst, da sie mir ausbrachen und mich anfielen in meiner Wüste, die Verzweifelten. Verzweifelt, wie du selber warst am Schluß, du, dessen Bahn falsch eingezeichnet steht in allen Karten. Wie ein Sprung geht sie durch die Himmel, diese hoffnungslose Hyperbel deines Weges, die sich nur einmal heranbiegt an uns und sich entfernt voll Entsetzen. Was lag dir daran, ob eine Frau bleibt oder fortgeht und ob einen der Schwindel ergreift und einen der Wahnsinn und ob Tote lebendig sind und Lebendige scheintot: was lag dir daran? Dies alles war so natürlich für dich; da gingst du durch, wie man durch einen Vorraum geht, und hieltst dich nicht auf. Aber dort weiltest du und warst gebückt, wo unser Geschehen kocht und sich niederschlägt und die Farbe verändert, innen. Innerer als dort, wo je einer war; eine Tür war dir aufgesprungen, und nun warst du bei den Kolben im Feuerschein. Dort, wohin du nie einen mitnahmst, Mißtrauischer, dort saßest du und unterschiedest Übergänge. Und dort, weil das Aufzeigen dir im Blute war und nicht das Bilden oder das Sagen, dort faßtest du den ungeheuren Entschluß, dieses Winzige, das du selber zuerst nur durch Gläser gewahrtest, ganz allein gleich so zu vergrößern, daß es vor Tausenden sei, riesig, vor allen. Dein Theater entstand. Du konntest nicht warten, daß dieses fast raumlose von den Jahrhunderten zu Tropfen zusammengepreßte Leben von den anderen Künsten gefunden und allmählich versichtbart werde für einzelne, die sich nach und nach zusammenfinden zur Einsicht und die endlich verlangen, gemeinsam die erlauchten Gerüchte bestätigt zu sehen im Gleichnis der vor ihnen aufgeschlagenen Szene. Dies konntest du nicht abwarten, du warst da, du mußtest das kaum Meßbare: ein Gefühl, das um einen halben Grad stieg, den Ausschlagswinkel eines von fast nichts beschwerten Willens, den du ablasest von ganz nah, die leichte Trübung in einem Tropfen Sehnsucht und dieses Nichts von Farbenwechsel in einem Atom von Zutrauen: dieses mußtest du feststellen und aufbehalten; denn in solchen Vorgängen war jetzt das Leben, unser Leben, das in uns hineingeglitten war, das sich nach innen zurückgezogen hatte, so tief, daß es kaum noch Vermutungen darüber gab.

So wie du warst, auf das Zeigen angelegt, ein zeitlos tragischer Dichter, mußtest du dieses Kapillare mit einem Schlag umsetzen in die überzeugendsten Gebärden, in die vorhandensten Dinge. Da gingst du an die beispiellose Gewalttat deines Werkes, das immer ungeduldiger, immer verzweifelter unter dem Sichtbaren nach den Äquivalenten suchte für das innen Gesehene. Da war ein Kaninchen, ein Bodenraum, ein Saal, in dem einer auf und nieder geht: da war ein Glasklirren im Nebenzimmer, ein Brand vor den Fenstern, da war die Sonne. Da war eine Kirche und ein Felsental, das einer Kirche glich. Aber das reichte nicht aus; schließlich mußten die Türme herein und die ganzen Gebirge; und die Lawinen, die die Landschaften begraben, verschütteten die mit Greifbarem überladene Bühne um des Unfaßlichen willen. Da konntst du nicht mehr. Die beiden Enden, die du zusammengebogen hattest, schnellten auseinander; deine wahnsinnige Kraft entsprang aus dem elastischen Stab, und dein Werk war wie nicht.

Wer begriffe es sonst, daß du zum Schluß nicht vom Fenster fortwolltest, eigensinnig wie du immer warst. Die Vorübergehenden wolltest du sehen; denn es war dir der Gedanke gekommen, ob man nicht eines Tages etwas machen könnte aus ihnen, wenn man sich entschlösse anzufangen.

Damals zuerst fiel es mir auf, daß man von einer Frau nichts sagen könne; ich merkte, wenn sie von ihr erzählten, wie sie sie aussparten, wie sie die anderen nannten und beschrieben, die Umgebungen, die Örtlichkeiten, die Gegenstände bis an eine bestimmte Stelle heran, wo das alles aufhörte, sanft und gleichsam vorsichtig aufhörte mit dem leichten, niemals nachgezogenen Kontur, der sie einschloß. Wie war sie? fragte ich dann. »Blond, ungefähr wie du«, sagten sie und zählten allerhand auf, was sie sonst noch wußten; aber darüber wurde sie wieder ganz ungenau, und ich konnte mir nichts mehr vorstellen. *Sehen* eigentlich konnte ich sie nur, wenn Maman mir die Geschichte erzählte, die ich immer wieder verlangte –.

– Dann pflegte sie jedesmal, wenn sie zu der Szene mit dem Hunde kam, die Augen zu schließen und das ganz verschlossene, aber überall durchscheinende Gesicht irgendwie inständig zwischen ihre beiden Hände zu halten, die es kalt an den Schläfen berührten. »Ich hab es gesehen, Malte«, beschwor sie: »Ich hab es gesehen.« Das war schon in ihren letzten Jahren, da ich dies von ihr gehört habe. In der Zeit, wo sie niemanden mehr sehen wollte und wo sie immer, auch auf Reisen, das kleine, dichte, silberne Sieb bei sich hatte, durch das sie alle Getränke seihte. Speisen von fester Form nahm sie nie mehr zu sich, es sei denn etwas Biskuit oder Brot, das sie, wenn sie allein war, zerbröckelte und Krümel für Krümel aß, wie Kinder Krümel essen. Ihre

Angst vor Nadeln beherrschte sie damals schon völlig. Zu den anderen sagte sie nur, um sich zu entschuldigen: »Ich vertrage rein nichts mehr, aber es muß euch nicht stören, ich befinde mich ausgezeichnet dabei.« Zu mir aber konnte sie sich plötzlich hinwenden (denn ich war schon ein bißchen erwachsen) und mit einem Lächeln, das sie sehr anstrengte, sagen: »Was es doch für viele Nadeln giebt, Malte, und wo sie überall herumliegen, und wenn man bedenkt, wie leicht sie herausfallen . . .« Sie hielt darauf, es recht scherzend zu sagen; aber das Entsetzen schüttelte sie bei dem Gedanken an alle die schlecht befestigten Nadeln, die jeden Augenblick irgendwo hineinfallen konnten.

Wenn sie aber von Ingeborg erzählte, dann konnte ihr nichts geschehen; dann schonte sie sich nicht; dann sprach sie lauter, dann lachte sie in der Erinnerung an Ingeborgs Lachen, dann sollte man sehen, wie schön Ingeborg gewesen war. »Sie machte uns alle froh«, sagte sie, »deinen Vater auch, Malte, buchstäblich froh. Aber dann, als es hieß, daß sie sterben würde, obwohl sie doch nur ein wenig krank schien, und wir gingen alle herum und verbargen es, da setzte sie sich einmal im Bette auf und sagte so vor sich hin, wie einer, der hören will, wie etwas klingt: ›Ihr müßt euch nicht so zusammennehmen; wir wissen es alle, und ich kann euch beruhigen, es ist gut so wie es kommt, ich mag nicht mehr.‹ Stell dir vor, sie sagte: ›Ich mag nicht mehr‹; sie, die uns alle froh machte. Ob du das einmal verstehen wirst, wenn du groß bist, Malte? Denk daran später, vielleicht fällt es dir ein. Es wäre ganz gut, wenn es jemanden gäbe, der solche Sachen versteht.«

›Solche Sachen‹ beschäftigten Maman, wenn sie allein war, und sie war immer allein diese letzten Jahre.

»Ich werde ja nie darauf kommen, Malte«, sagte sie manchmal mit ihrem eigentümlich kühnen Lächeln, das von niemandem gesehen sein wollte und seinen Zweck ganz erfüllte, indem es gelächelt ward. »Aber daß es keinen reizt, das herauszufinden; wenn ich ein Mann wäre, ja gerade wenn ich ein Mann wäre, würde ich darüber nachdenken, richtig der Reihe und Ordnung nach und von Anfang an. Denn einen Anfang muß es doch geben, und wenn man ihn zu fassen bekäme, das wäre immer schon etwas. Ach Malte, wir gehen so hin, und mir kommt vor, daß alle zerstreut sind und beschäftigt und nicht recht achtgeben, wenn wir hingehen. Als ob eine Sternschnuppe fiele und es sieht sie keiner und keiner hat sich etwas gewünscht. Vergiß nie, dir etwas zu wünschen, Malte. Wünschen, das soll man nicht aufgeben. Ich glaube, es giebt keine Erfüllung, aber es giebt Wünsche, die lange vorhalten, das ganze Leben lang, so daß man die Erfüllung doch gar nicht abwarten könnte.«

Maman hatte Ingeborgs kleinen Sekretär hinauf in ihr Zimmer stellen lassen, davor fand ich sie oft, denn ich durfte ohne weiteres bei ihr eintreten. Mein Schritt verging völlig in dem Teppich, aber sie fühlte mich und hielt mir eine ihrer Hände über die andere Schulter hin. Diese Hand war ganz ohne Gewicht, und sie küßte sich fast wie das elfenbeinerne Kruzifix, das man mir abends vor dem Einschlafen reichte. An diesem niederen Schreibschrank, der mit einer Platte sich vor ihr aufschlug, saß sie wie an einem Instrument. »Es ist so viel Sonne drin«, sagte sie, und wirklich, das Innere war merkwürdig hell, von altem, gelbem Lack, auf dem Blumen gemalt waren, immer eine rote und eine blaue. Und wo drei nebeneinanderstanden, gab es eine violette zwischen ihnen, die die beiden anderen trennte. Diese Farben und das Grün des schmalen, waagerechten Rankenwerks waren ebenso verdunkelt in sich, wie der Grund strahlend war, ohne eigentlich klar zu sein. Das ergab ein seltsam gedämpftes Verhältnis von Tönen, die in innerlichen gegenseitigen Beziehungen standen, ohne sich über sie auszusprechen.

Maman zog die kleinen Laden heraus, die alle leer waren. »Ach, Rosen«, sagte sie und hielt sich ein wenig vor in den trüben Geruch hinein, der nicht alle wurde. Sie hatte dabei immer die Vorstellung, es könnte sich plötzlich noch etwas finden in einem geheimen Fach, an das niemand gedacht hatte und das nur dem Druck irgendeiner versteckten Feder nachgab. »Auf einmal springt es vor, du sollst sehen«, sagte sie ernst und ängstlich und zog eilig an allen Laden. Was aber wirklich an Papieren in den Fächern zurückgeblieben war, das hatte sie sorgfältig zusammengelegt und eingeschlossen, ohne es zu lesen. »Ich verstünde es doch nicht, Malte, es wäre sicher zu schwer für mich.« Sie hatte die Überzeugung, daß alles zu kompliziert für sie sei. »Es giebt keine Klassen im Leben für Anfänger, es ist immer gleich das Schwierigste, was von einem verlangt wird.« Man versicherte mir, daß sie erst seit dem schrecklichen Tode ihrer Schwester so geworden sei, der Gräfin Öllegaard Skeel, die verbrannte, da sie sich vor einem Balle am Leuchterspiegel die Blumen im Haar anders anstecken wollte. Aber in letzter Zeit schien ihr doch Ingeborg das, was am schwersten zu begreifen war.

Und nun will ich die Geschichte aufschreiben, so wie Maman sie erzählte, wenn ich darum bat.

Es war mitten im Sommer, am Donnerstag nach Ingeborgs Beisetzung. Von dem Platze auf der Terrasse, wo der Tee genommen wurde, konnte man den Giebel des Erbbegräbnisses sehen zwischen den riesigen Ulmen hin. Es war so gedeckt worden, als ob nie eine Person mehr an diesem Tisch gesessen hätte, und wir saßen auch alle recht ausgebreitet herum. Und jeder hatte etwas mitgebracht, ein Buch oder einen Arbeitskorb, so daß wir sogar ein wenig beengt waren. Abelone (Mamans jüngste Schwester) verteilte den Tee, und alle waren beschäftigt, etwas herumzureichen, nur dein Großvater sah von seinem Sessel aus nach dem Hause hin. Es war die Stunde, da man die Post erwartete, und es fügte sich meistens so, daß Ingeborg sie brachte, die mit den Anordnungen für das Essen länger drin zurückgehalten war. In den Wochen ihrer Krankheit hatten wir nun reichlich Zeit gehabt, uns ihres Kommens zu entwöhnen; denn wir wußten ja, daß sie nicht kommen könne. Aber an diesem Nachmittag, Malte, da sie wirklich nicht mehr kommen konnte –: da kam sie. Vielleicht war es unsere Schuld; vielleicht haben wir sie gerufen. Denn ich erinnere mich, daß ich auf einmal dasaß und angestrengt war, mich zu besinnen, was denn eigentlich nun anders sei. Es war mir plötzlich nicht möglich zu sagen, *was;* ich hatte es völlig vergessen. Ich blickte auf und sah alle andern dem Hause zugewendet, nicht etwa auf eine besondere, auffällige Weise, sondern so recht ruhig und alltäglich in ihrer Erwartung. Und da war ich daran – (mir wird ganz kalt, Malte, wenn ich es denke) aber, Gott behüt mich, ich war daran zu sagen: »Wo bleibt nur –« Da schoß schon Cavalier, wie er immer tat, unter dem Tisch hervor und lief ihr entgegen. Ich hab es gesehen, Malte, ich hab es gesehen. Er lief ihr entgegen, obwohl sie nicht kam; für ihn kam sie. Wir begriffen, daß er ihr entgegenlief. Zweimal sah er sich nach uns um, als ob er fragte. Dann raste er auf sie zu, wie immer, Malte, genau wie immer, und erreichte sie; denn er begann rund herum zu springen, Malte, um etwas, was nicht da war, und dann hinauf an ihr, um sie zu lecken, gerade hinauf. Wir hörten ihn winseln vor Freude, und wie er so in die Höhe schnellte, mehrmals rasch hintereinander, hätte man wirklich meinen können, er verdecke sie uns mit seinen Sprüngen. Aber da heulte es auf einmal, und er drehte sich von seinem eigenen Schwunge in der Luft um und stürzte zurück, merkwürdig ungeschickt, und lag ganz eigentümlich flach da und rührte sich nicht. Von der andern Seite trat der Diener aus dem Hause mit den Briefen. Er zögerte eine Weile; offenbar war es nicht ganz leicht, auf unsere Gesichter zuzugehen. Und dein Vater winkte ihm auch schon, zu bleiben. Dein Vater, Malte, liebte keine Tiere; aber nun ging er doch hin, langsam wie mir schien, und bückte sich über den Hund. Er sagte etwas zu dem Diener, irgend etwas Kurzes, Einsilbiges. Ich sah, wie der Diener hinzusprang, um Cavalier aufzuheben. Aber da nahm dein Vater selbst das Tier und ging damit, als wüßte er genau wohin, ins Haus hinein.

Einmal, als es über dieser Erzählung fast dunkel geworden war, war ich nahe daran, Maman von der ›Hand‹ zu erzählen: in diesem Augenblick hätte ich es gekonnt. Ich atmete schon auf, um anzufangen, aber da fiel mir ein, wie gut ich den Diener begriffen hatte, daß er nicht hatte kommen können auf ihre Gesichter zu. Und ich fürchtete mich trotz der Dunkelheit vor Mamans Gesicht, wenn es sehen würde, was ich gesehen habe. Ich holte rasch noch einmal Atem, damit es den Anschein habe, als hätte ich nichts anderes gewollt. Ein paar Jahre hernach, nach der merkwürdigen Nacht in der Galerie auf Urnekloster, ging ich tagelang damit um, mich dem kleinen Erik anzuvertrauen. Aber er hatte sich nach unserem nächtlichen Gespräch wieder ganz vor mir zugeschlossen, er vermied mich; ich glaube, daß er mich verachtete. Und gerade deshalb wollte ich ihm von der ›Hand‹ erzählen. Ich bildete mir ein, ich würde in seiner Meinung gewinnen (und das wünschte ich dringend aus irgendeinem Grunde), wenn ich ihm begreiflich machen könnte, daß ich das wirklich erlebt hatte. Erik aber war so geschickt im Ausweichen, daß es nicht dazu kam. Und dann reisten wir ja auch gleich. So ist es, wunderlich genug, das erstemal, daß ich (und schließlich auch nur mir selber) eine Begebenheit erzähle, die nun weit zurückliegt in meiner Kindheit.

Wie klein ich damals noch gewesen sein muß, sehe ich daran, daß ich auf dem Sessel kniete, um bequem auf den Tisch hinaufzureichen, auf dem ich zeichnete. Es war am

Abend, im Winter, wenn ich nicht irre, in der Stadtwohnung. Der Tisch stand in meinem Zimmer, zwischen den Fenstern, und es war keine Lampe im Zimmer, als die, die auf meine Blätter schien und auf Mademoiselles Buch; denn Mademoiselle saß neben mir, etwas zurückgerückt, und las. Sie war weit weg, wenn sie las, ich weiß nicht, ob sie im Buche war; sie konnte lesen, stundenlang, sie blätterte selten um, und ich hatte den Eindruck, als würden die Seiten immer voller unter ihr, als schaute sie Worte hinzu, bestimmte Worte, die sie nötig hatte und die nicht da waren. Das kam mir so vor, während ich zeichnete. Ich zeichnete langsam, ohne sehr entschiedene Absicht, und sah alles, wenn ich nicht weiter wußte, mit ein wenig nach rechts geneigtem Kopfe an; so fiel mir immer am raschesten ein, was noch fehlte. Es waren Offiziere zu Pferd, die in die Schlacht ritten, oder sie waren mitten drin, und das war viel einfacher, weil dann fast nur der Rauch zu machen war, der alles einhüllte. Maman freilich behauptet nun immer, daß es Inseln gewesen waren, was ich malte; Inseln mit großen Bäumen und einem Schloß und einer Treppe und Blumen am Rand, die sich spiegeln sollten im Wasser. Aber ich glaube, das erfindet sie, oder es muß später gewesen sein.

Es ist ausgemacht, daß ich an jenem Abend einen Ritter zeichnete, einen einzelnen, sehr deutlichen Ritter auf einem merkwürdig bekleideten Pferd. Er wurde so bunt, daß ich oft die Stifte wechseln mußte, aber vor allem kam doch der rote in Betracht, nach dem ich immer wieder griff. Nun hatte ich ihn noch einmal nötig; da rollte er (ich sehe ihn noch) quer über das beschienene Blatt an den Rand und fiel, ehe ichs verhindern konnte, an mir vorbei hinunter und war fort. Ich brauchte ihn wirklich dringend, und es war recht ärgerlich, ihm nun nachzuklettern. Ungeschickt, wie ich war, kostete es mich allerhand Veranstaltungen, hinunterzukommen; meine Beine schienen mir viel zu lang, ich konnte sie nicht unter mir hervorziehen; die zu lange eingehaltene knieende Stellung hatte meine Glieder dumpf gemacht; ich wußte nicht, was zu mir und was zum Sessel gehörte. Endlich kam ich doch, etwas konfus, unten an und befand mich auf einem Fell, das sich unter dem Tisch bis gegen die Wand hinzog. Aber da ergab sich eine neue Schwierigkeit. Eingestellt auf die Helligkeit da oben und noch ganz begeistert für die Farben auf dem weißen Papier, vermochten meine Augen nicht das geringste unter dem Tisch zu erkennen, wo mir das Schwarze so zugeschlossen schien, daß ich bange war, daran zu stoßen. Ich verließ mich also auf mein Gefühl und kämmte, knieend und auf die linke gestützt, mit der andern Hand in dem kühlen, langhaarigen Teppich herum, der sich recht vertraulich anfühlte; nur daß kein Bleistift zu spüren war. Ich bildete mir ein, eine Menge Zeit zu verlieren, und wollte eben schon Mademoiselle anrufen und sie bitten, mir die Lampe zu halten, als ich merkte, daß für meine unwillkürlich angestrengten Augen das Dunkel nach und nach durchsichtiger wurde. Ich konnte schon hinten die Wand unterscheiden, die mit einer hellen Leiste abschloß; ich orientierte mich über die Beine des Tisches; ich erkannte vor allem meine eigene, ausgespreizte Hand, die sich ganz allein, ein bißchen wie ein Wassertier, da unten bewegte und den Grund untersuchte. Ich sah ihr, weiß ich noch, fast neugierig zu; es kam mir vor, als könnte sie Dinge, die ich sie nicht gelehrt hatte, wie sie da unten so eigenmächtig herumtastete mit Bewegungen, die ich nie an ihr beobachtet hatte. Ich verfolgte sie, wie sie vordrang, es interessierte mich, ich war auf allerhand vorbereitet. Aber wie hätte ich darauf gefaßt sein sollen, daß ihr mit einem Male aus der Wand eine andere Hand entgegenkam, eine größere, ungewöhnlich magere Hand, wie ich noch nie eine gesehen hatte. Sie suchte in ähnlicher Weise von der anderen Seite her, und die beiden gespreizten Hände bewegten sich blind aufeinander zu. Meine Neugierde war noch nicht aufgebraucht, aber plötzlich war sie zu Ende, und es war nur Grauen da. Ich fühlte, daß die eine von den Händen mir gehörte und daß sie sich da in etwas einließ, was nicht wieder gutzumachen war. Mit allem Recht, das ich auf sie hatte, hielt ich sie an und zog sie flach und langsam zurück, indem ich die andere nicht aus den Augen ließ, die weitersuchte. Ich begriff, daß sie es nicht aufgeben würde, ich kann nicht sagen, wie ich wieder hinaufkam. Ich saß ganz tief im Sessel, die Zähne schlugen mir aufeinander, und ich hatte so wenig Blut im Gesicht, daß mir schien, es wäre kein Blau mehr in meinen Augen. Mademoiselle –, wollte ich sagen und konnte es nicht, aber da erschrak sie von selbst, sie warf ihr Buch hin und kniete sich neben den Sessel und rief meinen Namen; ich glaube, daß sie mich rüttelte. Aber ich war ganz bei Bewußtsein. Ich schluckte ein paarmal; denn nun wollte ich es erzählen.

Aber wie? Ich nahm mich unbeschreiblich zusammen, aber es war nicht auszudrücken, so daß es einer begriff. Gab es Worte für dieses Ereignis, so war ich zu klein, welche zu finden. Und plötzlich ergriff mich die Angst, sie könnten doch, über mein Alter hinaus, auf einmal da sein, diese Worte, und es schien mir fürchterlicher als alles, sie dann sagen zu müssen. Das Wirkliche da unten noch einmal durchzumachen, anders, abgewandelt, von Anfang an; zu hören, wie ich es zugebe, dazu hatte ich keine Kraft mehr.

Es ist natürlich Einbildung, wenn ich nun behaupte, ich hätte in jener Zeit schon gefühlt, daß da etwas in mein Leben gekommen sei, geradeaus in meines, womit ich allein würde herumgehen müssen, immer und immer. Ich sehe mich in meinem kleinen Gitterbett liegen und nicht schlafen und irgendwie ungenau voraussehen, daß so das Leben sein würde: voll lauter besonderer Dinge, die nur für *Einen* gemeint sind und die sich nicht sagen lassen. Sicher ist, daß sich nach und nach ein trauriger und schwerer Stolz in mir erhob. Ich stellte mir vor, wie man herumgehen würde, voll von Innerem und schweigsam. Ich empfand eine ungestüme Sympathie für die Erwachsenen; ich bewunderte sie, und ich nahm mir vor, ihnen zu sagen, daß ich sie bewunderte. Ich nahm mir vor, es Mademoiselle zu sagen bei der nächsten Gelegenheit.

Und dann kam eine von diesen Krankheiten, die darauf ausgingen, mir zu beweisen, daß dies nicht das erste eigene Erlebnis war. Das Fieber wühlte in mir und holte von ganz unten Erfahrungen, Bilder, Tatsachen heraus, von denen ich nicht gewußt hatte; ich lag da, überhäuft mit mir, und wartete auf den Augenblick, da mir befohlen würde, dies alles wieder in mich hineinzuschichten, ordentlich, der Reihe nach. Ich begann, aber es wuchs mir unter den Händen, es sträubte sich, es war viel zu viel. Dann packte mich die Wut, und ich warf alles in Haufen in mich hinein und preßte es zusammen; aber ich ging nicht wieder darüber zu. Und da schrie ich, halb offen wie ich war, schrie ich und schrie. Und wenn ich anfing hinauszusehen aus mir, so standen sie seit lange um mein Bett und hielten mir die Hände, und eine Kerze war da, und ihre großen Schatten rührten sich hinter ihnen. Und mein Vater befahl mir, zu sagen, was es gäbe. Es war ein freundlicher, gedämpfter Befehl, aber ein Befehl war es immerhin. Und er wurde ungeduldig, wenn ich nicht antwortete.

Maman kam nie in der Nacht –, oder doch, einmal kam sie. Ich hatte geschrieen und geschrieen, und Mademoiselle war gekommen und Sieversen, die Haushälterin, und Georg, der Kutscher; aber das hatte nichts genutzt. Und da hatten sie endlich den Wagen nach den Eltern geschickt, die auf einem großen Balle waren, ich glaube beim Kronprinzen. Und auf einmal hörte ich ihn hereinfahren in den Hof, und ich wurde still, saß und sah nach der Tür. Und da rauschte es ein wenig in den anderen Zimmern, und Maman kam herein in der großen Hofrobe, die sie gar nicht in acht nahm, und lief beinah und ließ ihren weißen Pelz hinter sich fallen und nahm mich in die bloßen Arme. Und ich befühlte, erstaunt und entzückt wie nie, ihr Haar und ihr kleines, gepflegtes Gesicht und die kalten Steine an ihren Ohren und die Seide am Rand ihrer Schultern, die nach Blumen dufteten. Und wir blieben so und weinten zärtlich und küßten uns, bis wir fühlten, daß der Vater da war und daß wir uns trennen mußten. »Er hat hohes Fieber«, hörte ich Maman schüchtern sagen, und der Vater griff nach meiner Hand und zählte den Puls. Er war in der Jägermeisteruniform mit dem schönen, breiten, gewässerten blauen Band des Elefanten. »Was für ein Unsinn, uns zu rufen«, sagte er ins Zimmer hinein, ohne mich anzusehen. Sie hatten versprochen, zurückzukehren, wenn es nichts Ernstliches wäre. Und Ernstliches war es ja nichts. Auf meiner Decke aber fand ich Mamans Tanzkarte und weiße Kamelien, die ich noch nie gesehen hatte und die ich mir auf die Augen legte, als ich merkte, wie kühl sie waren.

Aber was lang war, das waren die Nachmittage in solchen Krankheiten. Am Morgen nach der schlechten Nacht kam man immer in Schlaf, und wenn man erwachte und meinte, nun wäre es wieder früh, so war es Nachmittag und blieb Nachmittag und hörte nicht auf Nachtmittag zu sein. Da lag man so in dem aufgeräumten Bett und wuchs vielleicht ein wenig in den Gelenken und war viel zu müde, um sich irgend etwas vorzustellen. Der Geschmack vom Apfelmus hielt lange vor, und das war schon alles mögliche, wenn man ihn irgendwie auslegte, unwillkürlich, und die reinliche Säure an Stelle von Gedanken in sich herumgehen ließ. Später, wenn die Kräfte wiederkamen, wurden die Kissen hinter einem aufgebaut, und man konnte aufsitzen und mit Soldaten spielen; aber sie fielen so leicht um auf dem schiefen Bett-Tisch und dann immer gleich die ganze Reihe; und man war doch noch nicht so ganz im Leben drin, um immer wieder von vorn anzufangen. Plötzlich war es zuviel, und man bat, alles recht rasch fortzunehmen, und es tat wohl, wieder nur die zwei Hände zu sehen, ein bißchen weiter hin auf der leeren Decke.

Wenn Maman mal eine halbe Stunde kam und Märchen vorlas (zum richtigen, langen Vorlesen war Sieversen da), so war das nicht um der Märchen willen. Denn wir waren einig darüber, daß wir Märchen nicht liebten. Wir hatten einen anderen Begriff vom Wunderbaren. Wir fanden, wenn alles mit natürlichen Dingen zuginge, so wäre das immer am wunderbarsten. Wir gaben nicht viel darauf, durch die Luft zu fliegen, die Feen enttäuschten uns, und von den Verwandlungen in etwas anderes erwarteten wir uns nur eine sehr oberflächliche Abwechslung. Aber wir lasen doch ein bißchen, um beschäftigt auszusehen; es war uns nicht angenehm, wenn irgend jemand eintrat, erst erklären zu müssen, was wir gerade taten; besonders Vater gegenüber waren wir von einer übertriebenen Deutlichkeit.

Nur wenn wir ganz sicher waren, nicht gestört zu sein, und es dämmerte draußen, konnte es geschehen, daß wir uns Erinnerungen hingaben, gemeinsamen Erinnerungen, die uns beiden alt schienen und über die wir lächelten; denn wir waren beide groß geworden seither. Es fiel uns ein, daß es eine Zeit gab, wo Maman wünschte, daß ich ein kleines Mädchen wäre und nicht dieser Junge, der ich nun einmal war. Ich hatte das irgendwie erraten, und ich war auf den Gedanken gekommen, manchmal nachmittags an Mamans Türe zu klopfen. Wenn sie dann fragte, wer da wäre, so war ich glücklich, draußen »Sophie« zu rufen, wobei ich meine kleine Stimme so zierlich machte, daß sie mich in der Kehle kitzelte. Und wenn ich dann eintrat (in dem kleinen, mädchenhaften Hauskleid, das ich ohnehin trug, mit ganz hinaufgerollten Ärmeln), so war ich einfach Sophie, Mamans kleine Sophie, die sich häuslich beschäftigte und der

Maman einen Zopf flechten mußte, damit keine Verwechslung stattfinde mit dem bösen Malte, wenn er je wiederkäme. Erwünscht war dies durchaus nicht; es war sowohl Maman wie Sophie angenehm, daß er fort war, und ihre Unterhaltungen (die Sophie immerzu mit der gleichen, hohen Stimme fortsetzte) bestanden meistens darin, daß sie Maltes Unarten aufzählten und sich über ihn beklagten. »Ach ja, dieser Malte«, seufzte Maman. Und Sophie wußte eine Menge über die Schlechtigkeiten der Jungen im allgemeinen, als kennte sie einen ganzen Haufen.

»Ich möchte wohl wissen, was aus Sophie geworden ist«, sagte Maman dann plötzlich bei solchen Erinnerungen. Darüber konnte nun Malte freilich keine Auskunft geben. Aber wenn Maman vorschlug, daß sie gewiß gestorben sei, dann widersprach er eigensinnig und beschwor sie, dies nicht zu glauben, so wenig sich sonst auch beweisen ließe.

Wenn ich das jetzt überdenke, kann ich mich wundern, daß ich aus der Welt dieser Fieber doch immer wieder ganz zurückkam und mich hineinfand in das überaus gemeinsame Leben, wo jeder im Gefühl unterstützt sein wollte, bei Bekanntem zu sein, und wo man sich so vorsichtig im Verständlichen vertrug. Da wurde etwas erwartet, und es kam oder es kam nicht, ein Drittes war ausgeschlossen. Da gab es Dinge, die traurig waren, ein- für allemal, es gab angenehme Dinge und eine ganze Menge nebensächlicher. Wurde aber einem eine Freude bereitet, so war es eine Freude, und er hatte sich danach zu benehmen. Im Grunde war das alles sehr einfach, und wenn man es erst heraus hatte, so machte es sich wie von selbst. In diese verabredeten Grenzen ging denn auch alles hinein; die langen, gleichmäßigen Schulstunden, wenn draußen der Sommer war; die Spaziergänge, von denen man französisch erzählen mußte; die Besuche, für die man hereingerufen wurde und die einen drollig fanden, wenn man gerade traurig war, und sich an einem belustigten wie an dem betrübten Gesicht gewisser Vögel, die kein anderes haben. Und die Geburtstage natürlich, zu denen man Kinder eingeladen bekam, die man kaum kannte, verlegene Kinder, die einen verlegen machten, oder dreiste, die einem das Gesicht zerkratzten, und zerbrachen, was man gerade bekommen hatte, und die dann plötzlich fortfuhren, wenn alles aus Kästen und Laden herausgerissen war und zu Haufen lag. Wenn man aber allein spielte, wie immer, so konnte es doch geschehen, daß man diese vereinbarte, im ganzen harmlose Welt unversehens überschritt und unter Verhältnisse geriet, die völlig verschieden waren und gar nicht abzusehen.

Mademoiselle hatte zuzeiten ihre Migräne, die ungemein heftig auftrat, und das waren die Tage, an denen ich schwer zu finden war. Ich weiß, der Kutscher wurde dann in den Park geschickt, wenn es Vater einfiel, nach mir zu fragen, und ich war nicht da. Ich konnte oben von einem der Gastzimmer aus sehen, wie er hinauslief und am Anfang der langen Allee nach mir rief. Diese Gastzimmer befanden sich, eines neben dem anderen, im Giebel von Ulsgaard und standen, da wir in dieser Zeit sehr selten Hausbesuch hatten, fast immer leer. Anschließend an sie aber war jener große Eckraum, der eine so starke Verlockung für mich hatte. Es war nichts darin zu finden als eine alte Büste, die, ich glaube, den Admiral Juel darstellte, aber die Wände waren ringsum mit tiefen grauen Wandschränken verschalt, derart, daß sogar das Fenster erst über den Schränken angebracht war in der leeren, geweißten Wand. Den Schlüssel hatte ich an einer der Schranktüren entdeckt, und er schloß alle anderen. So hatte ich in kurzem alles untersucht: die Kammerherrenfräcke aus dem achtzehnten Jahrhundert, die ganz kalt waren von den eingewebten Silberfäden, und die schön gestickten Westen dazu; die Trachten des Dannebrog- und des Elefantenordens, die man erst für Frauenkleider hielt, so reich und umständlich waren sie und so sanft im Futter anzufühlen. Dann wirkliche Roben, die, von ihren Unterlagen auseinander gehalten, steif dahingen wie die Marionetten eines zu großen Stückes, das so endgültig aus der Mode war, daß man ihre Köpfe anders verwendet hatte. Daneben aber waren Schränke, in denen es dunkel war, wenn man sie aufmachte, dunkel von hochgeschlossenen Uniformen, die viel gebrauchter aussahen als alles das andere und die eigentlich wünschten, nicht erhalten zu sein.

Niemand wird es verwunderlich finden, daß ich das alles herauszog und ins Licht neigte; daß ich das und jenes an mich hielt oder umnahm; daß ich ein Kostüm, welches etwa passen konnte, hastig anzog und darin, neugierig und aufgeregt, in das nächste Fremdenzimmer lief, vor den schmalen Pfeilerspiegel, der aus einzelnen ungleich grünen Glasstücken zusammengesetzt war. Ach, wie man zitterte, drin zu sein, und wie hinreißend war es, wenn man es war. Wenn da etwas aus dem Trüben heraus sich näherte, langsamer als man selbst, denn der Spiegel glaubte es gleichsam nicht und wollte, schläfrig wie er war, nicht gleich nachsprechen, was man ihm vorsagte. Aber schließlich mußte er natürlich. Und nun war es etwas sehr Überraschendes, Fremdes, ganz anders, als man es sich gedacht hatte, etwas Plötzliches, Selbständiges, das man rasch überblickte, um sich im nächsten Augenblick doch zu erkennen, nicht ohne eine gewisse Ironie, die um ein Haar das ganze Vergnügen zerstören konnte. Wenn man aber sofort zu reden begann, sich zu verbeugen, wenn man sich zuwinkte, sich, fortwährend zurückblickend, entfernte und dann entschlossen und angeregt wiederkam, so hatte man die Einbildung auf seiner Seite, solang es einem gefiel.

Ich lernte damals den Einfluß kennen, der unmittelbar von einer bestimmten Tracht ausgehen kann. Kaum hatte ich einen dieser Anzüge angelegt, mußte ich mir eingestehen, daß er mich in seine Macht bekam; daß er mir meine

Bewegungen, meinen Gesichtsausdruck, ja sogar meine Einfälle vorschrieb; meine Hand, über die die Spitzenmanschette fiel und wieder fiel, war durchaus nicht meine gewöhnliche Hand; sie bewegte sich wie ein Akteur, ja, ich möchte sagen, sie sah sich selber zu, so übertrieben das auch klingt. Diese Verstellungen gingen indessen nie so weit, daß ich mich mir selber entfremdet fühlte; im Gegenteil, je vielfältiger ich mich abwandelte, desto überzeugter wurde ich von mir selbst. Ich wurde kühner und kühner; ich warf mich immer höher; denn meine Geschicklichkeit im Auffangen war über allen Zweifel. Ich merkte nicht die Versuchung in dieser rasch wachsenden Sicherheit. Zu meinem Verhängnis fehlte nur noch, daß der letzte Schrank, den ich bisher meinte nicht öffnen zu können, eines Tages nachgab, um mir, statt bestimmter Trachten, allerhand vages Maskenzeug auszuliefern, dessen phantastisches Ungefähr mir das Blut in die Wangen trieb. Es läßt sich nicht aufzählen, was da alles war. Außer einer Bautta, deren ich mich entsinne, gab es Dominos in verschiedenen Farben, es gab Frauenröcke, die hell läuteten von den Münzen, mit denen sie benäht waren; es gab Pierrots, die mir albern vorkamen, und faltige, türkische Hosen und persische Mützen, aus denen kleine Kampfersäckchen herausglitten, und Kronreifen mit dummen, ausdruckslosen Steinen. Dies alles verachtete ich ein wenig; es war von so dürftiger Unwirklichkeit und hing so abgebalgt und armsälig da und schlappte willenlos zusammen, wenn man es herauszerrte ans Licht. Was mich aber in eine Art von Rausch versetzte, das waren die geräumigen Mäntel, die Tücher, die Schals, die Schleier, alle diese nachgiebigen, großen, unverwendeten Stoffe, die weich und schmeichelnd waren oder so gleitend, daß man sie kaum zu fassen bekam, oder so leicht, daß sie wie ein Wind an einem vorbeiflogen, oder einfach schwer mit ihrer ganzen Last. In ihnen erst sah ich wirklich freie und unendlich bewegliche Möglichkeiten: eine Sklavin zu sein, die verkauft wird, oder Jeanne d'Arc zu sein oder ein alter König oder ein Zauberer; das alles hatte man jetzt in der Hand, besonders da auch Masken da waren, große drohende oder erstaunte Gesichter mit echten Bärten und vollen oder hochgezogenen Augenbrauen. Ich hatte nie Masken gesehen vorher, aber ich sah sofort ein, daß es Masken geben müsse. Ich mußte lachen, als mir einfiel, daß wir einen Hund hatten, der sich ausnahm, als trüge er eine. Ich stellte mir seine herzlichen Augen vor, die immer wie von hinten hineinsahen in das behaarte Gesicht. Ich lachte noch, während ich mich verkleidete, und ich vergaß darüber völlig, was ich eigentlich vorstellen wollte. Nun, es war neu und spannend, das erst nachträglich vor dem Spiegel zu entscheiden. Das Gesicht, das ich vorband, roch eigentümlich hohl, es legte sich fest über meines, aber ich konnte bequem durchsehen, und ich wählte erst, als die Maske schon saß, allerhand Tücher, die ich in der Art eines Turbans um den Kopf wand, so daß der Rand der Maske, der unten in einen riesigen gelben Mantel hineinreichte, auch oben und seitlich fast ganz verdeckt war. Schließlich, als ich nicht mehr konnte, hielt ich mich für hinreichend vermummt. Ich ergriff noch einen großen Stab, den ich, soweit der Arm reichte, neben mir hergehen ließ, und schleppte so, nicht ohne Mühe, aber, wie mir vorkam, voller Würde, in das Fremdenzimmer hinein auf den Spiegel zu.

Das war nun wirklich großartig, über alle Erwartung. Der Spiegel gab es auch augenblicklich wieder, es war zu überzeugend. Es wäre gar nicht nötig gewesen, sich viel zu bewegen; diese Erscheinung war vollkommen, auch wenn sie nichts tat. Aber es galt zu erfahren, was ich eigentlich sei, und so drehte ich mich ein wenig und erhob schließlich die beiden Arme: große, gleichsam beschwörende Bewegungen, das war, wie ich schon merkte, das einzig Richtige. Doch gerade in diesem feierlichen Moment vernahm ich, gedämpft durch meine Vermummung, ganz in meiner Nähe einen vielfach zusammengesetzten Lärm; sehr erschreckt, verlor ich das Wesen da drüben aus den Augen und war arg verstimmt, zu gewahren, daß ich einen kleinen, runden Tisch umgeworfen hatte mit weiß der Himmel was für, wahrscheinlich sehr zerbrechlichen Gegenständen. Ich bückte mich so gut ich konnte und fand meine schlimmste Erwartung bestätigt: es sah aus, als sei alles entzwei. Die beiden überflüssigen, grün-violetten Porzellanpapageien waren natürlich, jeder auf eine andere boshafte Art, zerschlagen. Eine Dose, aus der Bonbons rollten, die aussahen wie seidig eingepuppte Insekten, hatte ihren Deckel weit von sich geworfen, man sah nur seine eine Hälfte, die andere war überhaupt fort. Das Ärgerlichste aber war ein in tausend winzige Scherben zerschellter Flacon, aus dem der Rest irgendeiner alten Essenz herausgespritzt war, der nun einen Fleck von sehr widerlicher Physiognomie auf dem klaren Parkett bildete. Ich trocknete ihn schnell mit irgendwas auf, das an mir herunterhing, aber er wurde nur schwärzer und unangenehmer. Ich war recht verzweifelt. Ich erhob mich und suchte nach irgendeinem Gegenstand, mit dem ich das alles gutmachen konnte. Aber es fand sich keiner. Auch war ich so behindert im Sehen und in jeder Bewegung, daß die Wut in mir aufstieg gegen meinen unsinnigen Zustand, den ich nicht mehr begriff. Ich zerrte an allem, aber es schloß sich nur noch enger an. Die Schnüre des Mantels würgten mich, und das Zeug auf meinem Kopfe drückte, als käme immer noch mehr hinzu. Dabei war die Luft trübe geworden und wie beschlagen mit dem ältlichen Dunst der verschütteten Flüssigkeit.

Heiß und zornig stürzte ich vor den Spiegel und sah mühsam durch die Maske durch, wie meine Hände arbeiteten. Aber darauf hatte er nur gewartet. Der Augenblick der Vergeltung war für ihn gekommen. Während ich in maßlos zunehmender Beklemmung mich anstrengte, mich irgendwie aus meiner Vermummung hinauszuzwängen, nötigte er mich, ich weiß nicht womit, aufzusehen und diktierte mir ein Bild, nein, eine Wirklichkeit, eine fremde, unbegreifliche monströse Wirklichkeit, mit der ich durchtränkt wurde gegen meinen Willen: denn jetzt war er der Stärkere, und ich war der Spiegel. Ich starrte diesen großen, schrecklichen Unbekannten vor mir an, und es schien mir ungeheuerlich, mit ihm allein zu sein. Aber in demselben Moment, da ich dies dachte, geschah das Äußerste: ich verlor allen Sinn, ich fiel einfach aus. Eine Sekunde lang hatte ich eine unbeschreibliche, wehe und vergebliche Sehnsucht nach mir, dann war nur noch er: es war nichts außer ihm.

Ich rannte davon, aber nun war er es, der rannte. Er stieß überall an, er kannte das Haus nicht, er wußte nicht wohin; er geriet eine Treppe hinunter, er fiel auf dem Gange über eine Person her, die sich schreiend freimachte. Eine Tür ging auf, es traten mehrere Menschen heraus: Ach, ach, was war das gut, sie zu kennen. Das war Sieversen, die gute Sieversen, und das Hausmädchen und der Silberdiener: nun mußte es sich entscheiden. Aber sie sprangen nicht herzu und retteten; ihre Grausamkeit war ohne Grenzen. Sie standen da und lachten, mein Gott, sie konnten dastehn und lachen. Ich weinte, aber die Maske ließ die Tränen nicht hinaus, sie rannen innen über mein Gesicht und trockneten gleich und rannen wieder und trockneten. Und endlich kniete ich hin vor ihnen, wie nie ein Mensch gekniet hat; ich kniete und hob meine Hände zu ihnen auf und flehte: »Herausnehmen, wenn es noch geht, und behalten«, aber sie hörten es nicht; ich hatte keine Stimme mehr.

Sieversen erzählte bis an ihr Ende, wie ich umgesunken wäre und wie sie immer noch weitergelacht hätten in der Meinung, das gehöre dazu. Sie waren es so gewöhnt bei mir. Aber dann wäre ich doch immerzu liegengeblieben und hätte nicht geantwortet. Und der Schrecken, als sie endlich entdeckten, daß ich ohne Besinnung sei und dalag wie ein Stück in allen den Tüchern, rein wie ein Stück.

Die Zeit ging unberechenbar schnell, und auf einmal war es schon wieder so weit, daß der Prediger Dr. Jespersen geladen werden mußte. Das war dann für alle Teile ein mühsames und langwieriges Frühstück. Gewohnt an die sehr fromme Nachbarschaft, die sich jedesmal ganz auflöste um seinetwillen, war er bei uns durchaus nicht an seinem Platz; er lag sozusagen auf dem Land und schnappte. Die Kiemenatmung, die er an sich ausgebildet hatte, ging beschwerlich vor sich, es bildeten sich Blasen, und das Ganze war nicht ohne Gefahr. Gesprächsstoff war, wenn man genau sein will, überhaupt keiner da; es wurden Reste veräußert zu unglaublichen Preisen, es war eine Liquidation aller Bestände. Dr. Jespersen mußte sich bei uns darauf beschränken, eine Art von Privatmann zu sein; das gerade aber war er nie gewesen. Er war, soweit er denken konnte, im Seelenfach angestellt. Die Seele war eine öffentliche Institution für ihn, die er vertrat, und er brachte es zuwege, niemals außer Dienst zu sein, selbst nicht im Umgang mit seiner Frau, »seiner bescheidenen, treuen, durch Kindergebären seligwerdenden Rebekka«, wie Lavater sich in einem anderen Fall ausdrückte.

(Was übrigens meinen Vater betraf, so war seine Haltung Gott gegenüber vollkommen korrekt und von tadelloser Höflichkeit. In der Kirche schien es mir manchmal, als wäre er geradezu Jägermeister bei Gott, wenn er dastand und abwartete und sich verneigte. Maman dagegen erschien es fast verletzend, daß jemand zu Gott in einem höflichen Verhältnis stehen konnte. Wäre sie in eine Religion mit deutlichen und ausführlichen Gebräuchen geraten, es wäre eine Seligkeit für sie gewesen, stundenlang zu knien und sich hinzuwerfen und sich recht mit dem großen Kreuz zu gebärden vor der Brust und um die Schultern herum. Sie lehrte mich nicht eigentlich beten, aber es war ihr eine Beruhigung, daß ich gerne kniete und die Hände bald gekrümmt und bald aufrecht faltete, wie es mir gerade ausdrucksvoller schien. Ziemlich in Ruhe gelassen, machte ich frühzeitig eine Reihe von Entwicklungen durch, die ich erst viel später in einer Zeit der Verzweiflung auf Gott bezog, und zwar mit solcher Heftigkeit, daß er sich bildete und zersprang, fast in demselben Augenblick. Es ist klar, daß ich ganz von vorn anfangen mußte hernach. Und bei diesem Anfang meinte ich manchmal, Maman nötig zu haben, obwohl es ja natürlich richtiger war, ihn allein durchzumachen. Und da war sie ja auch schon lange tot.)*

Dr. Jespersen gegenüber konnte Maman beinah ausgelassen sein. Sie ließ sich in Gespräche mit ihm ein, die er ernst nahm, und wenn er dann sich reden hörte, meinte sie, das genüge, und vergaß ihn plötzlich, als wäre er schon fort. »Wie kann er nur«, sagte sie manchmal von ihm, »herumfahren und hineingehen zu den Leuten, wenn sie gerade sterben.«

Er kam auch zu ihr bei dieser Gelegenheit, aber sie hat ihn sicher nicht mehr gesehen. Ihre Sinne gingen ein, einer nach dem andern, zuerst das Gesicht. Es war im Herbst, man sollte schon in die Stadt ziehen, aber da erkrankte sie gerade, oder vielmehr, sie fing gleich an zu sterben, langsam und trostlos abzusterben an der ganzen Oberfläche. Die Ärzte kamen, und an einem bestimmten Tag waren sie alle zusammen da und beherrschten das ganze Haus. Es war ein paar Stunden lang, als gehörte es nun dem Geheimrat und seinen Assistenten und als hätten wir nichts mehr zu sagen. Aber gleich danach verloren sie alles Interesse, kamen nur noch einzeln, wie aus purer Höflichkeit, um eine Zigarre anzunehmen und ein Glas Portwein. Und Maman starb indessen.

Man wartete nur noch auf Mamans einzigen Bruder, den

* *Im Manuskript an den Rand geschrieben.*

Grafen Christian Brahe, der, wie man sich noch erinnern wird, eine Zeitlang in türkischen Diensten gestanden hatte, wo er, wie es immer hieß, sehr ausgezeichnet worden war. Er kam eines Morgens an in Begleitung eines fremdartigen Dieners, und es überraschte mich, zu sehen, daß er größer war als Vater und scheinbar auch älter. Die beiden Herren wechselten sofort einige Worte, die sich, wie ich vermutete, auf Maman bezogen. Es entstand eine Pause. Dann sagte mein Vater: »Sie ist sehr entstellt.« Ich begriff diesen Ausdruck nicht, aber es fröstelte mich, da ich ihn hörte. Ich hatte den Eindruck, als ob auch mein Vater sich hätte überwinden müssen, ehe er ihn aussprach. Aber es war wohl vor allem sein Stolz, der litt, indem er dies zugab.

Mehrere Jahre später erst hörte ich wieder von dem Grafen Christian reden. Es war auf Urnekloster, und Mathilde Brahe war es, die mit Vorliebe von ihm sprach. Ich bin indessen sicher, daß sie die einzelnen Episoden ziemlich eigenmächtig ausgestaltete, denn das Leben meines Onkels, von dem immer nur Gerüchte in die Öffentlichkeit und selbst in die Familie drangen, Gerüchte, die er nie widerlegte, war geradezu grenzenlos auslegbar. Urnekloster ist jetzt in seinem Besitz. Aber niemand weiß, ob er es bewohnt. Vielleicht reist er immer noch, wie es seine Gewohnheit war; vielleicht ist die Nachricht seines Todes aus irgendeinem äußersten Erdteil unterwegs, von der Hand des fremden Dieners geschrieben in schlechtem Englisch oder in irgendeiner unbekannten Sprache. Vielleicht auch giebt dieser Mensch kein Zeichen von sich, wenn er eines Tages allein zurückbleibt. Vielleicht sind sie beide längst verschwunden und stehen nur noch auf der Schiffsliste eines verschollenen Schiffes unter Namen, die nicht die ihren waren.

Freilich, wenn damals auf Urnekloster ein Wagen einfuhr, so erwartete ich immer, *ihn* eintreten zu sehen, und mein Herz klopfte auf eine besondere Art. Mathilde Brahe behauptete: so käme er, das wäre so seine Eigenheit, plötzlich da zu sein, wenn man es am wenigsten für möglich hielte. Er kam nie, aber meine Einbildungskraft beschäftigte sich wochenlang mit ihm, ich hatte das Gefühl, als wären wir einander eine Beziehung schuldig, und ich hätte gern etwas Wirkliches von ihm gewußt.

Als indessen bald darauf mein Interesse umschlug und infolge gewisser Begebenheiten ganz auf Christine Brahe überging, bemühte ich mich eigentümlicherweise nicht, etwas von ihren Lebensumständen zu erfahren. Dagegen beunruhigte mich der Gedanke, ob ihr Bildnis wohl in der Galerie vorhanden sei. Und der Wunsch, das festzustellen, nahm so einseitig und quälend zu, daß ich mehrere Nächte nicht schlief, bis, ganz unvermutet, diejenige da war, in der ich, weiß Gott, aufstand und hinaufging mit meinem Licht, das sich zu fürchten schien.

Was mich angeht, so dachte ich nicht an Furcht. Ich dachte überhaupt nicht; ich ging. Die hohen Türen gaben so spielend nach vor mir und über mir, die Zimmer, durch die ich kam, hielten sich ruhig. Und endlich merkte ich an der Tiefe, die mich anwehte, daß ich in die Galerie getreten sei. Ich fühlte auf der rechten Seite die Fenster mit der Nacht, und links mußten die Bilder sein. Ich hob mein Licht so hoch ich konnte. Ja: da waren die Bilder.

Erst nahm ich mir vor, nur nach den Frauen zu sehen, aber dann erkannte ich eines und ein anderes, das ähnlich in Ulsgaard hing, und wenn ich sie so von unten beschien, so rührten sie sich und wollten ans Licht, und es schien mir herzlos, das nicht wenigstens abzuwarten. Da war immer wieder Christian der Vierte mit der schön geflochtenen Cadenette neben der breiten, langsam gewölbten Wange. Da waren vermutlich seine Frauen, von denen ich nur Kirstine Munk kannte; und plötzlich sah mich Frau Ellen Marsvin an, argwöhnisch in ihrer Witwentracht und mit derselben Perlenschnur auf der Krempe des hohen Huts. Da waren König Christians Kinder: immer wieder frische aus neuen Frauen, die ›unvergleichliche‹ Eleonore auf einem weißen Paßgänger in ihrer glänzendsten Zeit, vor der Heimsuchung. Die Gyldenlöves: Hans Ulrik, von dem die Frauen in Spanien meinten, daß er sich das Antlitz male, so voller Blut war er, und Ulrik Christian, den man nicht wieder vergaß. Und beinahe alle Ulfelds. Und dieser da, mit dem einen schwarzübermalten Auge, konnte wohl Henrik Holck sein, der mit dreiunddreißig Jahren Reichsgraf war und Feldmarschall, und das kam so: ihm träumte auf dem Wege zu Jungfrau Hilleborg Krafse, es würde ihm statt der Braut ein bloßes Schwert gegeben: und er nahm sichs zu Herzen und kehrte um und begann sein kurzes, verwegenes Leben, das mit der Pest endete. Die kannte ich alle. Auch die Gesandten vom Kongreß zu Nimwegen hatten wir auf Ulsgaard, die einander ein wenig glichen, weil sie alle auf einmal gemalt worden waren, jeder mit der schmalen, gestutzten Bartbraue über dem sinnlichen, fast schauenden Munde. Daß ich Herzog Ulrich erkannte, ist selbstverständlich, und Otte Brahe und Claus Daa und Sten Rosensparre, den Letzten seines Geschlechts; denn von ihnen allen hatte ich Bilder im Saal zu Ulsgaard gesehen, oder ich hatte in alten Mappen Kupferstiche gefunden, die sie darstellten.

Aber dann waren viele da, die ich nie gesehen hatte; wenige Frauen, aber es waren Kinder da. Mein Arm war längst müde geworden und zitterte, aber ich hob doch immer wieder das Licht, um die Kinder zu sehen. Ich begriff sie, diese kleinen Mädchen, die einen Vogel auf der Hand trugen und ihn vergaßen. Manchmal saß ein kleiner Hund bei ihnen unten, ein Ball lag da, und auf dem Tisch nebenan gab es Früchte und Blumen; und dahinter an der Säule hing, klein und vorläufig, das Wappen der Grubbe oder der Bille oder der Rosenkrantz. So viel hatte man um sie zusammengetragen, als ob eine Menge gutzumachen wäre. Sie aber standen einfach in ihren Kleidern und warteten; man sah, daß sie warteten. Und da mußte ich wieder an die Frauen denken und an Christine Brahe, und ob ich sie erkennen würde.

Ich wollte rasch bis ganz ans Ende laufen und von dort zurückgehen und suchen, aber da stieß ich an etwas. Ich drehte mich so jäh herum, daß der kleine Erik zurücksprang und flüsterte: »Gieb acht mit deinem Licht.«

»Du bist da?« sagte ich atemlos, und ich war nicht im klaren, ob das gut sei oder ganz und gar schlimm. Er lachte nur, und ich wußte nicht, was weiter. Mein Licht flackerte, und ich konnte den Ausdruck seines Gesichts nicht recht erkennen. Es war doch wohl schlimm, daß er da war. Aber da sagte er, indem er näher kam: »*Ihr* Bild ist nicht da, wir suchen es immer noch oben.« Mit seiner halben Stimme und dem einen beweglichen Auge wies er irgendwie hinauf. Und ich begriff, daß er den Boden meinte. Aber auf einmal kam mir ein merkwürdiger Gedanke.

»Wir?« fragte ich, »ist sie denn oben?«

»Ja«, nickte er und stand dicht neben mir.

»Sie sucht selber mit?«

»Ja, wir suchen.«

»Man hat es also fortgestellt, das Bild?«

»Ja, denk nur«, sagte er empört. Aber ich begriff nicht recht, was sie damit wollte.

»Sie will sich sehen«, flüsterte er ganz nah.

»Ja so«, machte ich, als ob ich verstünde. Da blies er mir das Licht aus. Ich sah, wie er sich vorstreckte, ins Helle hinein, mit ganz hochgezogenen Augenbrauen. Dann wars dunkel. Ich trat unwillkürlich zurück.

»Was machst du denn?« rief ich unterdrückt und war ganz trocken im Halse. Er sprang mir nach und hängte sich an meinen Arm und kicherte.

»Was denn?« fuhr ich ihn an und wollte ihn abschütteln,

aber er hing fest. Ich konnte es nicht hindern, daß er den Arm um meinen Hals legte.

»Soll ich es sagen?« zischte er, und ein wenig Speichel spritzte mir ins Ohr.

»Ja, ja, schnell.«

Ich wußte nicht, was ich redete. Er umarmte mich nun völlig und streckte sich dabei.

»Ich hab ihr einen Spiegel gebracht«, sagte er und kicherte wieder.

»Einen Spiegel?«

»Ja, weil doch das Bild nicht da ist.«

»Nein, nein«, machte ich.

Er zog mich auf einmal etwas weiter nach dem Fenster hin und kniff mich so scharf in den Oberarm, daß ich schrie.

»Sie ist nicht drin«, blies er mir ins Ohr.

Ich stieß ihn unwillkürlich von mir weg, etwas knackte an ihm, mir war, als hätte ich ihn zerbrochen.

»Geh, geh«, und jetzt mußte ich selber lachen, »nicht drin, wieso denn nicht drin?«

»Du bist dumm«, gab er böse zurück und flüsterte nicht mehr. Seine Stimme war umgeschlagen, als begänne er nun ein neues, noch ungebrauchtes Stück. »Man ist entweder drin«, diktierte er altklug und streng, »dann ist man nicht hier; oder wenn man hier ist, kann man nicht drin sein.«

»Natürlich«, antwortete ich schnell, ohne nachzudenken. Ich hatte Angst, er könnte sonst fortgehen und mich allein lassen. Ich griff sogar nach ihm.

»Wollen wir Freunde sein?« schlug ich vor. Er ließ sich bitten. »Mir ists gleich«, sagte er keck.

Ich versuchte unsere Freundschaft zu beginnen, aber ich wagte nicht, ihn zu umarmen. »Lieber Erik«, brachte ich nur heraus und rührte ihn irgendwo ein bißchen an. Ich war auf einmal sehr müde. Ich sah mich um; ich verstand nicht mehr, wie ich hierher gekommen war und daß ich mich nicht gefürchtet hatte. Ich wußte nicht recht, wo die Fenster waren und wo die Bilder. Und als wir gingen, mußte er mich führen.

»Sie tun dir nichts«, versicherte er großmütig und kicherte wieder.

Lieber, lieber Erik; vielleicht bist du doch mein einziger Freund gewesen. Denn ich habe nie einen gehabt. Es ist schade, daß du auf Freundschaft nichts gabst. Ich hätte dir manches erzählen mögen. Vielleicht hätten wir uns vertragen. Man kann nicht wissen. Ich erinnere mich, daß damals dein Bild gemalt wurde. Der Großvater hatte jemanden kommen lassen, der dich malte. Jeden Morgen eine Stunde. Ich kann mich nicht besinnen, wie der Maler aussah, sein Name ist mir entfallen, obwohl Mathilde Brahe ihn jeden Augenblick wiederholte.

Ob er dich gesehen hat, wie ich dich seh? Du trugst einen Anzug von heliotropfarbenem Samt. Mathilde Brahe schwärmte für diesen Anzug. Aber das ist nun gleichgültig. Nur ob er dich gesehen hat, möchte ich wissen. Nehmen wir an, daß es ein wirklicher Maler war. Nehmen wir an, daß er nicht daran dachte, daß du sterben könntest, ehe er fertig würde; daß er die Sache gar nicht sentimental ansah; daß er einfach arbeitete. Daß die Ungleichheit deiner beiden braunen Augen ihn entzückte; daß er keinen Moment sich schämte für das unbewegliche; daß er den Takt hatte, nichts hinzuzulegen auf den Tisch zu deiner Hand, die sich vielleicht ein wenig stützte –. Nehmen wir sonst noch alles Nötige an und lassen es gelten: so ist ein Bild da, dein Bild, in der Galerie auf Urnekloster das letzte.

(Und wenn man geht, und man hat sie alle gesehen, so ist da noch ein Knabe. Einen Augenblick: wer ist das? Ein Brahe. Siehst du den silbernen Pfahl im schwarzen Feld und die Pfauenfedern? Da steht auch der Name: Erik Brahe. War das nicht ein Erik Brahe, der hingerichtet worden ist? Natürlich, das ist bekannt genug. Aber um den kann es sich nicht handeln. Dieser Knabe ist als Knabe gestorben, gleichviel wann. Kannst du das nicht sehen?)

Wenn Besuch da war und Erik wurde gerufen, so versicherte das Fräulein Mathilde Brahe jedesmal, es sei geradezu unglaublich, wie sehr er der alten Gräfin Brahe gliche, meiner Großmutter. Sie soll eine sehr große Dame gewesen sein. Ich habe sie nicht gekannt. Dagegen erinnere ich mich sehr gut an die Mutter meines Vaters, die eigentliche Herrin auf Ulsgaard. Das war sie wohl immer geblieben, wie sehr sie es auch Maman übelnahm, daß sie als des Jägermeisters Frau ins Haus gekommen war. Seither tat sie beständig, als zöge sie sich zurück, und schickte die Dienstleute mit jeder Kleinigkeit weiter zu Maman hinein, während sie in wichtigen Angelegenheiten ruhig entschied und verfügte, ohne irgend jemandem Rechenschaft abzulegen. Maman, glaube ich, wünschte es gar nicht anders. Sie war so wenig gemacht, ein großes Haus zu übersehen, ihr fehlte völlig die Einteilung der Dinge in nebensächliche und wichtige. Alles, wovon man ihr sprach, schien ihr immer das Ganze zu sein, und sie vergaß darüber das andere, das doch auch noch da war. Sie beklagte sich nie über ihre Schwiegermutter. Und bei wem hätte sie sich auch beklagen sollen? Vater war ein äußerst respektvoller Sohn, und Großvater hatte wenig zu sagen.

Frau Margarete Brigge war immer schon, soweit ich denken kann, eine hochgewachsene, unzugängliche Greisin. Ich kann mir nicht anders vorstellen, als daß sie viel älter gewesen sei, als der Kammerherr. Sie lebte mitten unter uns ihr Leben, ohne auf jemanden Rücksicht zu nehmen. Sie war auf keinen von uns angewiesen und hatte immer eine Art Gesellschafterin, eine alternde Komtesse Oxe, um sich, die sie sich durch ihrgendeine Wohltat unbegrenzt verpflichtet hatte. Dies mußte eine einzelne Ausnahme gewesen sein, denn wohltun war sonst nicht ihre

Art. Sie liebte keine Kinder, und Tiere durften nicht in ihre Nähe. Ich weiß nicht, ob sie sonst etwas liebte. Es wurde erzählt, daß sie als ganz junges Mädchen dem schönen Felix Lichnowski verlobt gewesen sei, der dann in Frankfurt so grausam ums Leben kam. Und in der Tat war nach ihrem Tode ein Bildnis des Fürsten da, das, wenn ich nicht irre, an die Familie zurückgegeben worden ist. Vielleicht, denke ich mir jetzt, versäumte sie über diesem eingezogenen ländlichen Leben, das das Leben auf Ulsgaard von Jahr zu Jahr mehr geworden war, ein anderes, glänzendes: ihr natürliches. Es ist schwer zu sagen, ob sie es betrauerte. Vielleicht verachtete sie es dafür, daß es nicht gekommen war, daß es die Gelegenheit verfehlt hatte, mit Geschick und Talent gelebt worden zu sein. Sie hatte alles dies so weit in sich hineingenommen und hatte darüber Schalen angesetzt, viele, spröde, ein wenig metallisch glänzende Schalen, deren jeweilig oberste sich neu und kühl ausnahm. Bisweilen freilich verriet sie sich doch durch eine naive Ungeduld, nicht genügend beachtet zu sein; zu meiner Zeit konnte sie sich dann bei Tische plötzlich verschlucken auf irgendeine deutliche und komplizierte Art, die ihr die Teilnahme aller sicherte und sie, für einen Augenblick wenigstens, so sensationell und spannend erscheinen ließ, wie sie es im Großen hätte sein mögen. Indessen vermute ich, daß mein Vater der einzige war, der diese viel zu häufigen Zufälle ernst nahm. Er sah ihr, höflich vorübergeneigt, zu, man konnte merken, wie er ihr in Gedanken seine eigene, ordentliche Luftröhre gleichsam anbot und ganz zur Verfügung stellte. Der Kammerherr hatte natürlich gleichfalls zu essen aufgehört; er nahm einen kleinen Schluck Wein und enthielt sich jeder Meinung.

Er hatte bei Tische ein einziges Mal die seinige seiner Gemahlin gegenüber aufrechterhalten. Das war lange her; aber die Geschichte wurde doch noch boshaft und heimlich weitergegeben; es gab fast überall jemanden, der sie noch nicht gehört hatte. Es hieß, daß die Kammerherrin zu einer gewissen Zeit sich sehr über Weinflecke ereifern konnte, die durch Ungeschicklichkeit ins Tischzeug gerieten; daß ein solcher Fleck, bei welchem Anlaß er auch passieren mochte, von ihr bemerkt und unter dem heftigsten Tadel sozusagen bloßgestellt wurde. Dazu wäre es auch einmal gekommen, als man mehrere und namhafte Gäste hatte. Ein paar unschuldige Flecke, die sie übertrieb, wurden der Gegenstand ihrer höhnischen Anschuldigungen, und wie sehr der Großvater sich auch bemühte, sie durch kleine Zeichen und scherzhafte Zurufe zu ermahnen, so wäre sie doch eigensinnig bei ihren Vorwürfen geblieben, die sie dann allerdings mitten im Satze stehen lassen mußte. Es geschah nämlich etwas nie Dagewesenes und völlig Unbegreifliches. Der Kammerherr hatte sich den Rotwein geben lassen, der gerade herumgereicht worden war, und war nun in aller Aufmerksamkeit dabei, sein Glas selber zu füllen. Nur daß er, wunderbarerweise, einzugießen nicht aufhörte, als es längst voll war, sondern unter zunehmender Stille langsam und vorsichtig weitergoß, bis Maman, die nie an sich halten konnte, auflachte und damit die ganze Angelegenheit nach dem Lachen hin in Ordnung brachte. Denn nun stimmten alle erleichtert ein, und der Kammerherr sah auf und reichte dem Diener die Flasche.

Später gewann eine andere Eigenheit die Oberhand bei meiner Großmutter. Sie konnte es nicht ertragen, daß jemand im Hause erkrankte. Einmal, als die Köchin sich verletzt hatte und sie sah sie zufällig mit der eingebundenen Hand, behauptete sie, das Jodoform im ganzen Hause zu riechen, und war schwer zu überzeugen, daß man die Person daraufhin nicht entlassen könne. Sie wollte nicht an das Kranksein erinnert werden. Hatte jemand die Unvorsichtigkeit, vor ihr irgendein kleines Unbehagen zu äußern, so war das nichts anderes als eine persönliche Kränkung für sie, und sie trug sie ihm lange nach.

In jenem Herbst, als Maman starb, schloß sich die Kammerherrin mit Sophie Oxe ganz in ihren Zimmern ein und brach allen Verkehr mit uns ab. Nicht einmal ihr Sohn wurde angenommen. Es ist ja wahr, dieses Sterben fiel recht unpassend. Die Zimmer waren kalt, die Öfen rauchten, und die Mäuse waren ins Haus gedrungen; man war nirgends sicher vor ihnen. Aber das allein war es nicht, Frau Margarete Brigge war empört, daß Maman starb; daß da eine Sache auf der Tagesordnung stand, von der zu sprechen sie ablehnte; daß die junge Frau sich den Vortritt anmaßte vor ihr, die einmal zu sterben gedachte zu einem durchaus noch nicht festgesetzten Termin. Denn daran, daß sie würde sterben müssen, dachte sie oft. Aber sie wollte nicht gedrängt sein. Sie würde sterben, gewiß, wann es ihr gefiel, und dann konnten sie ja alle ruhig sterben, hinterher, wenn sie es so eilig hatten.

Mamans Tod verzieh sie uns niemals ganz. Sie alterte übrigens rasch während des folgenden Winters. Im Gehen war sie immer noch hoch, aber im Sessel sank sie zusammen, und ihr Gehör wurde schwieriger. Man konnte sitzen und sie groß ansehen, stundenlang, sie fühlte es nicht. Sie war irgendwo drinnen; sie kam nur noch selten und nur für Augenblicke in ihre Sinne, die leer waren, die sie nicht mehr bewohnte. Dann sagte sie etwas zu der Komtesse, die ihr die Mantille richtete, und nahm mit den großen, frisch gewaschenen Händen ihr Kleid an sich, als wäre Wasser vergossen oder als wären wir nicht ganz reinlich.

Sie starb gegen den Frühling zu, in der Stadt, eines Nachts. Sophie Oxe, deren Tür offenstand, hatte nichts gehört. Da man sie am Morgen fand, war sie kalt wie Glas.

Gleich darauf begann des Kammerherrn große und schreckliche Krankheit. Es war, als hätte er ihr Ende abgewartet, um so rücksichtslos sterben zu können, wie er mußte.

Es war in dem Jahr nach Mamans Tode, daß ich Abelone zuerst bemerkte. Abelone war immer da. Das tat ihr großen Eintrag. Und dann war Abelone unsympathisch, das hatte ich ganz früher einmal bei irgendeinem Anlaß festgestellt, und es war nie zu einer ernstlichen Durchsicht dieser Meinung gekommen. Zu fragen, was es mit Abelone für eine Bewandtnis habe, das wäre mir bis dahin beinah lächerlich erschienen. Abelone war da, und man nutzte sie ab, wie man eben konnte. Aber auf einmal fragte ich mich: Warum ist Abelone da? Jeder bei uns hatte einen bestimmten Sinn da zu sein, wenn er auch keineswegs immer so augenscheinlich war, wie zum Beispiel die Anwendung des Fräuleins Oxe. Aber weshalb war Abelone da? Eine Zeitlang war davon die Rede gewesen, daß sie sich zerstreuen solle. Aber das geriet in Vergessenheit. Niemand trug etwas zu Abelones Zerstreuung bei. Es machte durchaus nicht den Eindruck, daß sie sich zerstreue.

Übrigens hatte Abelone ein Gutes: sie sang. Das heißt, es gab Zeiten, wo sie sang. Es war eine starke, unbeirrbare Musik in ihr. Wenn es wahr ist, daß die Engel männlich sind, so kann man wohl sagen, daß etwas Männliches in ihrer Stimme war: eine strahlende, himmlische Männlichkeit. Ich, der ich schon als Kind der Musik gegenüber so mißtrauisch war (nicht, weil sie mich stärker als alles forthob aus mir, sondern, weil ich gemerkt hatte, daß sie mich nicht wieder dort ablegte, wo sie mich gefunden hatte, sondern tiefer, irgendwo ganz ins Unfertige hinein), ich ertrug diese Musik, auf der man aufrecht aufwärtssteigen konnte, höher und höher, bis man meinte, dies müßte ungefähr schon der Himmel sein seit einer Weile. Ich ahnte nicht, daß Abelone mir noch andere Himmel öffnen sollte.

Zunächst bestand unsere Beziehung darin, daß sie mir von Mamans Mädchenzeit erzählte. Sie hielt viel darauf, mich zu überzeugen, wie mutig und jung Maman gewesen wäre. Es gab damals niemanden nach ihrer Versicherung, der sich im Tanzen oder im Reiten mir ihr messen konnte. »Sie war die Kühnste und unermüdlich, und dann heiratete sie auf einmal«, sagte Abelone, immer noch erstaunt nach so vielen Jahren. »Es kam so unerwartet, niemand konnte es recht begreifen.«

Ich interessierte mich dafür, weshalb Abelone nicht geheiratet hatte. Sie kam mir alt vor verhältnismäßig, und daß sie es noch könnte, daran dachte ich nicht.

»Es war niemand da«, antwortete sie einfach und wurde richtig schön dabei. Ist Abelone schön? fragte ich mich überrascht. Dann kam ich fort von Hause, auf die Adels-Akademie, und es begann eine widerliche und arge Zeit. Aber wenn ich dort zu Sorö, abseits von den andern, im Fenster stand, und sie ließen mich ein wenig in Ruh, so sah ich hinaus in die Bäume, und in solchen Augenblicken und nachts wuchs in mir die Sicherheit, daß Abelone schön sei. Und ich fing an, ihr alle jene Briefe zu schreiben, lange und kurze, viele heimliche Briefe, darin ich von Ulsgaard zu handeln meinte und davon, daß ich unglücklich sei. Aber es werden doch wohl, so wie ich es jetzt sehe, Liebesbriefe gewesen sein. Denn schließlich kamen die Ferien, die erst gar nicht kommen wollten, und da war es wie auf Verabredung, daß wir uns nicht vor den anderen wiedersahen.

Es war durchaus nichts vereinbart zwischen uns, aber da der Wagen einbog in den Park, konnte ich es nicht lassen, auszusteigen, vielleicht nur, weil ich nicht anfahren wollte, wie irgendein Fremder. Es war schon voller Sommer. Ich lief in einen der Wege hinein und auf einen Goldregen zu. Und da war Abelone. Schöne, schöne Abelone.

Ich wills nie vergessen, wie das war, wenn du mich anschautest. Wie du dein Schauen trugst, gleichsam wie etwas nicht Befestigtes es aufhaltend auf zurückgeneigtem Gesicht.

Ach, ob das Klima sich gar nicht verändert hat? Ob es nicht milder geworden ist um Ulsgaard herum von all unserer Wärme? Ob einzelne Rosen nicht länger blühen jetzt im Park, bis in den Dezember hinein?

Ich will nichts erzählen von dir, Abelone. Nicht deshalb, weil wir einander täuschten: weil du Einen liebtest, auch damals, den du nie vergessen hast, Liebende, und ich: alle Frauen; sondern weil mit dem Sagen nur unrecht geschieht.

Es giebt Teppiche hier, Abelone, Wandteppiche. Ich bilde mir ein, du bist da, sechs Teppiche sinds, komm, laß uns langsam vorübergehen. Aber erst tritt zurück und sieh alle zugleich. Wie ruhig sie sind, nicht? Es ist wenig Abwechslung darin. Da ist immer diese ovale blaue Insel, schwebend im zurückhaltend roten Grund, der blumig ist und von kleinen, mit sich beschäftigten Tieren bewohnt. Nur dort, im letzten Teppich, steigt die Insel ein wenig auf, als ob sie leichter geworden sei. Sie trägt immer eine Gestalt, eine Frau in verschiedener Tracht, aber immer dieselbe. Zuweilen ist eine kleinere Figur neben ihr, eine Dienerin, und immer sind die wappentragenden Tiere da, groß, mit auf der Insel, mit in der Handlung. Links ein Löwe, und rechts, hell, das Einhorn; sie halten die gleichen Banner, die hoch über ihnen zeigen: drei silberne Monde, steigend, in blauer Binde auf rotem Feld. – Hast du gesehen, willst du beim ersten beginnen?

Sie füttert den Falken. Wie herrlich ihr Anzug ist. Der Vogel ist auf der gekleideten Hand und rührt sich. Sie sieht ihm zu und langt dabei in die Schale, die ihr die Dienerin bringt, um ihm etwas zu reichen. Rechts unten auf der Schleppe hält sich ein kleiner, seidenhaariger Hund, der aufsieht und hofft, man werde sich seiner erinnern. Und, hast du bemerkt, ein niederes Rosengitter schließt hinten die Insel ab. Die Wappentiere steigen heraldisch hochmütig. Das Wappen ist ihnen noch einmal als Mantel umgegeben. Eine schöne Agraffe hält es zusammen. Es weht.

Geht man nicht unwillkürlich leiser zu dem nächsten

Teppich hin, sobald man gewahrt, wie versunken sie ist: sie bindet einen Kranz, eine kleine, runde Krone aus Blumen. Nachdenklich wählt sie die Farbe der nächsten Nelke in dem flachen Becken, das ihr die Dienerin hält, während sie die vorige anreiht. Hinten auf einer Bank steht unbenutzt ein Korb voller Rosen, den ein Affe entdeckt hat. Diesmal sollten es Nelken sein. Der Löwe nimmt nicht mehr teil; aber rechts das Einhorn begreift.

Mußte nicht Musik kommen in diese Stille, war sie nicht schon verhalten da? Schwer und still geschmückt, ist sie (wie langsam, nicht?) an die tragbare Orgel getreten und spielt, stehend, durch das Pfeifenwerk abgetrennt von der Dienerin, die jenseits die Bälge bewegt. So schön war sie noch nie. Wunderlich ist das Haar in zwei Flechten nach vorn genommen und über dem Kopfputz oben zusammengefaßt, so daß es mit seinen Enden aus dem Bund aufsteigt wie ein kurzer Helmbusch. Verstimmt erträgt der Löwe die Töne, ungern, Geheul verbeißend. Das Einhorn aber ist schön, wie in Wellen bewegt.

Die Insel wird breit. Ein Zelt ist errichtet. Aus blauem Damast und goldgeflammt. Die Tiere raffen es auf, und schlicht beinah in ihrem fürstlichen Kleid tritt sie vor. Denn was sind ihre Perlen gegen sie selbst. Die Dienerin hat eine kleine Truhe geöffnet, und sie hebt nun eine Kette heraus, ein schweres, herrliches Kleinod, das immer verschlossen war. Der kleine Hund sitzt bei ihr, erhöht, auf bereitetem Platz und sieht es an. Und hast du den Spruch entdeckt auf dem Zeltrand oben? da steht: ›A mon seul désir.‹

Was ist geschehen, warum springt das kleine Kaninchen da unten, warum sieht man gleich, daß es springt? Alles ist so befangen. Der Löwe hat nichts zu tun. Sie selbst hält das Banner. Oder hält sie sich dran? Sie hat mit der anderen Hand nach dem Horn des Einhorns gefaßt. Ist das Trauer, kann Trauer so aufrecht sein, und ein Trauerkleid so verschwiegen wie dieser grünschwarze Samt mit den welken Stellen?

Aber es kommt noch ein Fest, niemand ist geladen dazu. Erwartung spielt dabei keine Rolle. Es ist alles da. Alles für immer. Der Löwe sieht sich fast drohend um: es darf niemand kommen. Wir haben sie noch nie müde gesehen; ist sie müde? oder hat sie sich nur niedergelassen, weil sie etwas Schweres hält? Man könnte meinen, eine Monstranz. Aber sie neigt den andern Arm gegen das Einhorn hin, und das Tier bäumt sich geschmeichelt auf und steigt und stützt sich auf ihren Schooß. Es ist ein Spiegel, was sie hält. Siehst du: sie zeigt dem Einhorn sein Bild –.

Abelone, ich bilde mir ein, du bist da. Begreifst du, Abelone? Ich denke, du mußt begreifen.

Nun sind auch die Teppiche der Dame à la Licorne nicht mehr in dem alten Schloß von Boussac. Die Zeit ist da, wo alles aus den Häusern fortkommt, sie können nichts mehr behalten. Die Gefahr ist sicherer geworden als die Sicherheit. Niemand aus dem Geschlecht der Delle Viste geht neben einem her und hat das im Blut. Sie sind alle vorbei. Niemand spricht deinen Namen aus, Pierre d'Aubusson, großer Großmeister aus uraltem Hause, auf dessen Willen hin vielleicht diese Bilder gewebt wurden, die alles preisen und nichts preisgeben. (Ach, daß die Dichter je anders von Frauen geschrieben haben, wörtlicher, wie sie meinten. Es ist sicher, wir durften nichts wissen als das.) Nun kommt man zufällig davor unter Zufälligen und erschrickt fast, nicht geladen zu sein. Aber da sind andere und gehen vorüber, wenn es auch nie viele sind. Die jungen Leute halten sich kaum auf, es sei denn, daß das irgendwie in ihr Fach gehört, diese Dinge einmal gesehen zu haben, auf die oder jene bestimmte Eigenschaft hin.

Junge Mädchen allerdings findet man zuweilen davor. Denn es giebt eine Menge junger Mädchen in den Museen, die fortgegangen sind irgendwo aus den Häusern, die nichts mehr behalten. Sie finden sich vor diesen Teppichen und vergessen sich ein wenig. Sie haben immer gefühlt, daß es dies gegeben hat, solch ein leises Leben langsamer, nie ganz aufgeklärter Gebärden, und sie erinnern sich dunkel, daß sie sogar eine Zeitlang meinten, es würde ihr Leben sein. Aber dann ziehen sie rasch ein Heft hervor und beginnen zu zeichnen, gleichviel was, eine von den Blumen oder ein kleines, vergnügtes Tier. Darauf käme es nicht an, hat man ihnen vorgesagt, was es gerade wäre. Und darauf kommt es wirklich nicht an. Nur daß gezeichnet wird, das ist die Hauptsache; denn dazu sind sie fortgegangen eines Tages, ziemlich gewaltsam. Sie sind aus guter Familie. Aber wenn sie jetzt beim Zeichnen die Arme heben, so ergiebt sich, daß ihr Kleid hinten nicht zugeknöpft ist oder doch nicht ganz. Es sind da ein paar Knöpfe, die man nicht erreichen kann. Denn als dieses Kleid gemacht wurde, war noch nicht davon die Rede gewesen, daß sie plötzlich allein weggehen würden. In der Familie ist immer jemand für solche Knöpfe. Aber hier, lieber Gott, wer sollte sich damit abgeben in einer so großen Stadt. Man müßte schon eine Freundin haben; Freundinnen sind aber in derselben Lage, und da kommt es doch darauf hinaus, daß man sich gegenseitig die Kleider schließt. Das ist lächerlich und erinnert an die Familie, an die man nicht erinnert sein will.

Es läßt sich ja nicht vermeiden, daß man während des Zeichnens zuweilen überlegt, ob es nicht doch möglich gewesen wäre zu bleiben. Wenn man hätte fromm sein können, herzhaft fromm im gleichen Tempo mit den andern. Aber das nahm sich so unsinnig aus, das gemeinsam zu versuchen. Der Weg ist irgendwie enger geworden: Familien können nicht mehr zu Gott. Es blieben also nur verschiedene andere Dinge, die man zur Not teilen konnte. Da kam dann aber, wenn man ehrlich teilte, so wenig auf den einzelnen, daß es eine Schande war. Und betrog man beim Teilen, so entstanden Auseinandersetzungen. Nein, es ist wirklich besser zu zeichnen, gleichviel was. Mit der Zeit stellt sich die Ähnlichkeit schon ein. Und die Kunst, wenn man sie so allmählich hat, ist doch etwas recht Beneidenswertes.

Und über der angestrengten Beschäftigung mit dem, was sie sich vorgenommen haben, diese jungen Mädchen, kommen sie nicht mehr dazu, aufzusehen. Sie merken nicht, wie sie bei allem Zeichnen doch nichts tun, als das unabänderliche Leben in sich unterdrücken, das in diesen gewebten Bildern strahlend vor ihnen aufgeschlagen ist in seiner unendlichen Unsäglichkeit. Sie wollen es nicht glauben. Jetzt, da so vieles anders wird, wollen sie sich verändern. Sie sind ganz nahe daran, sich aufzugeben und *so* von sich zu denken, wie Männer etwa von ihnen reden könnten, wenn sie nicht da sind. Das scheint ihnen ihr Fortschritt. Sie sind fast schon überzeugt, daß man einen Genuß sucht und wieder einen und einen noch stärkeren Genuß: daß darin das Leben besteht, wenn man es nicht auf eine alberne Art verlieren will. Sie haben schon angefangen, sich umzusehen, zu suchen; sie, deren Stärke immer darin bestanden hat, gefunden zu werden.

Das kommt, glaube ich, weil sie müde sind. Sie haben Jahrhunderte lang die ganze Liebe geleistet, sie haben immer den vollen Dialog gespielt, beide Teile. Denn der Mann hat nur nachgesprochen und schlecht. Und hat ihnen das Erlernen schwer gemacht mit seiner Zerstreutheit, mit seiner Nachlässigkeit, mit seiner Eifersucht, die auch eine Art Nachlässigkeit war. Und sie haben trotzdem ausgeharrt Tag und Nacht und haben zugenommen an Liebe und Elend. Und aus ihnen sind, unter dem Druck endloser Nöte, die gewaltigen Liebenden hervorgegangen, die, während sie ihn riefen, den Mann überstanden; die über ihn hinauswuchsen, wenn er nicht wiederkam, wie Gaspara Stampa oder wie die Portugiesin, die nicht abließen, bis ihre Qual umschlug in eine herbe, eisige Herrlichkeit, die nicht mehr zu halten war. Wir wissen von der und der, weil Briefe da sind, die wie durch ein Wunder sich erhielten, oder Bücher mit anklagenden oder klagenden Gedichten, oder Bilder, die uns anschauen in einer Galerie durch ein Weinen durch, das dem Maler gelang, weil er nicht wußte, was es war. Aber es sind ihrer zahllos mehr gewesen; solche, die ihre Briefe verbrannt haben, und andere, die keine Kraft mehr hatten, sie zu schreiben. Greisinnen, die verhärtet waren, mit einem Kern von Köstlichkeit in sich, den sie verbargen. Formlose, stark gewordene Frauen, die, stark geworden aus Erschöpfung, sich ihren Männern ähnlich werden ließen und die doch innen ganz anders waren, dort, wo ihre Liebe gearbeitet hatte, im Dunkel. Gebärende, die nie gebären wollten, und wenn sie endlich starben an der achten Geburt, so hatten sie die Gesten und das Leichte von Mädchen, die sich auf die Liebe freuen. Und die, die blieben neben Tobenden und Trinkern, weil sie das Mittel gefunden hatten, in sich so weit von ihnen zu sein wie nirgend sonst; und kamen sie unter die Leute, so konnten sies nicht verhalten und schimmerten, als gingen sie immer mit Seligen um. Wer kann sagen, wie viele es waren und welche. Es ist, als hätten sie im voraus die Worte vernichtet, mit denen man sie fassen könnte.

Aber nun, da so vieles anders wird, ist es nicht an uns, uns zu verändern? Könnten wir nicht versuchen, uns ein wenig zu entwickeln, und unseren Anteil Arbeit in der Liebe langsam auf uns nehmen nach und nach? Man hat uns alle ihre Mühsal erspart, und so ist sie uns unter die Zerstreuungen geglitten, wie in eines Kindes Spiellade manchmal ein Stück echter Spitze fällt und freut und nicht mehr freut und endlich daliegt unter Zerbrochenem und Auseinandergenommenem, schlechter als alles. Wir sind verdorben vom leichten Genuß wie alle Dilettanten und stehen im Geruch der Meisterschaft. Wie aber, wenn wir unsere Erfolge verachteten, wie, wenn wir ganz von vorne begännen die Arbeit der Liebe zu lernen, die immer für uns getan worden ist? Wie, wenn wir hingingen und Anfänger würden, nun, da sich vieles verändert.

Nun weiß ich auch, wie es war, wenn Maman die kleinen Spitzenstücke aufrollte. Sie hatte nämlich ein einziges von den Schubfächern in Ingeborgs Sekretär für sich in Gebrauch genommen.

»Wollen wir sie sehen, Malte«, sagte sie und freute sich,

als sollte sie eben alles geschenkt bekommen, was in der kleinen gelblackierten Lade war. Und dann konnte sie vor lauter Erwartung das Seidenpapier gar nicht auseinanderschlagen. Ich mußte es tun jedesmal. Aber ich wurde auch ganz aufgeregt, wenn die Spitzen zum Vorschein kamen. Sie waren aufgewunden um eine Holzwelle, die gar nicht zu sehen war vor lauter Spitzen. Und nun wickelten wir sie langsam ab und sahen den Mustern zu, wie sie sich abspielten, und erschraken jedesmal ein wenig, wenn eines zu Ende war. Sie hörten so plötzlich auf.

Da kamen erst Kanten italienischer Arbeit, zähe Stücke mit ausgezogenen Fäden, in denen sich alles immerzu wiederholte, deutlich wie in einem Bauerngarten. Dann war auf einmal eine ganze Reihe unserer Blicke vergittert mit venezianischer Nadelspitze, als ob wir Klöster wären oder Gefängnisse. Aber es wurde wieder frei, und man sah weit in Gärten hinein, die immer künstlicher wurden, bis es dicht und lau an den Augen war wie in einem Treibhaus: prunkvolle Pflanzen, die wir nicht kannten, schlugen riesige Blätter auf, Ranken griffen nacheinander, als ob ihnen schwindelte, und die großen offenen Blüten der Points d'Alençon trübten alles mit ihren Pollen. Plötzlich, ganz müde und wirr, trat man hinaus in die lange Bahn der Valenciennes, und es war Winter und früh am Tag und Reif. Und man drängte sich durch das verschneite Gebüsch der Binche und kam an Plätze, wo noch keiner gegangen war; die Zweige hingen so merkwürdig abwärts, es konnte wohl ein Grab darunter sein, aber das verbargen wir voreinander. Die Kälte drang immer dichter an uns heran, und schließlich sagte Maman, wenn die kleinen, ganz feinen Klöppelspitzen kamen: »Oh, jetzt bekommen wir Eisblumen an den Augen«, und so war es auch, denn es war innen sehr warm in uns.

Über dem Wiederaufrollen seufzten wir beide, das war eine lange Arbeit, aber wir mochten es niemandem überlassen.

»Denk nun erst, wenn wir sie machen müßten«, sagte Maman und sah förmlich erschrocken aus. Das konnte ich mir gar nicht vorstellen. Ich ertappte mich darauf, daß ich an kleine Tiere gedacht hatte, die das immerzu spinnen und die man dafür in Ruhe läßt. Nein, es waren ja natürlich Frauen.

»Die sind gewiß in den Himmel gekommen, die das gemacht haben«, meinte ich bewundernd. Ich erinnere, es fiel mir auf, daß ich lange nicht nach dem Himmel gefragt hatte. Maman atmete auf, die Spitzen waren wieder beisammen.

Nach einer Weile, als ich es schon wieder vergessen hatte, sagte sie ganz langsam: »In den Himmel? Ich glaube, sie sind ganz und gar da drin. Wenn man das so sieht: das kann gut eine ewige Seligkeit sein. Man weiß ja so wenig darüber.«

Oft, wenn Besuch da war, hieß es, daß Schulins sich einschränkten. Das große, alte Schloß war abgebrannt vor ein paar Jahren, und nun wohnten sie in den beiden engen Seitenflügeln und schränkten sich ein. Aber das Gästehaben lag ihnen nun einmal im Blut. Das konnten sie nicht aufgeben. Kam jemand unerwartet zu uns, so kam er wahrscheinlich von Schulins; und sah jemand plötzlich nach der Uhr und mußte ganz erschrocken fort, so wurde er sicher auf Lystager erwartet.

Maman ging eigentlich schon nirgends mehr hin, aber so etwas konnten Schulins nicht begreifen; es blieb nichts übrig, man mußte einmal hinüberfahren. Es war im Dezember nach ein paar frühen Schneefällen; der Schlitten war auf drei Uhr befohlen, ich sollte mit. Man fuhr indessen nie pünktlich bei uns. Maman, die es nicht liebte, daß der Wagen gemeldet wurde, kam meistens viel zu früh herunter, und wenn sie niemanden fand, so fiel ihr immer etwas ein, was schon längst hätte getan sein sollen, und sie begann irgendwo oben zu suchen oder zu ordnen, so daß sie kaum wieder zu erreichen war. Schließlich standen alle und warteten. Und saß sie endlich und war eingepackt, so zeigte es sich, daß etwas vergessen sei, und Sieversen mußte geholt werden; denn nur Sieversen wußte, wo es war. Aber dann fuhr man plötzlich los, eh Sieversen wiederkam.

An diesem Tag war es überhaupt nicht recht hell geworden. Die Bäume standen da, als wüßten sie nicht weiter im Nebel, und es hatte etwas Rechthaberisches, dahinein zu fahren. Zwischendurch fing es an, still weiterzuschneien, und nun wars, als würde auch noch das Letzte ausradiert und als führe man in ein weißes Blatt. Es gab nichts als das Geläut, und man konnte nicht sagen, wo es eigentlich war. Es kam ein Moment, da es einhielt, als wäre nun die letzte Schelle ausgegeben; aber dann sammelte es sich wieder und war beisammen und streute sich wieder aus dem Vollen aus. Den Kirchturm links konnte man sich eingebildet haben. Aber der Parkkontur war plötzlich da, hoch, beinahe über einem, und man befand sich in der langen Allee. Das Geläut fiel nicht mehr ganz ab; es war, als hängte es sich in Trauben rechts und links an die Bäume. Dann schwenkte man und fuhr rund um etwas herum und rechts an etwas vorbei und hielt in der Mitte.

Georg hatte ganz vergessen, daß das Haus nicht da war, und für uns alle war es in diesem Augenblick da. Wir stiegen die Freitreppe hinauf, die auf die alte Terrasse führte, und wunderten uns nur, daß es ganz dunkel sei. Auf einmal ging eine Tür, links unten hinter uns, und jemand rief: »Hierher!« und hob und schwenkte ein dunstiges Licht. Mein Vater lachte: »Wir steigen hier herum wie die Gespenster«, und er half uns wieder die Stufen zurück.

»Aber es war doch eben ein Haus da«, sagte Maman und konnte sich gar nicht so rasch an Wjera Schulin gewöhnen, die warm und lachend herausgelaufen war. Nun mußte man natürlich schnell hinein, und an das Haus war nicht mehr zu denken. In einem engen Vorzimmer wurde man ausgezogen, und dann war man gleich mitten drin unter den Lampen und der Wärme gegenüber.

Diese Schulins waren ein mächtiges Geschlecht selbständiger Frauen. Ich weiß nicht, ob es Söhne gab. Ich erinnere mich nur dreier Schwestern; der ältesten, die an einen Marchese in Neapel verheiratet gewesen war, von dem sie sich nun langsam unter vielen Prozessen schied. Dann kam Zoë, von der es hieß, daß es nichts gab, was sie nicht wußte. Und vor allem war Wjera da, diese warme Wjera; Gott weiß, was aus ihr geworden ist. Die Gräfin, eine Narischkin, war eigentlich die vierte Schwester und in gewisser Beziehung die jüngste. Sie wußte von nichts und mußte in einem fort von ihren Kindern unterrichtet werden. Und der gute Graf Schulin fühlte sich, als ob er mit allen diesen Frauen verheiratet sei, und ging herum und küßte sie, wie es eben kam.

Vor der Hand lachte er laut und begrüßte uns eingehend. Ich wurde unter den Frauen weitergegeben und befühlt und befragt. Aber ich hatte mir fest vorgenommen, wenn das vorüber sei, irgendwie hinauszugleiten und mich nach dem Haus umzusehen. Ich war überzeugt, daß es heute da sei. Das Hinauskommen war nicht so schwierig; zwischen allen den Kleidern kam man unten durch wie ein Hund, und die Tür nach dem Vorraum zu war noch angelehnt. Aber draußen die äußere wollte nicht nachgeben. Da waren mehrere Vorrichtungen, Ketten und Riegel, die ich nicht richtig behandelte in der Eile. Plötzlich ging sie doch auf, aber mit lautem Geräusch, und eh ich draußen war, wurde ich festgehalten und zurückgezogen.

»Halt, hier wird nicht ausgekniffen«, sagte Wjera Schulin belustigt. Sie beugte sich zu mir, und ich war entschlossen, dieser warmen Person nichts zu verraten. Sie aber, als ich nichts sagte, nahm ohne weiters an, eine Nötigung meiner Natur hätte mich an die Tür getrieben; sie ergriff meine

Hand und fing schon an zu gehen und wollte mich, halb vertraulich, halb hochmütig, irgendwohin mitziehen. Dieses intime Mißverständnis kränkte mich über die Maßen. Ich riß mich los und sah sie böse an. »Das Haus will ich sehen«, sagte ich stolz. Sie begriff nicht.

»Das große Haus draußen an der Treppe.«

»Schaf«, machte sie und haschte nach mir, »da ist doch gar kein Haus mehr.« Ich bestand darauf.

»Wir gehen einmal bei Tage hin«, schlug sie einlenkend vor, »jetzt kann man da nicht herumkriechen. Es sind Löcher da, und gleich dahinter sind Papas Fischteiche, die nicht zufrieren dürfen. Da fällst du hinein und wirst ein Fisch.«

Damit schob sie mich vor sich her wieder in die hellen Stuben. Da saßen sie alle und sprachen, und ich sah sie mir der Reihe nach an: die gehen natürlich nur hin, wenn es nicht da ist, dachte ich verächtlich; wenn Maman und ich hier wohnten, so wäre es immer da. Maman sah zerstreut aus, während alle zugleich redeten. Sie dachte gewiß an das Haus.

Zoë setzte sich zu mir und stellte mir Fragen. Sie hatte ein gutgeordnetes Gesicht, in dem sich das Einsehen von Zeit zu Zeit erneute, als sähe sie beständig etwas ein. Mein Vater saß etwas nach rechts geneigt und hörte der Marchesin zu, die lachte. Graf Schulin stand zwischen Maman und seiner Frau und erzählte etwas. Aber die Gräfin unterbrach ihn, sah ich, mitten im Satze.

»Nein, Kind, das bildest du dir ein«, sagte der Graf gutmütig, aber er hatte auf einmal dasselbe beunruhigte Gesicht, das er vorstreckte über den beiden Damen. Die Gräfin war von ihrer sogenannten Einbildung nicht abzubringen. Sie sah ganz angestrengt aus, wie jemand, der nicht gestört sein will. Sie machte kleine, abwinkende Bewegungen mit ihren weichen Ringhänden, jemand sagte »sst«, und es wurde plötzlich ganz still.

Hinter den Menschen drängten sich die großen Gegenstände aus dem alten Hause, viel zu nah. Das schwere Familiensilber glänzte und wölbte sich, als sähe man es durch Vergrößerungsgläser. Mein Vater sah sich befremdet um.

»Mama riecht«, sagte Wjera Schulin hinter ihm, »da müssen wir immer alle still sein, sie riecht mit den Ohren«, dabei aber stand sie selbst mit hochgezogenen Augenbrauen da, aufmerksam und ganz Nase.

Die Schulins waren in dieser Beziehung ein bißchen eigen seit dem Brande. In den engen, überheizten Stuben kam jeden Augenblick ein Geruch auf, und dann untersuchte man ihn, und jeder gab seine Meinung ab. Zoë machte sich am Ofen zu tun, sachlich und gewissenhaft, der Graf ging umher und stand ein wenig in jeder Ecke und wartete; »hier ist es nicht«, sagte er dann. Die Gräfin war aufgestanden und wußte nicht, wo sie suchen sollte. Mein Vater drehte sich langsam um sich selbst, als hätte er den Geruch hinter sich. Die Marchesin, die sofort angenommen hatte, daß es ein garstiger Geruch sei, hielt ihr Taschentuch vor und sah von einem zum andern, ob es vorüber wäre. »Hier, hier«, rief Wjera von Zeit zu Zeit, als hätte sie ihn. Und um jedes Wort herum war es merkwürdig still. Was mich angeht, so hatte ich fleißig mitgerochen. Aber auf einmal (war es die Hitze in den Zimmern oder das viele nahe Licht) überfiel mich zum erstenmal in meinem Leben etwas wie Gespensterfurcht. Es wurde mir klar, daß alle die deutlichen großen Menschen, die eben noch gesprochen und gelacht hatten, gebückt herumgingen und sich mit etwas Unsichtbarem beschäftigten; daß sie zugaben, daß da etwas war, was sie nicht sahen. Und es war schrecklich, daß es stärker war als sie alle.

Meine Angst steigerte sich. Mir war, als könnte das, was sie suchten, plötzlich aus mir ausbrechen wie ein Ausschlag; und dann würden sie es sehen und nach mir zeigen. Ganz verzweifelt sah ich nach Maman hinüber. Sie saß eigentümlich gerade da, mir kam vor, daß sie auf mich wartete. Kaum war ich bei ihr und fühlte, daß sie innen zitterte, so wußte ich, daß das Haus jetzt erst wieder verging.

»Malte, Feigling«, lachte es irgendwo. Es war Wjeras Stimme. Aber wir ließen einander nicht los und ertrugen es zusammen; und wir blieben so, Maman und ich, bis das Haus wieder ganz vergangen war.

Am reichsten an beinah unfaßbaren Erfahrungen waren aber doch die Geburtstage. Man wußte ja schon, daß das Leben sich darin gefiel, keine Unterschiede zu machen; aber zu diesem Tage stand man mit einem Recht auf Freude auf, an dem nicht zu zweifeln war. Wahrscheinlich war das Gefühl dieses Rechts ganz früh in einem ausgebildet worden, zu der Zeit, da man nach allem greift und rein alles bekommt und da man die Dinge, die man gerade festhält, mit unbeirrbarer Einbildungskraft zu der grundfarbigen Intensität des gerade herrschenden Verlangens steigert.

Dann aber kommen auf einmal jene merkwürdigen Geburtstage, da man, im Bewußtsein dieses Rechtes völlig befestigt, die anderen unsicher werden sieht. Man möchte wohl noch wie früher angekleidet werden und dann alles Weitere entgegennehmen. Aber kaum ist man wach, so ruft jemand draußen, die Torte sei noch nicht da; oder man hört, daß etwas zerbricht, während nebenan der Geschenktisch geordnet wird; oder es kommt jemand herein und läßt die Türe offen, und man sieht alles, ehe man es hätte sehen dürfen. Das ist der Augenblick, wo etwas wie eine Operation an einem geschieht. Ein kurzer, wahnsinnig schmerzhafter Eingriff. Aber die Hand, die ihn tut, ist geübt und fest. Es ist gleich vorbei. Und kaum ist es überstanden, so denkt man nicht mehr an sich; es gilt, den Geburtstag zu retten, die anderen zu beobachten, ihren Fehlern zuvorzukommen, sie in ihrer Einbildung zu bestärken, daß sie alles trefflich bewältigen. Sie machen es einem nicht leicht. Es erweist sich, daß sie von einer beispiellosen Ungeschicklichkeit sind, beinahe stupide. Sie bringen es zuwege, mit irgendwelchen Paketen hereinzukommen, die für andere Leute bestimmt sind; man läuft ihnen entgegen und muß hernach tun, als liefe man überhaupt in der Stube herum, um sich Bewegung zu schaffen, auf nichts Bestimmtes zu. Sie wollen einen überraschen und heben mit oberflächlich nachgeahmter Erwartung die unterste Lage in den Spielzeugschachteln auf, wo weiter nichts ist als Holzwolle; da muß man ihnen ihre Verlegenheit erleichtern. Oder wenn es etwas Mechanisches war, so überdrehen sie das, was sie einem geschenkt haben, beim ersten Aufziehen. Es ist deshalb gut, wenn man sich beizeiten übt, eine überdrehte Maus oder dergleichen unauffällig mit dem Fuß weiterzustoßen: auf diese Weise kann man sie oft täuschen und ihnen über die Beschämung forthelfen.

Das alles leistete man schließlich, wie es verlangt wurde, auch ohne besondere Begabung. Talent war eigentlich nur nötig, wenn sich einer Mühe gegeben hatte, und brachte, wichtig und gutmütig, eine Freude, und man sah schon von weitem, daß es eine Freude für einen ganz anderen war, eine vollkommen fremde Freude; man wußte nicht einmal jemanden, dem sie gepaßt hätte: so fremd war sie.

Daß man erzählte, wirklich erzählte, das muß vor meiner Zeit gewesen sein. Ich habe nie jemanden erzählen hören. Damals, als Abelone mir von Mamans Jugend sprach, zeigte es sich, daß sie nicht erzählen könne. Der alte Graf Brahe soll es noch gekonnt haben. Ich will aufschreiben, was sie davon wußte.

Abelone muß als ganz junges Mädchen eine Zeit gehabt haben, da sie von einer eigenen, weiten Bewegtheit war. Brahes wohnten damals in der Stadt, in der Bredgade, unter ziemlicher Geselligkeit. Wenn sie abends spät hinauf in ihr

Zimmer kam, so meinte sie müde zu sein wie die anderen. Aber dann fühlte sie auf einmal das Fenster und, wenn ich recht verstanden habe, so konnte sie vor der Nacht stehn, stundenlang, und denken: das geht mich an. »Wie ein Gefangener stand ich da«, sagte sie, »und die Sterne waren die Freiheit.« Sie konnte damals einschlafen, ohne sich schwer zu machen. Der Ausdruck In-den-Schlaf-fallen paßt nicht für dieses Mädchenjahr. Schlaf war etwas, was mit einem stieg, und von Zeit zu Zeit hatte man die Augen offen und lag auf einer neuen Oberfläche, die noch lang nicht die oberste war. Und dann war man auf vor Tag; selbst im Winter, wenn die anderen schläfrig und spät zum späten Frühstück kamen. Abends, wenn es dunkel wurde, gab es ja immer nur Lichter für alle, gemeinsame Lichter. Aber diese beiden Kerzen ganz früh in der neuen Dunkelheit, mit der alles wieder anfing, die hatte man für sich. Sie standen in ihrem niederen Doppelleuchter und schienen ruhig durch die kleinen, ovalen, mit Rosen bemalten Tüllschirme, die von Zeit zu Zeit nachgerückt werden mußten. Das hatte nichts Störendes; denn einmal war man durchaus nicht eilig, und dann kam es doch so, daß man manchmal aufsehen mußte und nachdenken, wenn man an einem Brief schrieb oder in das Tagebuch, das früher einmal mit ganz anderer Schrift, ängstlich und schön, begonnen war.

Der Graf Brahe lebte ganz abseits von seinen Töchtern. Er hielt es für Einbildung, wenn jemand behauptete, das Leben mit andern zu teilen. (»Ja, teilen –«, sagte er.) Aber es war ihm nicht unlieb, wenn die Leute ihm von seinen Töchtern erzählten; er hörte aufmerksam zu, als wohnten sie in einer anderen Stadt.

Es war deshalb etwas ganz Außerordentliches, daß er einmal nach dem Frühstück Abelone zu sich winkte: »Wir haben die gleichen Gewohnheiten, wie es scheint, ich schreibe auch ganz früh. Du kannst mir helfen.« Abelone wußte es noch wie gestern.

Schon am anderen Morgen wurde sie in ihres Vaters Kabinett geführt, das im Rufe der Unzugänglichkeit stand. Sie hatte nicht Zeit, es in Augenschein zu nehmen, denn man setzte sie sofort gegen dem Grafen über an den Schreibtisch, der ihr wie eine Ebene schien mit Büchern und Schriftstößen als Ortschaften.

Der Graf diktierte. Diejenigen, die behaupteten, daß Graf Brahe seine Memoiren schriebe, hatten nicht völlig unrecht. Nur daß es sich nicht um politische oder militärische Erinnerungen handelte, wie man mit Spannung erwartete. »Die vergesse ich«, sagte der alte Herr kurz, wenn ihn jemand auf solche Tatsachen hin anredete. Was er aber nicht vergessen wollte, das war seine Kindheit. Auf die hielt er. Und es war ganz in der Ordnung, seiner Meinung nach, daß jene sehr entfernte Zeit nun in ihm die Oberhand gewann, daß sie, wenn er seinen Blick nach innen kehrte, dalag wie in einer hellen nordischen Sommernacht, gesteigert und schlaflos.

Manchmal sprang er auf und redete in die Kerzen hinein, daß sie flackerten. Oder ganze Sätze mußten wieder durchgestrichen werden, und dann ging er heftig hin und her und wehte mit seinem nilgrünen, seidenen Schlafrock. Während alledem war noch eine Person zugegen, Sten, des Grafen alter, jütländischer Kammerdiener, dessen Aufgabe es war, wenn der Großvater aufsprang, die Hände schnell über die einzelnen losen Blätter zu legen, die, mit Notizen bedeckt, auf dem Tische herumlagen. Seine Gnaden hatten die Vorstellung, daß das heutige Papier nichts tauge, daß es viel zu leicht sei und davonfliege bei der geringsten Gelegenheit. Und Sten, von dem man nur die lange obere Hälfte sah, teilte diesen Verdacht und saß gleichsam auf seinen Händen, lichtblind und ernst wie ein Nachtvogel.

Dieser Sten verbrachte die Sonntag-Nachmittage damit, Swedenborg zu lesen, und niemand von der Dienerschaft hätte je sein Zimmer betreten mögen, weil es hieß, daß er zitiere. Die Familie Stens hatte seit je Umgang mit Geistern gehabt, und Sten war für diesen Verkehr ganz besonders vorausbestimmt. Seiner Mutter war etwas erschienen in der Nacht, da sie ihn gebar. Er hatte große, runde Augen, und das andere Ende seines Blicks kam hinter jeden zu liegen, den er damit ansah. Abelonens Vater fragte ihn oft nach den Geistern, wie man sonst jemanden nach seinen Angehörigen fragt: »Kommen sie, Sten?« sagte er wohlwollend. »Es ist gut, wenn sie kommen.«

Ein paar Tage ging das Diktieren seinen Gang. Aber dann konnte Abelone ›Eckernförde‹ nicht schreiben. Es war ein Eigenname, und sie hatte ihn nie gehört. Der Graf, der im Grunde schon lange einen Vorwand suchte, das Schreiben aufzugeben, das zu langsam war für seine Erinnerungen stellte sich unwillig.

»Sie kann es nicht schreiben«, sagte er scharf, »und andere werden es nicht lesen können. Und werden sie es überhaupt *sehen,* was ich da sage?« fuhr er böse fort und ließ Abelone nicht aus den Augen.

»Werden sie ihn sehen, diesen Saint-Germain?« schrie er sie an. »Haben wir Saint-Germain gesagt? streich es durch. Schreib: der Marquis von Belmare.«

Abelone strich durch und schrieb. Aber der Graf sprach so schnell weiter, daß man nicht mitkonnte.

»Er mochte Kinder nicht leiden, dieser vortreffliche Belmare, aber mich nahm er auf sein Knie, so klein ich war, und mir kam die Idee, in seine Diamantknöpfe zu beißen. Das freute ihn. Er lachte und hob mir den Kopf, bis wir einander in die Augen sahen: ›Du hast ausgezeichnete Zähne‹, sagte er, ›Zähne, die etwas unternehmen . . .‹ – Ich aber merkte mir seine Augen. Ich bin später da und dort herumgekommen. Ich habe allerhand Augen gesehen, kannst du mir glauben: solche nicht wieder. Für diese Augen hätte nichts da sein müssen, die hattens in sich. Du hast von Venedig gehört? Gut. Ich sage dir, die hätten

Venedig hier hereingesehen in dieses Zimmer, daß es da gewesen wäre, wie der Tisch. Ich saß in der Ecke einmal und hörte, wie er meinem Vater von Persien erzählte, manchmal mein ich noch, mir riechen die Hände davon. Mein Vater schätzte ihn, und Seine Hoheit, der Landgraf, war so etwas wie sein Schüler. Aber es gab natürlich genug, die ihm übelnahmen, daß er an die Vergangenheit nur glaubte, wenn sie *in* ihm war. Das konnten sie nicht begreifen, daß der Kram nur Sinn hat, wenn man damit geboren wird.«

»Die Bücher sind leer«, schrie der Graf mit einer wütenden Gebärde nach den Wänden hin, »das Blut, darauf kommt es an, da muß man drin lesen können. Er hatte wunderliche Geschichten drin und merkwürdige Abbildungen, dieser Belmare; er konnte aufschlagen, wo er wollte, da war immer was beschrieben; keine Seite in seinem Blut war überschlagen worden. Und wenn er sich einschloß von Zeit zu Zeit und allein drin blätterte, dann kam er zu den Stellen über das Goldmachen und über die Steine und über die Farben. Warum soll das nicht darin gestanden haben? es steht sicher irgendwo.«

»Er hätte gut mit einer Wahrheit leben können, dieser Mensch, wenn er allein gewesen wäre. Aber es war keine Kleinigkeit, allein zu sein mit einer solchen. Und er war nicht so geschmacklos, die Leute einzuladen, daß sie ihn bei seiner Wahrheit besuchten; die sollte nicht ins Gerede kommen: dazu war er viel zu sehr Orientale. ›Adieu, Madame‹, sagte er ihr wahrheitsgemäß, ›auf ein anderes Mal. Vielleicht ist man in tausend Jahren etwas kräftiger und ungestörter. Ihre Schönheit ist ja doch erst im Werden, Madame‹, sagte er, und das war keine bloße Höflichkeit. Damit ging er fort und legte draußen für die Leute seinen Tierpark an, eine Art Jardin d'Acclimatation für die größeren Arten von Lügen, die man bei uns noch nie gesehen hatte, und ein Palmenhaus von Übertreibungen und eine kleine, gepflegte Figuerie falscher Geheimnisse. Da kamen sie von allen Seiten, und er ging herum mit Diamantschnallen an den Schuhen und war ganz für seine Gäste da.«

»Eine oberflächliche Existenz: wie? Im Grunde wars doch eine Ritterlichkeit gegen seine Dame, und er hat sich ziemlich dabei konserviert.«

Seit einer Weile schon redete der Alte nicht mehr auf Abelone ein, die er vergessen hatte. Er ging wie rasend auf und ab und warf herausfordernde Blicke auf Sten, als sollte Sten in einem gewissen Augenblicke sich in den verwandeln, an den er dachte. Aber Sten verwandelte sich noch nicht.

»Man müßte ihn *sehen*«, fuhr Graf Brahe versessen fort. »Es gab eine Zeit, wo er durchaus sichtbar war, obwohl in manchen Städten die Briefe, die er empfing, an niemanden gerichtet waren: es stand nur der Ort darauf, sonst nichts. Aber ich hab ihn gesehen.«

»Er war nicht schön.« Der Graf lachte eigentümlich eilig. »Auch nicht, was die Leute bedeutend nennen oder vornehm: es waren immer Vornehmere neben ihm. Er war reich: aber das war bei ihm nur wie ein Einfall, daran konnte man sich nicht halten. Er war gut gewachsen, obzwar andere hielten sich besser. Ich konnte damals natürlich nicht beurteilen, ob er geistreich war und das und dies, worauf Wert gelegt wird –: aber er *war*.«

Der Graf, bebend, stand und machte eine Bewegung, als stellte er etwas in den Raum hinein, was blieb.

In diesem Moment gewahrte er Abelone.

»Siehst du ihn?« herrschte er sie an. Und plötzlich ergriff er den einen silbernen Armleuchter und leuchtete ihr blendend ins Gesicht.

Abelone erinnerte sich, daß sie ihn gesehen habe.

In den nächsten Tagen wurde Abelone regelmäßig gerufen, und das Diktieren ging nach diesem Zwischenfall viel ruhiger weiter. Der Graf stellte nach allerhand Papieren seine frühesten Erinnerungen an den Bernstorffschen Kreis zusammen, in dem sein Vater eine gewisse Rolle spielte. Abelone war jetzt so gut auf die Besonderheiten ihrer Arbeit eingestellt, daß, wer die beiden sah, ihre zweckdienliche Gemeinsamkeit leicht für ein wirkliches Vertrautsein nehmen konnte.

Einmal, als Abelone sich schon zurückziehen wollte, trat der alte Herr auf sie zu, und es war, als hielte er die Hände mit einer Überraschung hinter sich: »Morgen schreiben wir von Julie Reventlow«, sagte er und kostete seine Worte: »das war eine Heilige.«

Wahrscheinlich sah Abelone ihn ungläubig an.

»Ja, ja, das giebt es alles noch«, bestand er in befehlendem Tone, »es giebt alles, Komtesse Abel.«

Er nahm Abelonens Hände und schlug sie auf wie ein Buch.

»Sie hatte die Stigmata«, sagte er, »hier und hier.« Und er tippte mit seinem kalten Finger hart und kurz in ihre beiden Handflächen.

Den Ausdruck Stigmata kannte Abelone nicht. Es wird sich zeigen, dachte sie; sie war recht ungeduldig, von der Heiligen zu hören, die ihr Vater noch gesehen hatte. Aber sie wurde nicht mehr geholt, nicht am nächsten Morgen und auch später nicht. –

»Von der Gräfin Reventlow ist ja dann oft bei euch gesprochen worden«, schloß Abelone kurz, als ich sie bat, mehr zu erzählen. Sie sah müde aus; auch behauptete sie, das Meiste vergessen zu haben. »Aber die Stellen fühl ich noch manchmal«, lächelte sie und konnte es nicht lassen und schaute beinah neugierig in ihre leeren Hände.

Noch vor meines Vaters Tod war alles anders geworden. Ulsgaard war nicht mehr in unserm Besitz. Mein Vater starb in der Stadt, in einer Etagenwohnung, die mir feindsälig und befremdlich schien. Ich war damals schon im Ausland und kam zu spät.

Er war aufgebahrt in einem Hofzimmer zwischen zwei Reihen hoher Kerzen. Der Geruch der Blumen war unverständlich wie viele gleichzeitige Stimmen. Sein schönes Gesicht, darin die Augen geschlossen worden waren, hatte einen Ausdruck höflichen Erinnerns. Er war eingekleidet in die Jägermeisters-Uniform, aber aus irgendeinem Grunde hatte man das weiße Band aufgelegt, statt des blauen. Die Hände waren nicht gefaltet, sie lagen schräg übereinander und sahen nachgemacht und sinnlos aus. Man hatte mir rasch erzählt, daß er viel gelitten habe: es war nichts davon zu sehen. Seine Züge waren aufgeräumt wie die Möbel in einem Fremdenzimmer, aus dem jemand abgereist war. Mir war zumute, als hätte ich ihn schon öfter tot gesehen: so gut kannte ich das alles.

Neu war nur die Umgebung, auf eine unangenehme Art. Neu war dieses bedrückende Zimmer, das Fenster gegenüber hatte, wahrscheinlich die Fenster anderer Leute. Neu war es, daß Sieversen von Zeit zu Zeit hereinkam und nichts tat. Sieversen war alt geworden. Dann sollte ich frühstücken. Mehrmals wurde mir das Frühstück gemeldet. Mir lag durchaus nichts daran, zu frühstücken an diesem Tage. Ich merkte nicht, daß man mich forthaben wollte; schließlich, da ich nicht ging, brachte Sieversen es irgendwie heraus, daß die Ärzte da wären. Ich begriff nicht, wozu. Es wäre da noch etwas zu tun, sagte Sieversen und sah mich mit ihren roten Augen angestrengt an. Dann traten, etwas überstürzt, zwei Herren herein: das waren die Ärzte. Der vordere senkte seinen Kopf mit einem Ruck, als hätte er Hörner und wollte stoßen, um uns über seine Gläser fort anzusehen: erst Sieversen, dann mich.

Er verbeugte sich mit studentischer Förmlichkeit. »Der Herr Jägermeister hatte noch einen Wunsch«, sagte er genau so, wie er eingetreten war; man hatte wieder das Gefühl, daß er sich überstürzte. Ich nötigte ihn irgendwie, seinen Blick durch seine Gläser zu richten. Sein Kollege war ein voller, dünnschaliger, blonder Mensch; es fiel mir ein, daß man ihn leicht zum Erröten bringen könnte. Darüber entstand eine Pause. Es war seltsam, daß der Jägermeister jetzt noch Wünsche hatte.

Ich blickte unwillkürlich wieder hin in das schöne, gleichmäßige Gesicht. Und da wußte ich, daß er Sicherheit wollte. Die hatte er im Grunde immer gewünscht. Nun sollte er sie bekommen.

»Sie sind wegen des Herzstichs da: bitte.«

Ich verneigte mich und trat zurück. Die beiden Ärzte verbeugten sich gleichzeitig und begannen sofort sich über ihre Arbeit zu verständigen. Jemand rückte auch schon die Kerzen beiseite. Aber der Ältere machte nochmals ein paar Schritte auf mich zu. Aus einer gewissen Nähe streckte er sich vor, um das letzte Stück Weg zu ersparen, und sah mich böse an.

»Es ist nicht nötig«, sagte er, »das heißt, ich meine, es ist vielleicht besser, wenn Sie . . .«

Er kam mir vernachlässigt und abgenutzt vor in seiner sparsamen und eiligen Haltung. Ich verneigte mich abermals; es machte sich so, daß ich mich schon wieder verneigte.

»Danke«, sagte ich knapp. »Ich werde nicht stören.«

Ich wußte, daß ich dieses ertragen würde und daß kein Grund da war, sich dieser Sache zu entziehen. Das hatte so kommen müssen. Das war vielleicht der Sinn von dem Ganzen. Auch hatte ich nie gesehen, wie es ist, wenn jemand durch die Brust gestochen wird. Es schien mir in der Ordnung, eine so merkwürdige Erfahrung nicht abzulehnen, wo sie sich zwanglos und unbedingt einstellte. An Enttäuschungen glaubte ich damals eigentlich schon nicht mehr; also war nichts zu befürchten.

Nein, nein, vorstellen kann man sich nichts auf der Welt, nicht das Geringste. Es ist alles aus so viel einzigen Einzelheiten zusammengesetzt, die sich nicht absehen lassen. Im

Einbilden geht man über sie weg und merkt nicht, daß sie fehlen, schnell wie man ist. Die Wirklichkeiten aber sind langsam und unbeschreiblich ausführlich.

Wer hätte zum Beispiel an diesen Widerstand gedacht. Kaum war die breite, hohe Brust bloßgelegt, so hatte der eilige kleine Mann schon die Stelle heraus, um die es sich handelte. Aber das rasch angesetzte Instrument drang nicht ein. Ich hatte das Gefühl, als wäre plötzlich alle Zeit fort aus dem Zimmer. Wir befanden uns wie in einem Bilde. Aber dann stürzte die Zeit nach mit einem kleinen, gleitenden Geräusch, und es war mehr da, als verbraucht wurde. Auf einmal klopfte es irgendwo. Ich hatte noch nie so klopfen hören: ein warmes, verschlossenes, doppeltes Klopfen. Mein Gehör gab es weiter, und ich sah zugleich, daß der Arzt auf Grund gestoßen war. Aber es dauerte eine Weile, bevor die beiden Eindrücke in mir zusammenkamen. So, so, dachte ich, nun ist es also durch. Das Klopfen war, was das Tempo betrifft, beinah schadenfroh.

Ich sah mir den Mann an, den ich nun schon so lange kannte. Nein, er war völlig beherrscht: ein rasch und sachlich arbeitender Herr, der gleich weiter mußte. Es war keine Spur von Genuß oder Genugtuung dabei. Nur an seiner linken Schläfe hatten sich ein paar Haare aufgestellt aus irgendeinem alten Instinkt. Er zog das Instrument vorsichtig zurück, und es war etwas wie ein Mund da, aus dem zweimal hintereinander Blut austrat, als sagte er etwas Zweisilbiges. Der junge, blonde Arzt nahm es schnell mit einer eleganten Bewegung in seine Watte auf. Und nun blieb die Wunde ruhig, wie ein geschlossenes Auge.

Es ist anzunehmen, daß ich mich noch einmal verneigte, ohne diesmal recht bei der Sache zu sein. Wenigstens war ich erstaunt, mich allein zu finden. Jemand hatte die Uniform wieder in Ordnung gebracht, und das weiße Band lag darüber wie vorher. Aber nun war der Jägermeister tot, und nicht er allein. Nun war das Herz durchbohrt, unser

Herz, das Herz unseres Geschlechts. Nun war es vorbei. Das war also das Helmzerbrechen: »Heute Brigge und nimmermehr«, sagte etwas in mir.

An mein Herz dachte ich nicht. Und als es mir später einfiel, wußte ich zum erstenmal ganz gewiß, daß es hierfür nicht in Betracht kam. Es war ein einzelnes Herz. Es war schon dabei, von Anfang anzufangen.

Ich weiß, daß ich mir einbildete, nicht sofort wieder abreisen zu können. Erst muß alles geordnet sein, wiederholte ich mir. *Was* geordnet sein wollte, war mir nicht klar. Es war so gut wie nichts zu tun. Ich ging in der Stadt umher und konstatierte, daß sie sich verändert hatte. Es war mir angenehm, aus dem Hotel hinauszutreten, in dem ich abgestiegen war, und zu sehen, daß es nun eine Stadt für Erwachsene war, die sich für einen zusammennahm, fast wie für einen Fremden. Ein bißchen klein war alles geworden, und ich promenierte die Langelinie hinaus bis an den Leuchtturm und wieder zurück. Wenn ich in die Gegend der Amaliengade kam, so konnte es freilich geschehen, daß von irgendwo etwas ausging, was man jahrelang anerkannt hatte und was seine Macht noch einmal versuchte. Es gab da gewisse Eckfenster oder Torbogen oder Laternen, die viel von einem wußten und damit drohten. Ich sah ihnen ins Gesicht und ließ sie fühlen, daß ich im Hotel ›Phönix‹ wohnte und jeden Augenblick wieder reisen konnte. Aber mein Gewissen war nicht ruhig dabei. Der Verdacht stieg in mir auf, daß noch keiner dieser Einflüsse und Zusammenhänge wirklich bewältigt worden war. Man hatte sie eines Tages heimlich verlassen, unfertig wie sie waren. Auch die Kindheit würde also gewissermaßen noch zu leisten sein, wenn man sie nicht für immer verloren geben wollte. Und während ich begriff, wie ich sie verlor, empfand ich zugleich, daß ich nie etwas anderes haben würde, mich darauf zu berufen.

Ein paar Stunden täglich brachte ich in Dronningens Tværgade zu, in den engen Zimmern, die beleidigt aussahen wie alle Mietswohnungen, in denen jemand gestorben ist. Ich ging zwischen dem Schreibtisch und dem großen weißen Kachelofen hin und her und verbrannte die Papiere des Jägermeisters. Ich hatte begonnen, die Briefschaften, so wie sie zusammengebunden waren, ins Feuer zu werfen, aber die kleinen Pakete waren zu fest verschnürt und verkohlten nur an den Rändern. Es kostete mich Überwindung, sie zu lockern. Die meisten hatten einen starken, überzeugenden Duft, der auf mich eindrang, als wollte er auch in mir Erinnerungen aufregen. Ich hatte keine. Dann konnte es geschehen, daß Photographien herausglitten, die schwerer waren als das andere; diese Photographien verbrannten unglaublich langsam. Ich weiß nicht, wie es kam, plötzlich bildete ich mir ein, es könnte Ingeborgs Bild darunter sein. Aber sooft ich hinsah, waren es reife, großartige, deutlich schöne Frauen, die mich auf andere Gedanken brachten. Es erwies sich nämlich, daß ich doch nicht ganz ohne Erinnerungen war. Genau solche Augen waren es, in denen ich mich manchmal fand, wenn ich, zur Zeit da ich heranwuchs, mit meinem Vater über die Straße ging. Dann konnten sie von einem Wageninnern aus mich mit einem Blick umgeben, aus dem kaum hinauszukommen war. Nun wußte ich, daß sie mich damals mit ihm verglichen und daß der Vergleich nicht zu meinen Gunsten ausfiel. Gewiß nicht, Vergleiche hatte der Jägermeister nicht zu fürchten.

Es kann sein, daß ich nun etwas weiß, was er gefürchtet hat. Ich will sagen, wie ich zu dieser Annahme komme. Ganz innen in seiner Brieftasche befand sich ein Papier, seit lange gefaltet, mürbe, gebrochen in den Bügen. Ich habe es gelesen, bevor ich es verbrannte. Es war von seiner besten Hand, sicher und gleichmäßig geschrieben, aber ich merkte gleich, daß es nur eine Abschrift war.

»Drei Stunden vor seinem Tod«, so begann es und handelte von Christian dem Vierten. Ich kann den Inhalt natürlich nicht wörtlich wiederholen. Drei Stunden vor seinem Tod begehrte er aufzustehen. Der Arzt und der Kammerdiener Wormius halfen ihm auf die Füße. Er stand ein wenig unsicher, aber er stand, und sie zogen ihm das gesteppte Nachtkleid an. Dann setzte er sich plötzlich vorn an das Bettende und sagte etwas. Es war nicht zu verstehen. Der Arzt behielt immerzu seine linke Hand, damit der König nicht auf das Bett zurücksinke. So saßen sie, und der König sagte von Zeit zu Zeit mühsam und trübe das Unverständliche. Schließlich begann der Arzt ihm zuzusprechen; er hoffte allmählich zu erraten, was der König meinte. Nach einer Weile unterbrach ihn der König und sagte auf einmal ganz klar: »O, Doktor, Doktor, wie heißt er?« Der Arzt hatte Mühe, sich zu besinnen.

»Sperling, Allergnädigster König.«

Aber darauf kam es nun wirklich nicht an. Der König, sobald er hörte, daß man ihn verstand, riß das rechte Auge, das ihm geblieben war, weit auf und sagte mit dem ganzen Gesicht das eine Wort, das seine Zunge seit Stunden formte, das einzige, das es noch gab: »Döden«, sagte er, »Döden.«*

Mehr stand nicht auf dem Blatt. Ich las es mehrere Male, ehe ich es verbrannte. Und es fiel mir ein, daß mein Vater viel gelitten hatte zuletzt. So hatte man mir erzählt.

Seitdem habe ich viel über die Todesfurcht nachgedacht, nicht ohne gewisse eigene Erfahrungen dabei zu berücksichtigen. Ich glaube, ich kann wohl sagen, ich habe sie gefühlt. Sie überfiel mich in der vollen Stadt, mitten unter den Leuten, oft ganz ohne Grund. Oft allerdings häuften sich die Ursachen; wenn zum Beispiel jemand auf einer Bank verging und alle standen herum und sahen ihm zu,

* *Der Tod, der Tod.*

und er war schon über das Fürchten hinaus: dann hatte ich seine Furcht. Oder in Neapel damals: da saß diese junge Person mir gegenüber in der Elektrischen Bahn und starb. Erst sah es wie eine Ohnmacht aus, wir fuhren sogar noch eine Weile. Aber dann war kein Zweifel, daß wir stehenbleiben mußten. Und hinter uns standen die Wagen und stauten sich, als ginge es in dieser Richtung nie mehr weiter. Das blasse, dicke Mädchen hätte so, angelehnt an ihre Nachbarin, ruhig sterben können. Aber ihre Mutter gab das nicht zu. Sie bereitete ihr alle möglichen Schwierigkeiten. Sie brachte ihre Kleider in Unordnung und goß ihr etwas in den Mund, der nichts mehr behielt. Sie verrieb auf ihrer Stirn eine Flüssigkeit, die jemand gebracht hatte, und wenn die Augen dann ein wenig verrollten, so begann sie an ihr zu rütteln, damit der Blick wieder nach vorne käme. Sie schrie in diese Augen hinein, die nicht hörten, sie zerrte und zog das Ganze wie eine Puppe hin und her, und schließlich holte sie aus und schlug mit aller Kraft in das dicke Gesicht, damit es nicht stürbe. Damals fürchtete ich mich.

Aber ich fürchtete mich auch schon früher. Zum Beispiel, als mein Hund starb. Derselbe, der mich ein- für allemal beschuldigte. Er war sehr krank. Ich kniete bei ihm schon den ganzen Tag, da plötzlich bellte er auf, ruckweise und kurz, wie er zu tun pflegte, wenn ein Fremder ins Zimmer trat. Ein solches Bellen war für diesen Fall zwischen uns gleichsam verabredet worden, und ich sah unwillkürlich nach der Tür. Aber es war schon in ihm. Beunruhigt suchte ich seinen Blick, und auch er suchte den meinen; aber nicht um Abschied zu nehmen. Er sah mich hart und befremdet an. Er warf mir vor, daß ich es hereingelassen hatte. Er war überzeugt, ich hätte es hindern können. Nun zeigte es sich, daß er mich immer überschätzt hatte. Und es war keine Zeit mehr, ihn aufzuklären. Er sah mich befremdet und einsam an, bis es zu Ende war.

Oder ich fürchtete mich, wenn im Herbst nach den ersten

Nachtfrösten die Fliegen in die Stuben kamen und sich noch einmal in der Wärme erholten. Sie waren merkwürdig vertrocknet und erschraken bei ihrem eigenen Summen; man konnte sehen, daß sie nicht mehr recht wußten, was sie taten. Sie saßen stundenlang da und ließen sich gehen, bis es ihnen einfiel, daß sie noch lebten; dann warfen sie sich blindlings irgendwohin und begriffen nicht, was sie dort sollten, und man hörte sie weiterhin niederfallen und drüben und anderswo. Und endlich krochen sie überall und bestarben langsam das ganze Zimmer.

Aber sogar wenn ich allein war, konnte ich mich fürchten. Warum soll ich tun, als wären jene Nächte nicht gewesen, da ich aufsaß vor Todesangst und mich daran klammerte, daß das Sitzen wenigstens noch etwas Lebendiges sei: daß Tote nicht saßen. Das war immer in einem von diesen zufälligen Zimmern, die mich sofort im Stich ließen, wenn es mir schlecht ging, als fürchteten sie, verhört und in meine argen Sachen verwickelt zu werden. Da saß ich, und wahrscheinlich sah ich so schrecklich aus, daß nichts den Mut hatte, sich zu mir zu bekennen. Nicht einmal das Licht, dem ich doch eben den Dienst erwiesen hatte, es anzuzünden, wollte von mir wissen. Es brannte so vor sich hin, wie in einem leeren Zimmer. Meine letzte Hoffnung war dann immer das Fenster. Ich bildete mir ein, dort draußen könnte noch etwas sein, was zu mir gehörte, auch jetzt, auch in dieser plötzlichen Armut des Sterbens. Aber kaum hatte ich hingesehen, so wünschte ich, das Fenster wäre verrammelt gewesen, zu, wie die Wand. Denn nun wußte ich, daß es dort hinaus immer gleich teilnahmslos weiterging, daß auch draußen nichts als meine Einsamkeit war. Die Einsamkeit, die ich über mich gebracht hatte und zu deren Größe mein Herz in keinem Verhältnis mehr stand. Menschen fielen mir ein, von denen ich einmal fortgegangen war, und ich begriff nicht, wie man Menschen verlassen konnte.

Mein Gott, mein Gott, wenn mir noch solche Nächte bevorstehen, laß mir doch wenigstens einen von den Gedanken, die ich zuweilen denken konnte. Es ist nicht so unvernünftig, was ich da verlange; denn ich weiß, daß sie gerade aus der Furcht gekommen sind, weil meine Furcht so groß war. Da ich ein Knabe war, schlugen sie mich ins Gesicht und sagten mir, daß ich feige sei. Das war, weil ich mich noch schlecht fürchtete. Aber seitdem habe ich mich fürchten gelernt mit der wirklichen Furcht, die nur zunimmt, wenn die Kraft zunimmt, die sie erzeugt. Wir haben keine Vorstellung von dieser Kraft, außer in unserer Furcht. Denn so ganz unbegreiflich ist sie, so völlig gegen uns, daß unser Gehirn sich zersetzt an der Stelle, wo wir uns anstrengen, sie zu denken. Und dennoch, seit einer Weile glaube ich, daß es *unsere* Kraft ist, alle unsere Kraft, die noch zu stark ist für uns. Es ist wahr, wir kennen sie nicht, aber ist es nicht gerade unser Eigenstes, wovon wir am wenigsten wissen? Manchmal denke ich mir, wie der Himmel entstanden ist und der Tod: dadurch, daß wir unser Kostbarstes von uns fortgerückt haben, weil noch so viel anderes zu tun war vorher und weil es bei uns Beschäftigten nicht in Sicherheit war. Nun sind Zeiten darüber vergangen, und wir haben uns an Geringeres gewöhnt. Wir erkennen unser Eigentum nicht mehr und entsetzen uns vor seiner äußersten Großheit. Kann das nicht sein?

Ich begreife übrigens jetzt gut, daß man ganz innen in der Brieftasche die Beschreibung einer Sterbestunde bei sich trägt durch alle die Jahre. Es müßte nicht einmal eine besonders gesuchte sein; sie haben alle etwas fast Seltenes. Kann man sich zum Beispiel nicht jemanden vorstellen, der sich abschreibt, wie Felix Arvers gestorben ist. Es war im Hospital. Er starb auf eine sanfte und gelassene Weise, und die Nonne meinte vielleicht, daß er damit schon weiter sei, als er in Wirklichkeit war. Sie rief ganz laut irgend eine

Weisung hinaus, wo das und das zu finden wäre. Es war eine ziemlich ungebildete Nonne; sie hatte das Wort Korridor, das im Augenblick nicht zu vermeiden war, nie geschrieben gesehen; so konnte es geschehen, daß sie ›Kollidor‹ sagte in der Meinung, es hieße so. Da schob Arvers das Sterben hinaus. Es schien ihm nötig, dieses erst aufzuklären. Er wurde ganz klar und setzte ihr auseinander, daß es ›Korridor‹ hieße. Dann starb er. Er war ein Dichter und haßte das Ungefähre; oder vielleicht war es ihm nur um die Wahrheit zu tun; oder es störte ihn, als letzten Eindruck mitzunehmen, daß die Welt so nachlässig weiterginge. Das wird nicht mehr zu entscheiden sein. Nur soll man nicht glauben, daß es Pedanterie war. Sonst träfe derselbe Vorwurf den heiligen Jean de Dieu, der in seinem Sterben aufsprang und gerade noch zurechtkam, im Garten den eben Erhängten abzuschneiden, von dem auf wunderbare Art Kunde in die verschlossene Spannung seiner Agonie gedrungen war. Auch ihm war es nur um die Wahrheit zu tun.

Es giebt ein Wesen, das vollkommen unschädlich ist, wenn es dir in die Augen kommt, du merkst es kaum und hast es gleich wieder vergessen. Sobald es dir aber unsichtbar auf irgendeine Weise ins Gehör gerät, so entwickelt es sich dort, es kriecht gleichsam aus, und man hat Fälle gesehen, wo es bis ins Gehirn vordrang und in diesem Organ verheerend gedieh, ähnlich den Pneumokokken des Hundes, die durch die Nase eindringen.

Dieses Wesen ist der Nachbar.

Nun, ich habe, seit ich so vereinzelt herumkomme, unzählige Nachbaren gehabt; obere und untere, rechte und linke, manchmal alle vier Arten zugleich. Ich könnte einfach die Geschichte meiner Nachbaren schreiben; das wäre ein Lebenswerk. Es wäre freilich mehr die Geschichte der Krankheitserscheinungen, die sie in mir erzeugt haben;

aber das teilen sie mit allen derartigen Wesen, daß sie nur in den Störungen nachzuweisen sind, die sie in gewissen Geweben hervorrufen.

Ich habe unberechenbare Nachbaren gehabt und sehr regelmäßige. Ich habe gesessen und das Gesetz der ersten herauszufinden versucht; denn es war klar, daß auch sie eines hatten. Und wenn die pünktlichen einmal am Abend ausblieben, so hab ich mir ausgemalt, was ihnen könnte zugestoßen sein, und habe mein Licht brennen lassen und mich geängstigt wie eine junge Frau. Ich habe Nachbaren gehabt, die gerade haßten, und Nachbaren, die in eine heftige Liebe verwickelt waren; oder ich erlebte es, daß bei ihnen eines in das andere umsprang mitten in der Nacht, und dann war natürlich an Schlafen nicht zu denken. Da konnte man überhaupt beobachten, daß der Schlaf durchaus nicht so häufig ist, wie man meint. Meine beiden Petersburger Nachbaren zum Beispiel gaben nicht viel auf Schlaf. Der eine stand und spielte die Geige, und ich bin sicher, daß er dabei hinübersah in die überwachen Häuser, die nicht aufhörten hell zu sein in den unwahrscheinlichen Augustnächten. Von dem anderen zur Rechten weiß ich allerdings, daß er lag; er stand zu meiner Zeit überhaupt nicht mehr auf. Er hatte sogar die Augen geschlossen; aber man konnte nicht sagen, daß er schlief. Er lag und sagte lange Gedichte her, Gedichte von Puschkin und Nekrassow, in dem Tonfall, in dem Kinder Gedichte hersagen, wenn man es von ihnen verlangt. Und trotz der Musik meines linken Nachbars, war es dieser mit seinen Gedichten, der sich in meinem Kopfe einpuppte, und Gott weiß, was da ausgekrochen wäre, wenn nicht der Student, der ihn zuweilen besuchte, sich eines Tages in der Tür geirrt hätte. Er erzählte mir die Geschichte seines Bekannten, und es ergab sich, daß sie gewissermaßen beruhigend war. Jedenfalls war es eine wörtliche, eindeutige Geschichte, an der die vielen Würmer meiner Vermutungen zugrunde gingen.

Dieser kleine Beamte da nebenan war eines Sonntags auf die Idee gekommen, eine merkwürdige Aufgabe zu lösen. Er nahm an, daß er recht lange leben würde, sagen wir noch fünfzig Jahre. Die Großmütigkeit, die er sich damit erwies, versetzte ihn in eine glänzende Stimmung. Aber nun wollte er sich selber übertreffen. Er überlegte, daß man diese Jahre in Tage, in Stunden, in Minuten, ja, wenn man es aushielt, in Sekunden umwechseln könne, und er rechnete und rechnete, und es kam eine Summe heraus, wie er noch nie eine gesehen hatte. Ihn schwindelte. Er mußte sich ein wenig erholen. Zeit war kostbar, hatte er immer sagen hören, und es wunderte ihn, daß man einen Menschen, der eine solche Menge Zeit besaß, nicht geradezu bewachte. Wie leicht konnte er bestohlen werden. Dann aber kam seine gute, beinah ausgelassene Laune wieder, er zog seinen Pelz an, um etwas breiter und stattlicher auszusehen, und machte sich das ganze fabelhafte Kapital zum Geschenk, indem er sich ein bißchen herablassend anredete:

»Nikolaj Kusmitsch«, sagte er wohlwollend und stellte sich vor, daß er außerdem noch, ohne Pelz, dünn und dürftig auf dem Roßhaarsofa säße, »ich hoffe, Nikolaj Kusmitsch«, sagte er, »Sie werden sich nichts auf Ihren Reichtum einbilden. Bedenken Sie immer, daß das nicht die Hauptsache ist, es giebt arme Leute, die durchaus respektabel sind; es giebt sogar verarmte Edelleute und Generalstöchter, die auf der Straße herumgehen und etwas verkaufen.« Und der Wohltäter führte noch allerlei in der ganzen Stadt bekannte Beispiele an.

Der andere Nikolaj Kusmitsch, der auf dem Roßhaarsofa, der Beschenkte, sah durchaus noch nicht übermütig aus, man durfte annehmen, daß er vernünftig sein würde. Er änderte in der Tat nichts an seiner bescheidenen, regelmäßigen Lebensführung, und die Sonntage brachte er nun damit zu, seine Rechnung in Ordnung zu bringen. Aber schon nach ein paar Wochen fiel es ihm auf, daß er unglaublich viel ausgäbe. Ich werde mich einschränken, dachte er. Er stand früher auf, er wusch sich weniger ausführlich, er trank stehend seinen Tee, er lief ins Bureau und kam viel zu früh. Er ersparte überall ein bißchen Zeit. Aber am Sonntag war nichts Erspartes da. Da begriff er, daß er betrogen sei. Ich hätte nicht wechseln dürfen, sagte er sich. Wie lange hat man an so einem Jahr. Aber da, dieses infame Kleingeld, das geht hin, man weiß nicht wie. Und es wurde ein häßlicher Nachmittag, als er in der Sofaecke saß und auf den Herrn im Pelz wartete, von dem er seine Zeit zurückverlangen wollte. Er wollte die Tür verriegeln und ihn nicht fortlassen, bevor er nicht damit herausgerückt war. »In Scheinen«, wollte er sagen, »meinetwegen zu zehn Jahren.« Vier Scheine zu zehn und einer zu fünf, und den Rest sollte er behalten, in des Teufels Namen. Ja, er war bereit, ihm den Rest zu schenken, nur damit keine Schwierigkeiten entstünden. Gereizt saß er im Roßhaarsofa und wartete, aber der Herr kam nicht. Und er, Nikolaj Kusmitsch, der sich vor ein paar Wochen mit Leichtigkeit so hatte dasitzen sehen, er konnte sich jetzt, da er wirklich saß, den andern Nikolaj Kusmitsch, den im Pelz, den Großmütigen, nicht vorstellen. Weiß der Himmel, was aus ihm geworden war, wahrscheinlich war man seinen Betrügereien auf die Spur gekommen, und er saß nun schon irgendwo fest. Sicher hatte er nicht ihn allein ins Unglück gebracht. Solche Hochstapler arbeiten immer im großen.

Es fiel ihm ein, daß es eine staatliche Behörde geben müsse, eine Art Zeitbank, wo er wenigstens einen Teil seiner lumpigen Sekunden umwechseln könne. Echt waren sie doch schließlich. Er hatte nie von einer solchen Anstalt gehört, aber im Adreßbuch würde gewiß etwas Derartiges zu finden sein, unter Z, oder vielleicht auch hieß es ›Bank für Zeit‹; man konnte leicht unter B nachsehen. Eventuell war auch der Buchstabe K zu berücksichtigen, denn es war anzunehmen, daß es ein kaiserliches Institut war; das entsprach seiner Wichtigkeit.

Später versicherte Nikolaj Kusmitsch immer, daß er an jenem Sonntag Abend, obwohl er sich begreiflicherweise in recht gedrückter Stimmung befand, nichts getrunken habe. Er war also völlig nüchtern, als das Folgende passierte, soweit man überhaupt sagen kann, was da geschah. Vielleicht, daß er ein bißchen in seiner Ecke eingeschlummert war, das ließe sich immerhin denken. Dieser kleine Schlaf verschaffte ihm zunächst lauter Erleichterung. Ich habe mich mit den Zahlen eingelassen, redete er sich zu. Nun, ich verstehe nichts von Zahlen. Aber es ist klar, daß man ihnen keine zu große Bedeutung einräumen darf; sie sind doch sozusagen nur eine Einrichtung von Staats wegen, um der Ordnung willen. Niemand hatte doch je anderswo als auf dem Papier eine gesehen. Es war ausgeschlossen, daß einem zum Beispiel in einer Gesellschaft eine Sieben oder eine Fünfundzwanzig begegnete. Da gab es die einfach nicht. Und dann war da diese kleine Verwechslung vorgefallen, aus purer Zerstreutheit: Zeit und Geld, als ob sich das nicht auseinanderhalten ließe. Nikolaj Kusmitsch lachte beinah. Es war doch gut, wenn man sich so auf die Schliche kam, und rechtzeitig, das war das Wichtige, rechtzeitig. Nun sollte es anders werden. Die Zeit, ja, das war eine peinliche Sache. Aber betraf es etwa ihn allein, ging sie nicht auch den andern so, wie er es herausgefunden hatte, in Sekunden, auch wenn sie es nicht wußten?

Nikolaj Kusmitsch war nicht ganz frei von Schadenfreude: Mag sie immerhin –, wollte er eben denken, aber da geschah etwas Eigentümliches. Es wehte plötzlich an seinem Gesicht, es zog ihm an den Ohren vorbei, er fühlte es an den Händen. Er riß die Augen auf. Das Fenster war fest verschlossen. Und wie er da so mit weiten Augen im dunkeln Zimmer saß, da begann er zu verstehen, daß das, was er nun verspürte, die wirkliche Zeit sei, die vorüberzog. Er erkannte sie förmlich, alle diese Sekündchen, gleich lau, eine wie die andere, aber schnell, aber schnell. Weiß der Himmel, was sie noch vorhatten. Daß gerade *ihm* das widerfahren mußte, der jede Art von Wind als Beleidigung empfand. Nun würde man dasitzen, und es würde immer so weiterziehen, das ganze Leben lang. Er sah alle die Neuralgien voraus, die man sich dabei holen würde, er war außer sich vor Wut. Er sprang auf, aber die Überraschungen waren noch nicht zu Ende. Auch unter seinen Füßen war etwas wie eine Bewegung, nicht nur eine, mehrere, merkwürdig durcheinanderschwankende Bewegungen. Er erstarrte vor Entsetzen: konnte das die Erde sein? Gewiß, das war die Erde. Sie bewegte sich ja doch. In der Schule war davon gesprochen worden, man war etwas eilig darüber weggegangen, und später wurde es gern vertuscht; es galt nicht für passend, davon zu sprechen. Aber nun, da er einmal empfindlich geworden war, bekam er auch das zu fühlen. Ob die anderen es fühlten? Vielleicht, aber sie zeigten es nicht. Wahrscheinlich machte es ihnen nichts aus, diesen Seeleuten. Nikolaj Kusmitsch aber war ausgerechnet in diesem Punkt etwas delikat, er vermied sogar die Straßenbahnen. Er taumelte im Zimmer umher wie auf Deck und mußte sich rechts und links halten. Zum Unglück fiel ihm noch etwas von der schiefen Stellung der Erdachse ein. Nein, er konnte alle diese Bewegungen nicht vertragen. Er fühlte sich elend. Liegen und ruhig halten, hatte er einmal irgendwo gelesen. Und seither lag Nikolaj Kusmitsch.

Er lag und hatte die Augen geschlossen. Und es gab Zeiten, weniger bewegte Tage sozusagen, wo es ganz erträglich war. Und dann hatte er sich das ausgedacht mit den Gedichten. Man sollte nicht glauben, wie das half. Wenn man so ein Gedicht langsam hersagte, mit gleichmäßiger Betonung der Endreime, dann war gewissermaßen etwas Stabiles da, worauf man sehen konnte, innerlich versteht sich. Ein Glück, daß er alle diese Gedichte wußte. Aber er hatte sich immer ganz besonders für Literatur interessiert. Er beklagte sich nicht über seinen Zustand, versicherte mir der Student, der ihn lange kannte. Nur hatte sich mit der Zeit eine übertriebene Bewunderung für die in ihm herausgebildet, die, wie der Student, herumgingen und die Bewegung der Erde vertrugen.

Ich erinnere mich dieser Geschichte so genau, weil sie mich ungemein beruhigte. Ich kann wohl sagen, ich habe nie wieder einen so angenehmen Nachbar gehabt, wie diesen Nikolaj Kusmitsch, der sicher auch mich bewundert hätte.

Ich nahm mir nach dieser Erfahrung vor, in ähnlichen Fällen immer gleich auf die Tatsachen loszugehen. Ich merkte, wie einfach und erleichternd sie waren, den Vermutungen gegenüber. Als ob ich nicht gewußt hätte, daß alle unsere Einsichten nachträglich sind, Abschlüsse, nichts weiter. Gleich dahinter fängt eine neue Seite an mit etwas ganz anderem, ohne Übertrag. Was halfen mir jetzt im gegenwärtigen Falle die paar Tatsachen, die sich spielend feststellen ließen. Ich will sie gleich aufzählen, wenn ich gesagt haben werde, was mich augenblicklich beschäftigt: daß sie eher dazu beigetragen haben, meine Lage, die (wie ich jetzt eingestehe) recht schwierig war, noch lästiger zu gestalten.

Es sei zu meiner Ehre gesagt, daß ich viel geschrieben habe in diesen Tagen; ich habe krampfhaft geschrieben. Allerdings, wenn ich ausgegangen war, so dachte ich nicht gerne an das Nachhausekommen. Ich machte sogar kleine Umwege und verlor auf diese Art eine halbe Stunde, während welcher ich hätte schreiben können. Ich gebe zu, daß dies eine Schwäche war. War ich aber einmal in meinem Zimmer, so hatte ich mir nichts vorzuwerfen. Ich schrieb, ich hatte *mein* Leben, und das da nebenan war ein ganz anderes Leben, mit dem ich nichts teilte: das Leben eines

Studenten der Medizin, der für sein Examen studierte. Ich hatte nichts Ähnliches vor mir, schon das war ein entscheidender Unterschied. Und auch sonst waren unsere Umstände so verschieden wie möglich. Das alles leuchtete mir ein. Bis zu dem Moment, da ich wußte, daß es kommen würde; da vergaß ich, daß es zwischen uns keine Gemeinsamkeit gab. Ich horchte so, daß mein Herz ganz laut wurde. Ich ließ alles und horchte. Und dann kam es: ich habe mich nie geirrt.

Beinah jeder kennt den Lärm, den irgendein blechernes, rundes Ding, nehmen wir an, der Deckel einer Blechbüchse, verursacht, wenn er einem entglitten ist. Gewöhnlich kommt er gar nicht einmal sehr laut unten an, er fällt kurz auf, rollt auf dem Rande weiter und wird eigentlich erst unangenehm, wenn der Schwung zu Ende geht und er nach allen Seiten taumelnd aufschlägt, eh er ins Liegen kommt. Nun also: das ist das Ganze; so ein blecherner Gegenstand fiel nebenan, rollte, blieb liegen, und dazwischen, in gewissen Abständen, stampfte es. Wie alle Geräusche, die sich wiederholt durchsetzen, hatte auch dieses sich innerlich organisiert; es wandelte sich ab, es war niemals genau dasselbe. Aber gerade das sprach für seine Gesetzmäßigkeit. Es konnte heftig sein oder milde oder melancholisch; es konnte gleichsam überstürzt vorübergehen oder unendlich lange hingleiten, eh es zur Ruhe kam. Und das letzte Schwanken war immer überraschend. Dagegen hatte das Aufstampfen, das hinzukam, etwas fast Mechanisches. Aber es teilte den Lärm immer anders ab, das schien seine Aufgabe zu sein. Ich kann diese Einzelheiten jetzt viel besser übersehen; das Zimmer neben mir ist leer. Er ist nach Hause gereist, in die Provinz. Er sollte sich erholen. Ich wohne im obersten Stockwerk. Rechts ist ein anderes Haus, unter mir ist noch niemand eingezogen: ich bin ohne Nachbar.

In dieser Verfassung wundert es mich beinah, daß ich die

Sache nicht leichter nahm. Obwohl ich doch jedesmal im voraus gewarnt war durch mein Gefühl. Das wäre auszunutzen gewesen. Erschrick nicht, hätte ich mir sagen müssen, jetzt kommt es; ich wußte ja, daß ich mich niemals täuschte. Aber das lag vielleicht gerade an den Tatsachen, die ich mir hatte sagen lassen; seit ich sie wußte, war ich noch schreckhafter geworden. Es berührte mich fast gespenstisch, daß das, was diesen Lärm auslöste, jene kleine, langsame, lautlose Bewegung war, mit der sein Augenlid sich eigenmächtig über sein rechtes Auge senkte und schloß, während er las. Dies war das Wesentliche an seiner Geschichte, eine Kleinigkeit. Er hatte schon ein paar Mal die Examen vorbeigehen lassen müssen, sein Ehrgeiz war empfindlich geworden, und die Leute daheim drängten wahrscheinlich, sooft sie schrieben. Was blieb also übrig, als sich zusammenzunehmen. Aber da hatte sich, ein paar Monate vor der Entscheidung, diese Schwäche eingestellt; diese kleine, unmögliche Ermüdung, die so lächerlich war, wie wenn ein Fenstervorhang nicht oben bleiben will. Ich bin sicher, daß er wochenlang der Meinung war, man müßte das beherrschen können. Sonst wäre ich nicht auf die Idee verfallen, ihm meinen Willen anzubieten. Eines Tages begriff ich nämlich, daß der seine zu Ende sei. Und seither, wenn ich es kommen fühlte, stand ich da auf meiner Seite der Wand und bat ihn, sich zu bedienen. Und mit der Zeit wurde mir klar, daß er darauf einging. Vielleicht hätte er das nicht tun dürfen, besonders wenn man bedenkt, daß es eigentlich nichts half. Angenommen sogar, daß wir die Sache ein wenig hinhielten, so bleibt es doch fraglich, ob er wirklich imstande war, die Augenblicke, die wir so gewannen, auszunutzen. Und was meine Ausgaben betrifft, so begann ich sie zu fühlen. Ich weiß, ich fragte mich, ob das so weitergehen dürfe, gerade an dem Nachmittag, als jemand in unserer Etage ankam. Dies ergab bei dem engen Aufgang immer viel Unruhe in dem kleinen Hotel. Eine

Weile später schien es mir, als trete man bei meinem Nachbar ein. Unsere Türen waren die letzten im Gang, die seine quer und dicht neben der meinen. Ich wußte indessen, daß er zuweilen Freunde bei sich sah, und, wie gesagt, ich interessierte mich durchaus nicht für seine Verhältnisse. Es ist möglich, daß seine Tür noch mehrmals geöffnet wurde, daß man draußen kam und ging. Dafür war ich wirklich nicht verantwortlich.

Nun an diesem selben Abend war es ärger denn je. Es war noch nicht sehr spät, aber ich war aus Müdigkeit schon zu Bett gegangen; ich hielt es für wahrscheinlich, daß ich schlafen würde. Da fuhr ich auf, als hätte man mich berührt. Gleich darauf brach es los. Es sprang und rollte und rannte irgendwo an und schwankte und klappte. Das Stampfen war fürchterlich. Dazwischen klopfte man unten, einen Stock tiefer, deutlich und böse gegen die Decke. Auch der neue Mieter war natürlich gestört. Jetzt: das mußte seine Türe sein. Ich war so wach, daß ich seine Türe zu hören meinte, obwohl er erstaunlich vorsichtig damit umging. Es kam mir vor, als nähere er sich. Sicher wollte er wissen, in welchem Zimmer es sei. Was mich befremdete, war seine wirklich übertriebene Rücksicht. Er hatte doch eben bemerken können, daß es auf Ruhe nicht ankam in diesem Hause. Warum in aller Welt unterdrückte er seinen Schritt? Eine Weile glaubte ich ihn an meiner Tür; und dann vernahm ich, darüber war kein Zweifel, daß er nebenan eintrat. Er trat ohne weiteres nebenan ein.

Und nun (ja, wie soll ich das beschreiben?), nun wurde es still. Still, wie wenn ein Schmerz aufhört. Eine eigentümlich fühlbare, prickelnde Stille, als ob eine Wunde heilte. Ich hätte sofort schlafen können; ich hätte Atem holen können und einschlafen. Nur mein Erstaunen hielt mich wach. Jemand sprach nebenan, aber auch das gehörte mit in die Stille. Das muß man erlebt haben, wie diese Stille war, wiedergeben läßt es sich nicht. Auch draußen war alles wie ausgeglichen. Ich saß auf, ich horchte, es war wie auf dem Lande. Lieber Gott, dachte ich, seine Mutter ist da. Sie saß neben dem Licht, sie redete ihm zu, vielleicht hatte er den Kopf ein wenig gegen ihre Schulter gelegt. Gleich würde sie ihn zu Bett bringen. Nun begriff ich das leise Gehen draußen auf dem Gang. Ach, daß es das gab. So ein Wesen, vor dem die Türen ganz anders nachgeben als vor uns. Ja, nun konnten wir schlafen.

Ich habe meinen Nachbar fast schon vergessen. Ich sehe wohl, daß es keine richtige Teilnahme war, was ich für ihn hatte. Unten frage ich zwar zuweilen im Vorübergehen, ob Nachrichten von ihm da sind und welche. Und ich freue mich, wenn sie gut sind. Aber ich übertreibe. Ich habe eigentlich nicht nötig, das zu wissen. Das hängt gar nicht mehr mit ihm zusammen, daß ich manchmal einen plötzlichen Reiz verspüre, nebenan einzutreten. Es ist nur ein Schritt von meiner Tür zu der anderen, und das Zimmer ist nicht verschlossen. Es würde mich interessieren, wie dieses Zimmer eigentlich beschaffen ist. Man kann sich mit Leichtigkeit ein beliebiges Zimmer vorstellen, und oft stimmt es dann ungefähr. Nur das Zimmer, das man neben sich hat, ist immer ganz anders, als man es sich denkt.

Ich sage mir, daß es dieser Umstand ist, der mich reizt. Aber ich weiß ganz gut, daß es ein gewisser blecherner Gegenstand ist, der auf mich wartet. Ich habe angenommen, daß es sich wirklich um einen Büchsendeckel handelt, obwohl ich mich natürlich irren kann. Das beunruhigt mich nicht. Es entspricht nun einmal meiner Anlage, die Sache auf einen Büchsendeckel zu schieben. Man kann denken, daß er ihn nicht mitgenommen hat. Wahrscheinlich hat man aufgeräumt, man hat den Deckel auf seine Büchse gesetzt, wie es sich gehört. Und nun bilden die beiden zusammen den Begriff Büchse, runde Büchse, genau ausgedrückt, einen einfachen, sehr bekannten Begriff. Mir ist, als entsänne ich mich, daß sie auf dem Kamin stehn, die beiden, die die Büchse ausmachen. Ja, sie stehn sogar vor dem Spiegel, so daß dahinter noch eine Büchse entsteht, eine täuschend ähnliche, imaginäre. Eine Büchse, auf die wir gar keinen Wert legen, nach der aber zum Beispiel ein Affe greifen würde. Richtig, es würden sogar zwei Affen danach greifen, denn auch der Affe wäre doppelt, sobald er auf dem Kaminrand ankäme. Nun also, es ist der Deckel dieser Büchse, der es auf mich abgesehen hat.

Einigen wir uns darüber: der Deckel einer Büchse, einer gesunden Büchse, deren Rand nicht anders gebogen ist, als sein eigener, so ein Deckel müßte kein anderes Verlangen kennen, als sich auf seiner Büchse zu befinden; dies müßte das Äußerste sein, was er sich vorzustellen vermag; eine nicht zu übertreffende Befriedigung, die Erfüllung aller seiner Wünsche. Es ist ja auch etwas geradezu Ideales, geduldig und sanft eingedreht auf der kleinen Gegenwulst gleichmäßig aufzuruhen und die eingreifende Kante in sich zu fühlen, elastisch und gerade so scharf, wie man selber am Rande ist, wenn man einzeln daliegt. Ach, aber wie wenige Deckel giebt es, die das noch zu schätzen wissen. Hier zeigt es sich so recht, wie verwirrend der Umgang mit den Menschen auf die Dinge gewirkt hat. Die Menschen nämlich, wenn es angeht, sie ganz vorübergehend mit solchen Deckeln zu vergleichen, sitzen höchst ungern und schlecht auf ihren Beschäftigungen. Teils weil sie nicht auf die richtigen gekommen sind in der Eile, teils weil man sie schief und zornig aufgesetzt hat, teils weil die Ränder, die aufeinander gehören, verbogen sind, jeder auf eine andere Art. Sagen wir es nur ganz aufrichtig: sie denken im Grunde nur daran, sobald es sich irgend tun läßt, hinunterzuspringen, zu rollen und zu blechern. Wo kämen sonst alle diese sogenannten Zerstreuungen her und der Lärm, den sie verursachen?

Die Dinge sehen das nun schon seit Jahrhunderten an.

Es ist kein Wunder, wenn sie verdorben sind, wenn sie den Geschmack verlieren an ihrem natürlichen, stillen Zweck und das Dasein so ausnutzen möchten, wie sie es rings um sich ausgenutzt sehen. Sie machen Versuche, sich ihren Anwendungen zu entziehen, sie werden unlustig und nachlässig, und die Leute sind gar nicht erstaunt, wenn sie sie auf einer Ausschweifung ertappen. Sie kennen das so gut von sich selbst. Sie ärgern sich, weil sie die Stärkeren sind, weil sie mehr Recht auf Abwechslung zu haben meinen, weil sie sich nachgeäfft fühlen; aber sie lassen die Sache gehen, wie sie sich selber gehen lassen. Wo aber einer ist, der sich zusammennimmt, ein Einsamer etwa, der so recht rund auf sich beruhen wollte Tag und Nacht, da fordert er geradezu den Widerspruch, den Hohn, den Haß der entarteten Geräte heraus, die, in ihrem argen Gewissen, nicht mehr vertragen können, daß etwas sich zusammenhält und nach seinem Sinne strebt. Da verbinden sie sich, um ihn zu stören, zu schrecken, zu beirren, und wissen, daß sie es können. Da fangen sie, einander zuzwinkernd, die Verführung an, die dann ins Unermessene weiter wächst und alle Wesen und Gott selber hinreißt gegen den Einen, der vielleicht übersteht: den Heiligen.

Wie begreif ich jetzt die wunderlichen Bilder, darinnen Dinge von beschränkten und regelmäßigen Gebrauchen sich ausspannen und sich lüstern und neugierig aneinander versuchen, zuckend in der ungefähren Unzucht der Zerstreuung. Diese Kessel, die kochend herumgehen, diese Kolben, die auf Gedanken kommen, und die müßigen Trichter, die sich in ein Loch drängen zu ihrem Vergnügen. Und da sind auch schon, vom eifersüchtigen Nichts heraufgeworfen, Gliedmaßen und Glieder unter ihnen und Gesichter, die warm in sie hineinvomieren, und blasende Gesäße, die ihnen den Gefallen tun.

Und der Heilige krümmt sich und zieht sich zusammen;

aber in seinen Augen war noch ein Blick, der dies für möglich hielt: er hat hingesehen. Und schon schlagen sich seine Sinne nieder aus der hellen Lösung seiner Seele. Schon entblättert sein Gebet und steht ihm aus dem Mund wie ein eingegangener Strauch. Sein Herz ist umgefallen und ausgeflossen ins Trübe hinein. Seine Geißel trifft ihn schwach wie ein Schwanz, der Fliegen verjagt. Sein Geschlecht ist wieder nur an einer Stelle, und wenn eine Frau aufrecht durch das Gehudel kommt, den offenen Busen voll Brüste, so zeigt es auf sie wie ein Finger.

Es gab Zeiten, da ich diese Bilder für veraltet hielt. Nicht, als ob ich an ihnen zweifelte. Ich konnte mir denken, daß dies den Heiligen geschah, damals, den eifernden Voreiligen, die gleich mit Gott anfangen wollten um jeden Preis. Wir muten uns dies nicht mehr zu. Wir ahnen, daß er zu schwer ist für uns, daß wir ihn hinausschieben müssen, um langsam die lange Arbeit zu tun, die uns von ihm trennt. Nun aber weiß ich, daß diese Arbeit genau so bestritten ist wie das Heiligsein; daß dies da um jeden entsteht, der um ihretwillen einsam ist, wie es sich bildete um die Einsamen Gottes in ihren Höhlen und leeren Herbergen, einst.

Wenn man von den Einsamen spricht, setzt man immer zuviel voraus. Man meint, die Leute wüßten, um was es sich handelt. Nein, sie wissen es nicht. Sie haben nie einen Einsamen gesehen, sie haben ihn nur gehaßt, ohne ihn zu kennen. Sie sind seine Nachbaren gewesen, die ihn aufbrauchten, und die Stimmen im Nebenzimmer, die ihn versuchten. Sie haben die Dinge aufgereizt gegen ihn, daß sie lärmten und ihn übertönten. Die Kinder verbanden sich wider ihn, da er zart und ein Kind war, und mit jedem Wachsen wuchs er gegen die Erwachsenen an. Sie spürten ihn auf in seinem Versteck wie ein jagdbares Tier, und seine lange Jugend war ohne Schonzeit. Und wenn er sich nicht erschöpfen ließ und davonkam, so schrieen sie über das, was von ihm ausging, und nannten es häßlich und verdächtigten es. Und hörte er nicht darauf, so wurden sie deutlicher und aßen ihm sein Essen weg und atmeten ihm seine Luft aus und spieen in seine Armut, daß sie ihm widerwärtig würde. Sie brachten Verruf über ihn wie über einen Ansteckenden und warfen ihm Steine nach, damit er sich rascher entfernte. Und sie hatten recht in ihrem alten Instinkt: denn er war wirklich ihr Feind.

Aber dann, wenn er nicht aufsah, besannen sie sich. Sie ahnten, daß sie ihm mit alledem seinen Willen taten; daß sie ihn in seinem Alleinsein bestärkten und ihm halfen, sich abzuscheiden von ihnen für immer. Und nun schlugen sie um und wandten das Letzte an, das Äußerste, den anderen Widerstand: den Ruhm. Und bei diesem Lärmen blickte fast jeder auf und wurde zerstreut.

Diese Nacht ist mir das kleine grüne Buch wieder eingefallen, das ich als Knabe einmal besessen haben muß; und ich weiß nicht, warum ich mir einbilde, daß es von Mathilde Brahe stammte. Es interessierte mich nicht, da ich es bekam, und ich las es erst mehrere Jahre später, ich glaube in der Ferienzeit auf Ulsgaard. Aber wichtig war es mir vom ersten Augenblick an. Es war durch und durch voller Bezug, auch äußerlich betrachtet. Das Grün des Einbandes bedeutete etwas, und man sah sofort ein, daß es innen so sein mußte, wie es war. Als ob das verabredet worden wäre, kam zuerst dieses glatte, weiß in weiß gewässerte Vorsatzblatt und dann die Titelseite, die man für geheimnisvoll hielt. Es hätten wohl Bilder drin sein können, so sah es aus; aber es waren keine, und man mußte, fast wider Willen, zugeben, daß auch das in der Ordnung sei. Es entschädigte einen irgendwie, an einer bestimmten Stelle das schmale Leseband zu finden, das, mürbe und ein wenig schräg, rührend in seinem Vertrauen, noch rosa zu sein, seit Gott weiß wann immer zwischen den gleichen Seiten lag.

Vielleicht war es nie benutzt worden, und der Buchbinder hatte es rasch und fleißig da hineingebogen, ohne recht hinzusehen. Möglicherweise aber war es kein Zufall. Es konnte sein, daß jemand dort zu lesen aufgehört hatte, der nie wieder las; daß das Schicksal in diesem Moment an seiner Türe klopfte, um ihn zu beschäftigen, daß er weit von allen Büchern weggeriet, die doch schließlich nicht das Leben sind. Das war nicht zu erkennen, ob das Buch weitergelesen worden war. Man konnte sich auch denken, daß es sich einfach darum handelte, diese Stelle aufzuschlagen wieder und wieder, und daß es dazu gekommen war, wenn auch manchmal erst spät in der Nacht. Jedenfalls hatte ich eine Scheu vor den beiden Seiten, wie vor einem Spiegel, vor dem jemand steht. Ich habe sie nie gelesen. Ich weiß überhaupt nicht, ob ich das ganze Buch gelesen habe. Es war nicht sehr stark, aber es standen eine Menge Geschichten drin, besonders am Nachmittag; dann war immer eine da, die man noch nicht kannte.

Ich erinnere nur noch zwei. Ich will sagen, welche: Das Ende des Grischa Otrepjow und Karls des Kühnen Untergang.

Gott weiß, ob es mir damals Eindruck machte. Aber jetzt, nach so viel Jahren, entsinne ich mich der Beschreibung, wie der Leichnam des falschen Zaren unter die Menge geworfen worden war und dalag drei Tage, zerfetzt und zerstochen und eine Maske vor dem Gesicht. Es ist natürlich gar keine Aussicht, daß mir das kleine Buch je wieder in die Hände kommt. Aber diese Stelle muß merkwürdig gewesen sein. Ich hätte auch Lust, nachzulesen, wie die Begegnung mit der Mutter verlief. Er mag sich sehr sicher gefühlt haben, da er sie nach Moskau kommen ließ; ich bin sogar überzeugt, daß er zu jener Zeit so stark an sich glaubte, daß er in der Tat seine Mutter zu berufen meinte. Und diese Marie Nagoi, die in schnellen Tagreisen aus ihrem dürftigen Kloster kam, gewann ja auch alles, wenn sie zustimmte. Ob aber seine Unsicherheit nicht gerade damit begann, daß sie ihn anerkannte? Ich bin nicht abgeneigt zu glauben, die Kraft seiner Verwandlung hätte darin beruht, niemandes Sohn mehr zu sein.

(Das ist schließlich die Kraft aller jungen Leute, die fortgegangen sind.)*

Das Volk, das sich ihn erwünschte, ohne sich einen vorzustellen, machte ihn nur noch freier und unbegrenzter in seinen Möglichkeiten. Aber die Erklärung der Mutter hatte, selbst als bewußter Betrug, noch die Macht, ihn zu verringern; sie hob ihn aus der Fülle seiner Erfindung; sie beschränkte ihn auf ein müdes Nachahmen; sie setzte ihn auf den Einzelnen herab, der er nicht war: sie machte ihn zum Betrüger. Und nun kam, leiser auflösend, diese Marina Mniczek hinzu, die ihn auf ihre Art leugnete, indem sie, wie sich später erwies, nicht an ihn glaubte, sondern an jeden. Ich kann natürlich nicht dafür einstehen, wie weit das alles in jener Geschichte berücksichtigt war. Dies, scheint mir, wäre zu erzählen gewesen.

Aber auch abgesehen davon, ist diese Begebenheit durchaus nicht veraltet. Es wäre jetzt ein Erzähler denkbar, der viel Sorgfalt an die letzten Augenblicke wendete; er hätte nicht unrecht. Es geht eine Menge in ihnen vor: Wie er aus dem innersten Schlaf ans Fenster springt und über das Fenster hinaus in den Hof zwischen die Wachen. Er kann allein nicht auf; sie müssen ihm helfen. Wahrscheinlich ist der Fuß gebrochen. An zwei von den Männern gelehnt, fühlt er, daß sie an ihn glauben. Er sieht sich um: auch die andern glauben an ihn. Sie dauern ihn fast, diese riesigen Strelitzen, es muß weit gekommen sein: sie haben Iwan Grosnij gekannt in all seiner Wirklichkeit, und glauben an *ihn*. Er hätte Lust, sie aufzuklären, aber den Mund öffnen, hieße einfach schreien. Der Schmerz im Fuß ist rasend, und er hält so wenig von sich in diesem Moment,

* *Im Manuskript an den Rand geschrieben.*

daß er nichts weiß als den Schmerz. Und dann ist keine Zeit. Sie drängen heran, er sieht den Schuiskij und hinter ihm alle. Gleich wird es vorüber sein. Aber da schließen sich seine Wachen. Sie geben ihn nicht auf. Und ein Wunder geschieht. Der Glauben dieser alten Männer pflanzt sich fort, auf einmal will niemand mehr vor. Schuiskij, dicht vor ihm, ruft verzweifelt nach einem Fenster hinauf. Er sieht sich nicht um. Er weiß, wer dort steht; er begreift, daß es still wird, ganz ohne Übergang still. Jetzt wird die Stimme kommen, die er von damals her kennt; die hohe, falsche Stimme, die sich überanstrengt. Und da hört er die Zarin-Mutter, die ihn verleugnet.

Bis hierher geht die Sache von selbst, aber nun, bitte, einen Erzähler, einen Erzähler: denn von den paar Zeilen, die noch bleiben, muß Gewalt ausgehen über jeden Widerspruch hinaus. Ob es gesagt wird oder nicht, man muß darauf schwören, daß zwischen Stimme und Pistolenschuß, unendlich zusammengedrängt, noch einmal Wille und Macht in ihm war, alles zu sein. Sonst versteht man nicht, wie glänzend konsequent es ist, daß sie sein Nachtkleid durchbohrten und in ihm herumstachen, ob sie auf das Harte einer Person stoßen würden. Und daß er im Tode doch noch die Maske trug, drei Tage lang, auf die er fast schon verzichtet hatte.

Wenn ichs nun bedenke, so scheint es mir seltsam, daß in demselben Buche der Ausgang dessen erzählt wurde, der sein ganzes Leben lang Einer war, der Gleiche, hart und nicht zu ändern wie ein Granit und immer schwerer auf allen, die ihn ertrugen. Es giebt ein Bild von ihm in Dijon. Aber man weiß es auch so, daß er kurz, quer, trotzig war und verzweifelt. Nur an die Hände hätte man vielleicht nicht gedacht. Es sind arg warme Hände, die sich immerfort kühlen möchten und sich unwillkürlich auf Kaltes legen, gespreizt, mit Luft zwischen allen Fingern. In diese

Hände konnte das Blut hineinschießen, wie es einem zu Kopf steigt, und geballt waren sie wirklich wie die Köpfe von Tollen, tobend von Einfällen.

Es gehörte unglaubliche Vorsicht dazu, mit diesem Blute zu leben. Der Herzog war damit eingeschlossen in sich selbst, und zuzeiten fürchtete ers, wenn es um ihn herumging, geduckt und dunkel. Es konnte ihm selber grauenhaft fremd sein, dieses behende, halbportugiesische Blut, das er kaum kannte. Oft ängstigte es ihn, daß es ihn im Schlafe anfallen könnte und zerreißen. Er tat, als bändigte ers, aber er stand immer in seiner Furcht. Er wagte nie eine Frau zu lieben, damit es nicht eifersüchtig würde, und so reißend war es, daß Wein nie über seine Lippen kam; statt zu trinken, sänftigte ers mit Rosenmus. Doch, einmal trank er, im Lager vor Lausanne, als Granson verloren war; da war er krank und abgeschieden und trank viel puren Wein. Aber damals schlief sein Blut. In seinen sinnlosen letzten Jahren verfiel es manchmal in diesen schweren, tierischen Schlaf. Dann zeigte es sich, wie sehr er in seiner Gewalt war; denn wenn es schlief, war er nichts. Dann durfte keiner von seiner Umgebung herein; er begriff nicht, was sie redeten. Den fremden Gesandten konnte er sich nicht zeigen, öd wie er war. Dann saß er und wartete, daß es aufwachte. Und meistens fuhr es mit einem Sprunge auf und brach aus dem Herzen aus und brüllte.

Für dieses Blut schleppte er alle die Dinge mit, auf die er nichts gab. Die drei großen Diamanten und alle die Steine; die flandrischen Spitzen und die Teppiche von Arros, haufenweis. Sein seidenes Gezelt mit den aus Gold gedrehten Schnüren und vierhundert Zelte für sein Gefolg. Und Bilder, auf Holz gemalt, und die zwölf Apostel aus vollem Silber. Und den Prinzen von Tarent und den Herzog von Cleve und Philipp von Baden und den Herrn von Château-Guyon. Denn er wollte seinem Blut einreden, daß er Kaiser sei und nichts über ihm: damit es ihn fürchte. Aber sein Blut glaubte ihm nicht, trotz solcher Beweise, es war ein mißtrauisches Blut. Vielleicht erhielt er es noch eine Weile im Zweifel. Aber die Hörner von Uri verrieten ihn. Seither wußte sein Blut, daß es in einem Verlorenen war: und wollte heraus.

So seh ich es jetzt, damals aber machte es mir vor allem Eindruck, von dem Dreikönigstag zu lesen, da man ihn suchte.

Der junge lothringische Fürst, der tags vorher, gleich nach der merkwürdig hastigen Schlacht in seiner elenden Stadt Nancy eingeritten war, hatte ganz früh seine Umgebung geweckt und nach dem Herzog gefragt. Bote um Bote wurde ausgesandt, und er selbst erschien von Zeit zu Zeit am Fenster, unruhig und besorgt. Er erkannte nicht immer, wen sie da brachten auf ihren Wagen und Tragbahren, er sah nur, daß es nicht der Herzog war. Und auch unter den Verwundeten war er nicht, und von den Gefangenen, die man fortwährend noch einbrachte, hatte ihn keiner gesehen. Die Flüchtlinge aber trugen nach allen Seiten verschiedene Nachrichten und waren wirr und schreckhaft, als fürchteten sie, auf ihn zuzulaufen. Es dunkelte schon, und man hatte nichts von ihm gehört. Die Kunde, daß er verschwunden sei, hatte Zeit herumzukommen an dem langen Winterabend. Und wohin sie kam, da erzeugte sie in allen eine jähe, übertriebene Sicherheit, daß er lebte. Nie vielleicht war der Herzog so wirklich in jeder Einbildung wie in dieser Nacht. Es gab kein Haus, wo man nicht wachte und auf ihn wartete und sich sein Klopfen vorstellte. Und wenn er nicht kam, so wars, weil er schon vorüber war.

Es fror diese Nacht, und es war, als fröre auch die Idee, daß er sei; so hart wurde sie. Und Jahre und Jahre vergingen, eh sie sich auflöste. Alle diese Menschen, ohne es recht zu wissen, bestanden jetzt auf ihm. Das Schicksal, das er über sie gebracht hatte, war nur erträglich durch seine Gestalt. Sie hatten so schwer erlernt, daß er war; nun aber, da sie ihn konnten, fanden sie, daß er gut zu merken sei und nicht zu vergessen.

Aber am nächsten Morgen, dem siebenten Januar, einem Dienstag, fing das Suchen doch wieder an. Und diesmal war ein Führer da. Es war ein Page des Herzogs, und es hieß, er habe seinen Herrn von ferne stürzen sehen; nun sollte er die Stelle zeigen. Er selbst hatte nichts erzählt, der Graf von Campobasso hatte ihn gebracht und hatte für ihn gesprochen. Nun ging er voran, und die anderen hielten sich dicht hinter ihm. Wer ihn so sah, vermummt und eigentümlich unsicher, der hatte Mühe zu glauben, daß es wirklich Gian-Battista Colonna sei, der schön wie ein Mädchen war und schmal in den Gelenken. Er zitterte vor Kälte; die Luft war steif vom Nachtfrost, es klang wie Zähneknirschen unter den Schritten. Übrigens froren sie alle. Nur des Herzogs Narr, Louis-Onze zubenannt, machte sich Bewegung. Er spielte den Hund, lief voraus, kam wieder und trollte eine Weile auf allen Vieren neben dem Knaben her; wo er aber von fern eine Leiche sah, da sprang er hin und verbeugte sich und redete ihr zu, sie möchte sich zusammennehmen und der sein, den man suchte. Er ließ ihr ein wenig Bedenkzeit, aber dann kam er mürrisch zu den andern zurück und drohte und fluchte und beklagte sich über den Eigensinn und die Trägheit der Toten. Und man ging immerzu, und es nahm kein Ende. Die Stadt war kaum mehr zu sehen; denn das Wetter hatte sich inzwischen geschlossen, trotz der Kälte, und war grau und undurchsichtig geworden. Das Land lag flach und gleichgültig da, und die kleine, dichte Gruppe sah immer verirrter aus, je weiter sie sich bewegte. Niemand sprach, nur ein altes Weib, das mitgelaufen war, malmte etwas und schüttelte den Kopf dabei; vielleicht betete sie.

Auf einmal blieb der Vorderste stehen und sah um sich. Dann wandte er sich kurz zu Lupi, dem portugiesischen Arzt des Herzogs, und zeigte nach vorn. Ein paar Schritte weiterhin war eine Eisfläche, eine Art Tümpel oder Teich, und da lagen, halb eingebrochen, zehn oder zwölf Leichen. Sie waren fast ganz entblößt und ausgeraubt. Lupi ging gebückt und aufmerksam von einem zum andern. Und nun erkannte man Olivier de la Marche und den Geistlichen, wie sie so einzeln herumgingen. Die Alte aber kniete schon im Schnee und winselte und bückte sich über eine große Hand, deren Finger ihr gespreizt entgegenstarrten. Alle eilten herbei. Lupi mit einigen Dienern versuchte den Leichnam zu wenden, denn er lag vornüber. Aber das Gesicht war eingefroren, und da man es aus dem Eis herauszerrte, schälte sich die eine Wange dünn und spröde ab, und es zeigte sich, daß die andere von Hunden oder Wölfen herausgerissen war; und das Ganze war von einer großen Wunde gespalten, die am Ohr begann, so daß von einem Gesicht keine Rede sein konnte.

Einer nach dem anderen blickte sich um; jeder meinte den Römer hinter sich zu finden. Aber sie sahen nur den Narren, der herbeigelaufen kam, böse und blutig. Er hielt einen Mantel von sich ab und schüttelte ihn, als sollte etwas herausfallen; aber der Mantel war leer. So ging man daran, nach Kennzeichen zu suchen, und es fanden sich einige. Man hatte ein Feuer gemacht und wusch den Körper mit warmem Wasser und Wein. Die Narbe am Halse kam zum Vorschein und die Stellen der beiden großen Abszesse. Der Arzt zweifelte nicht mehr. Aber man verglich noch anderes. Louis-Onze hatte ein paar Schritte weiter den Kadaver des großen schwarzen Pferdes Moreau gefunden, das der Herzog am Tage von Nancy geritten hatte. Er saß darauf und ließ die kurzen Beine hängen. Das Blut rann ihm noch immer aus der Nase in den Mund, und man sah ihm an, daß er es schmeckte. Einer der Diener drüben erinnerte, daß ein Nagel an des Herzogs linkem Fuß eingewachsen gewesen wäre; nun suchten alle den Nagel. Der Narr aber zappelte, als würde er gekitzelt, und schrie: »Ach, Monseigneur, verzeih ihnen, daß sie deine groben Fehler aufdecken, die Dummköpfe, und dich nicht erkennen an meinem langen Gesicht, in dem deine Tugenden stehn.«

(Des Herzogs Narr war auch der erste, der eintrat, als die Leiche gebettet war. Es war im Hause eines gewissen Georg Marquis, niemand konnte sagen, wieso. Das Bahrtuch war noch nicht übergelegt, und so hatte er den ganzen Eindruck. Das Weiß des Kamisols und das Karmesin vom Mantel sonderten sich schroff und unfreundlich voneinander ab zwischen den beiden Schwarz von Baldachin und Lager. Vorne standen scharlachne Schaftstiefel ihm entgegen mit großen, vergoldeten Sporen. Und daß das dort oben ein Kopf war, darüber konnte kein Streit entstehen, sobald man die Krone sah. Es war eine große Herzogs-Krone mit irgendwelchen Steinen. Louis-Onze ging umher und besah alles genau. Er befühlte sogar den Atlas, obwohl er wenig davon verstand. Es mochte guter Atlas sein, vielleicht ein bißchen billig für das Haus Burgund. Er trat noch einmal zurück um des Überblicks willen. Die Farben waren merkwürdig unzusammenhängend im Schneelicht. Er prägte sich jede einzeln ein. »Gut angekleidet«, sagte er schließlich anerkennend, »vielleicht eine Spur zu deutlich.« Der Tod kam ihm vor wie ein Puppenspieler, der rasch einen Herzog braucht.)*

Man tut gut, gewisse Dinge, die sich nicht mehr ändern werden, einfach festzustellen, ohne die Tatsachen zu bedauern oder auch nur zu beurteilen. So ist mir klar geworden, daß ich nie ein richtiger Leser war. In der Kindheit kam mir das Lesen vor wie ein Beruf, den man auf sich nehmen würde, später einmal, wenn alle die Berufe kamen, einer nach dem andern. Ich hatte, aufrichtig gesagt, keine bestimmte Vorstellung, wann das sein könnte. Ich verließ mich darauf, daß man es merken würde, wenn das

* *Im Manuskript an den Rand geschrieben.*

Leben gewissermaßen umschlug und nur noch von außen kam, so wie früher von innen. Ich bildete mir ein, es würde dann deutlich und eindeutig sein und gar nicht mißzuverstehn. Durchaus nicht einfach, im Gegenteil recht anspruchsvoll, verwickelt und schwer meinetwegen, aber immerhin sichtbar. Das eigentümlich Unbegrenzte der Kindheit, das Unverhältnismäßige, das Nie-recht-Absehbare, das würde dann überstanden sein. Es war freilich nicht einzusehen, wieso. Im Grunde nahm es immer noch zu und schloß sich auf allen Seiten, und je mehr man hinaussah, desto mehr Inneres rührte man in sich auf: Gott weiß, wo es herkam. Aber wahrscheinlich wuchs es zu einem Äußersten an und brach dann mit einem Schlage ab. Es war leicht zu beobachten, daß die Erwachsenen sehr wenig davon beunruhigt wurden; sie gingen herum und urteilten und handelten, und wenn sie je in Schwierigkeiten waren, so lag das an äußeren Verhältnissen.

An den Anfang solcher Veränderungen verlegte ich auch das Lesen. Dann würde man mit Büchern umgehen wie mit Bekannten, es würde Zeit dafür da sein, eine bestimmte, gleichmäßig und gefällig vergehende Zeit, gerade so viel, als einem eben paßte. Natürlich würden einzelne einem näher stehen, und es ist nicht gesagt, daß man davor sicher sein würde, ab und zu eine halbe Stunde über ihnen zu versäumen: einen Spaziergang, eine Verabredung, den Anfang im Theater oder einen dringenden Brief. Daß sich einem aber das Haar verbog und verwirrte, als ob man darauf gelegen hätte, daß man glühende Ohren bekam und Hände kalt wie Metall, daß eine lange Kerze neben einem herunterbrannte und in den Leuchter hinein, das würde dann, Gott sei Dank, völlig ausgeschlossen sein.

Ich führe diese Erscheinungen an, weil ich sie ziemlich auffällig an mir erfuhr, damals in jenen Ferien auf Ulsgaard, als ich so plötzlich ins Lesen geriet. Da zeigte es sich gleich, daß ich es nicht konnte. Ich hatte es freilich vor der Zeit begonnen, die ich mir dafür in Aussicht gestellt hatte. Aber dieses Jahr in Sorö unter lauter andern ungefähr Altersgleichen hatte mich mißtrauisch gemacht gegen solche Berechnungen. Dort waren rasche, unerwartete Erfahrungen an mich herangekommen, und es war deutlich zu sehen, daß sie mich wie einen Erwachsenen behandelten. Es waren lebensgroße Erfahrungen, die sich so schwer machten, wie sie waren. In demselben Maße aber, als ich ihre Wirklichkeit begriff, gingen mir auch für die unendliche Realität meines Kindseins die Augen auf. Ich wußte, daß es nicht aufhören würde, so wenig wie das andere erst begann. Ich sagte mir, daß es natürlich jedem freistand, Abschnitte zu machen, aber sie waren erfunden. Und es erwies sich, daß ich zu ungeschickt war, mir welche auszudenken. Sooft ich es versuchte, gab mir das Leben zu verstehen, daß es nichts von ihnen wußte. Bestand ich aber darauf, daß meine Kindheit vorüber sei, so war in demselben Augenblick auch alles Kommende fort, und mir blieb nur genau so viel, wie ein Bleisoldat unter sich hat, um stehen zu können.

Diese Entdeckung sonderte mich begreiflicherweise noch mehr ab. Sie beschäftigte mich in mir und erfüllte mich mit einer Art endgültiger Frohheit, die ich für Kümmernis nahm, weil sie weit über mein Alter hinausging. Es beunruhigte mich auch, wie ich mich entsinne, daß man nun, da nichts für eine bestimmte Frist vorgesehen war, manches überhaupt versäumen könne. Und als ich so nach Ulsgaard zurückkehrte und alle die Bücher sah, machte ich mich darüber her; recht in Eile, mit fast schlechtem Gewissen. Was ich später so oft empfunden habe, das ahnte ich damals irgendwie voraus: daß man nicht das Recht hatte, ein Buch aufzuschlagen, wenn man sich nicht verpflichtete, alle zu lesen. Mit jeder Zeile brach man die Welt an. Von den Büchern war sie heil und vielleicht wieder ganz dahinter. Wie aber sollte ich, der nicht lesen konnte, es mit allen aufnehmen? Da standen sie, selbst in diesem bescheidenen

Bücherzimmer, in so aussichtsloser Überzahl und hielten zusammen. Ich stürzte mich trotzig und verzweifelt von Buch zu Buch und schlug mich durch die Seiten durch wie einer, der etwas Unverhältnismäßiges zu leisten hat. Damals las ich Schiller und Baggesen, Öhlenschläger und Schack-Staffeldt, was von Walter Scott da war und Calderon. Manches kam mir in die Hände, was gleichsam schon hätte gelesen sein müssen, für anderes war es viel zu früh; fällig war fast nichts für meine damalige Gegenwart. Und trotzdem las ich.

In späteren Jahren geschah es mir zuweilen nachts, daß ich aufwachte, und die Sterne standen so wirklich da und gingen so bedeutend vor, und ich konnte nicht begreifen, wie man es über sich brachte, so viel Welt zu versäumen. So ähnlich war mir, glaub ich, zumut, sooft ich von den Büchern aufsah und hinaus, wo der Sommer war, wo Abelone rief. Es kam uns sehr unerwartet, daß sie rufen mußte und daß ich nicht einmal antwortete. Es fiel mitten in unsere seligste Zeit. Aber da es mich nun einmal erfaßt hatte, hielt ich mich krampfhaft ans Lesen und verbarg mich, wichtig und eigensinnig, vor unseren täglichen Feiertagen. Ungeschickt wie ich war, die vielen, oft unscheinbaren Gelegenheiten eines natürlichen Glücks auszunutzen, ließ ich mir nicht ungern von dem anwachsenden Zerwürfnis künftige Versöhnungen versprechen, die desto reizender wurden, je weiter man sie hinausschob.

Übrigens war mein Leseschlaf eines Tages so plötzlich zu Ende, wie er begonnen hatte; und da erzürnten wir einander gründlich. Denn Abelone ersparte mir nun keinerlei Spott und Überlegenheit, und wenn ich sie in der Laube traf, behauptete sie zu lesen. An dem einen Sonntag-Morgen lag das Buch zwar geschlossen neben ihr, aber sie schien mehr als genug mit den Johannisbeeren beschäftigt, die sie vorsichtig mittels einer Gabel aus ihren kleinen Trauben streifte.

Es muß dies eine von jenen Tagesfrühen gewesen sein, wie es solche im Juli giebt, neue, ausgeruhte Stunden, in denen überall etwas frohes Unüberlegtes geschieht. Aus Millionen kleinen ununterdrückbaren Bewegungen setzt sich ein Mosaik überzeugtesten Daseins zusammen; die Dinge schwingen ineinander hinüber und hinaus in die Luft, und ihre Kühle macht den Schatten klar und die Sonne zu einem leichten, geistigen Schein. Da giebt es im Garten keine Hauptsache; alles ist überall, und man müßte in allem sein, um nichts zu versäumen.

In Abelonens kleiner Handlung aber war das Ganze nochmal. Es war so glücklich erfunden, gerade dies zu tun und genau so, wie sie es tat. Ihre im Schattigen hellen Hände arbeiteten einander so leicht und einig zu, und vor der Gabel sprangen mutwillig die runden Beeren her, in die mit tauduffem Weinblatt ausgelegte Schale hinein, wo schon andere sich häuften, rote und blonde, glanzlichternd, mit gesunden Kernen im herben Innern. Ich wünschte unter diesen Umständen nichts als zuzusehen, aber, da es wahrscheinlich war, daß man mirs verwies, ergriff ich, auch um mich unbefangen zu geben, das Buch, setzte mich an die andere Seite des Tisches und ließ mich, ohne lange zu blättern, irgendwo damit ein.

»Wenn du doch wenigstens laut läsest, Leserich«, sagte Abelone nach einer Weile. Das klang lange nicht mehr so streitsüchtig, und da es, meiner Meinung nach, ernstlich Zeit war, sich auszugleichen, las ich sofort laut, immerzu bis zu einem Abschnitt und weiter, die nächste Überschrift: An Bettine.

»Nein, nicht die Antworten«, unterbrach mich Abelone und legte auf einmal wie erschöpft die kleine Gabel nieder. Gleich darauf lachte sie über das Gesicht, mit dem ich sie ansah.

»Mein Gott, was hast du schlecht gelesen, Malte.«

Da mußte ich nun zugeben, daß ich keinen Augenblick

bei der Sache gewesen sei. »Ich las nur, damit du mich unterbrichst«, gestand ich und wurde heiß und blätterte zurück nach dem Titel des Buches. Nun wußte ich erst, was es war. »Warum denn nicht die Antworten?« fragte ich neugierig.

Es war, als hätte Abelone mich nicht gehört. Sie saß da in ihrem lichten Kleid, als ob sie überall innen ganz dunkel würde, wie ihre Augen wurden.

»Gieb her«, sagte sie plötzlich wie im Zorn und nahm mir das Buch aus der Hand und schlug es richtig dort auf, wo sie es wollte. Und dann las sie einen von Bettinens Briefen.

Ich weiß nicht, was ich davon verstand, aber es war, als würde mir feierlich versprochen, dieses alles einmal einzusehen. Und während ihre Stimme zunahm und endlich fast jener glich, die ich vom Gesang her kannte, schämte ich mich, daß ich mir unsere Versöhnung so gering vorgestellt hatte. Denn ich begriff wohl, daß sie das war. Aber nun geschah sie irgendwo ganz im Großen, weit über mir, wo ich nicht hinreichte.

Das Versprechen erfüllt sich noch immer, irgendwann ist dasselbe Buch unter meine Bücher geraten, unter die paar Bücher, von denen ich mich nicht trenne. Nun schlägt es sich auch mir an den Stellen auf, die ich gerade meine, und wenn ich sie lese, so bleibt es unentschieden, ob ich an Bettine denke oder an Abelone. Nein, Bettine ist wirklicher in mir geworden, Abelone, die ich gekannt habe, war wie eine Vorbereitung auf sie, und nun ist sie mir in Bettine aufgegangen wie in ihrem eigenen, unwillkürlichen Wesen. Denn diese wunderliche Bettine hat mit allen ihren Briefen Raum gegeben, geräumigste Gestalt. Sie hat von Anfang an sich im Ganzen so ausgebreitet, als wär sie nach ihrem Tod. Überall hat sie sich ganz weit ins Sein hineingelegt, zugehörig dazu, und was ihr geschah, das war ewig in der Natur; dort erkannte sie sich und löste sich beinah schmerzhaft heraus; erriet sich mühsam zurück wie aus Überlieferungen, beschwor sich wie einen Geist und hielt sich aus.

Eben *warst* du noch, Bettine; ich seh dich ein. Ist nicht die Erde noch warm von dir, und die Vögel lassen noch Raum für deine Stimme. Der Tau ist ein anderer, aber die Sterne sind noch die Sterne deiner Nächte. Oder ist nicht die Welt überhaupt von dir? denn wie oft hast du sie in Brand gesteckt mit deiner Liebe und hast sie lodern sehen und aufbrennen und hast sie heimlich durch eine andere ersetzt, wenn alle schliefen. Du fühltest dich so recht im Einklang mit Gott, wenn du jeden Morgen eine neue Erde von ihm verlangtest, damit doch alle drankämen, die er gemacht hatte. Es kam dir armsälig vor, sie zu schonen und auszubessern, du verbrauchtest sie und hieltest die Hände hin um immer noch Welt. Denn deine Liebe war allem gewachsen.

Wie ist es möglich, daß nicht noch alle erzählen von deiner Liebe? Was ist denn seither geschehen, was merkwürdiger war? Was beschäftigt sie denn? Du selber wußtest um deiner Liebe Wert, du sagtest sie laut deinem größesten Dichter vor, daß er sie menschlich mache; denn sie war noch Element. Er aber hat sie den Leuten ausgeredet, da er dir schrieb. Alle haben diese Antworten gelesen und glauben ihnen mehr, weil der Dichter ihnen deutlicher ist als die Natur. Aber vielleicht wird es sich einmal zeigen, daß hier die Grenze seiner Größe war. Diese Liebende ward ihm auferlegt, und er hat sie nicht bestanden. Was heißt es, daß er nicht hat erwidern können? Solche Liebe bedarf keiner Erwiderung, sie hat Lockruf und Antwort in sich; sie erhört sich selbst. Aber demütigen hätte er sich müssen vor ihr in seinem ganzen Staat und schreiben was sie diktiert, mit beiden Händen, wie Johannes auf Patmos, knieend. Es gab keine Wahl dieser Stimme gegenüber, die »das Amt der Engel verrichtete«; die gekommen war, ihn einzuhüllen und zu entziehen ins Ewige hinein. Da war der Wagen seiner feurigen Himmelfahrt. Da war seinem Tod der dunkle Mythos bereitet, den er leer ließ.

Das Schicksal liebt es, Muster und Figuren zu erfinden. Seine Schwierigkeit beruht im Komplizierten. Das Leben selbst aber ist schwer aus Einfachheit. Es hat nur ein paar Dinge von uns nicht angemessener Größe. Der Heilige, indem er das Schicksal ablehnt, wählt diese, Gott gegenüber. Daß aber die Frau, ihrer Natur nach, in Bezug auf den Mann die gleiche Wahl treffen muß, ruft das Verhängnis aller Liebesbeziehungen herauf: entschlossen und schicksalslos, wie eine Ewige, steht sie neben ihm, der sich verwandelt. Immer übertrifft die Liebende den Geliebten, weil das Leben größer ist als das Schicksal. Ihre Hingabe will unermeßlich sein: dies ist ihr Glück. Das namenlose Leid ihrer Liebe aber ist immer dieses gewesen: daß von ihr verlangt wird, diese Hingabe zu beschränken.

Es ist keine andere Klage je von Frauen geklagt worden: die beiden ersten Briefe Heloïsens enthalten nur sie, und fünfhundert Jahre später erhebt sie sich aus den Briefen der Portugiesin; man erkennt sie wieder wie einen Vogelruf. Und plötzlich geht durch den hellen Raum dieser Einsicht der Sappho fernste Gestalt, die die Jahrhunderte nicht fanden, da sie sie im Schicksal suchten.

Ich habe niemals gewagt, von ihm eine Zeitung zu kaufen. Ich bin nicht sicher, daß er wirklich immer einige Nummern bei sich hat, wenn er sich außen am Luxembourg-Garten langsam hin und zurück schiebt den ganzen Abend lang. Er kehrt dem Gitter den Rücken, und seine Hand streift den Steinrand, auf dem die Stäbe aufstehen. Er macht sich so flach, daß täglich viele vorübergehen, die ihn nie gesehen haben. Zwar hat er noch einen Rest von Stimme in sich und mahnt; aber das ist nicht anders als ein Geräusch in einer Lampe oder im Ofen oder wenn es in eigentümlichen Abständen in einer Grotte tropft. Und die Welt ist so eingerichtet, daß es Menschen giebt, die ihr ganzes Leben lang in der Pause vorbeikommen, wenn er, lautloser als alles was sich bewegt, weiter rückt wie ein Zeiger, wie eines Zeigers Schatten, wie die Zeit.

Wie unrecht hatte ich, ungern hinzusehen. Ich schäme mich aufzuschreiben, daß ich oft in seiner Nähe den Schritt der andern annahm, als wüßte ich nicht um ihn. Dann hörte ich es in ihm »La Presse« sagen und gleich darauf noch einmal und ein drittes Mal in raschen Zwischenräumen. Und die Leute neben mir sahen sich um und suchten die Stimme. Nur ich tat eiliger als alle, als wäre mir nichts aufgefallen, als wäre ich innen überaus beschäftigt.

Und ich war es in der Tat. Ich war beschäftigt, ihn mir vorzustellen, ich unternahm die Arbeit, ihn einzubilden, und der Schweiß trat mir aus vor Anstrengung. Denn ich mußte ihn machen wie man einen Toten macht, für den keine Beweise mehr da sind, keine Bestandteile; der ganz und gar innen zu leisten ist. Ich weiß jetzt, daß es mir ein wenig half, an die vielen abgenommenen Christusse aus streifigem Elfenbein zu denken, die bei allen Althändlern herumliegen. Der Gedanke an irgendeine Pietà trat vor und ab –: dies alles wahrscheinlich nur, um eine gewisse Neigung hervorzurufen, in der sein langes Gesicht sich hielt, und den trostlosen Bartnachwuchs im Wangenschatten und die endgültig schmerzvolle Blindheit seines verschlossenen Ausdrucks, der schräg aufwärts gehalten war. Aber es war außerdem so vieles, was zu ihm gehörte; denn dies begriff ich schon damals, daß nichts an ihm nebensächlich sei: nicht die Art, wie der Rock oder der Mantel, hinten abstehend, überall den Kragen sehen ließ, diesen niedrigen Kragen, der in einem großen Bogen um den gestreckten, nischigen Hals stand, ohne ihn zu berühren; nicht die grünlich schwarze Krawatte, die weit um das Ganze herumgeschnallt war; und ganz besonders nicht der Hut, ein alter, hochgewölbter, steifer Filzhut, den er trug wie alle Blinden ihre Hüte tragen: ohne Bezug zu den Zeilen des Gesichts, ohne die Möglichkeit, aus diesem Hinzukommenden und sich selbst eine neue äußere Einheit zu bilden; nicht anders als irgendeinen verabredeten fremden Gegenstand. In meiner Feigheit, nicht hinzusehen, brachte ich es so weit, daß das Bild dieses Mannes sich schließlich oft auch ohne Anlaß stark und schmerzhaft in mir zusammenzog zu so hartem Elend, daß ich mich, davon bedrängt, entschloß, die zunehmende Fertigkeit meiner Einbildung durch die auswärtige Tatsache einzuschüchtern und aufzuheben. Es war gegen Abend. Ich nahm mir vor, sofort aufmerksam an ihm vorbeizugehen.

Nun muß man wissen: es ging auf den Frühling zu. Der Tagwind hatte sich gelegt, die Gassen waren lang und befriedigt; an ihrem Ausgang schimmerten Häuser, neu wie frische Bruchstellen eines weißen Metalls. Aber es war ein Metall, das einen überraschte durch seine Leichtigkeit. In den breiten, fortlaufenden Straßen zogen viele Leute durcheinander, fast ohne die Wagen zu fürchten, die selten waren. Es mußte ein Sonntag sein. Die Turmaufsätze von Saint-Sulpice zeigten sich heiter und unerwartet hoch in der Windstille, und durch die schmalen, beinah römischen Gassen sah man unwillkürlich hinaus in die Jahreszeit. Im Garten und davor war so viel Bewegung von Menschen, daß ich ihn nicht gleich sah. Oder erkannte ich ihn zuerst nicht zwischen der Menge durch?

Ich wußte sofort, daß meine Vorstellung wertlos war. Die durch keine Vorsicht oder Verstellung eingeschränkte Hingegebenheit seines Elends übertraf meine Mittel. Ich hatte weder den Neigungswinkel seiner Haltung begriffen gehabt noch das Entsetzen, mit dem die Innenseite seiner Lider ihn fortwährend zu erfüllen schien. Ich hatte nie an seinen Mund gedacht, der eingezogen war wie die Öffnung eines Ablaufs. Möglicherweise hatte er Erinnerungen; jetzt aber kam nie mehr etwas zu seiner Seele hinzu als täglich das amorphe Gefühl des Steinrands hinter ihm, an dem seine Hand sich abnutzte. Ich war stehngeblieben, und während ich das alles fast gleichzeitig sah, fühlte ich, daß er einen anderen Hut hatte und eine ohne Zweifel sonntägliche Halsbinde; sie war schräg in gelben und violetten Vierecken gemustert, und was den Hut angeht, so war es ein billiger neuer Strohhut mit einem grünen Band. Es liegt natürlich nichts an diesen Farben, und es ist kleinlich, daß ich sie behalten habe. Ich will nur sagen, daß sie an ihm waren wie das Weicheste auf eines Vogels Unterseite. Er selbst hatte keine Lust daran, und wer von allen (ich sah mich um) durfte meinen, dieser Staat wäre um seinetwillen?

Mein Gott, fiel es mir mit Ungestüm ein, so *bist* du also. Es giebt Beweise für deine Existenz. Ich habe sie alle vergessen und habe keinen je verlangt, denn welche ungeheuere Verpflichtung läge in deiner Gewißheit. Und doch, nun wird mirs gezeigt. Dieses ist dein Geschmack, hier hast du Wohlgefallen. Daß wir doch lernten, vor allem aushalten und nicht urteilen. Welche sind die schweren Dinge? Welche die gnädigen? Du allein weißt es.

Wenn es wieder Winter wird und ich muß einen neuen Mantel haben, – gieb mir, daß ich ihn *so* trage, solang er neu ist.

Es ist nicht, daß ich mich von ihnen unterscheiden will, wenn ich in besseren, von Anfang an meinigen Kleidern herumgehe und darauf halte, irgendwo zu wohnen. Ich bin nicht so weit. Ich habe nicht das Herz zu ihrem Leben. Wenn mir der Arm einginge, ich glaube, ich versteckte ihn. Sie aber (ich weiß nicht, wer sie sonst war), sie erschien jeden Tag vor den Terrassen der Caféhäuser, und obwohl es sehr schwer war für sie, den Mantel abzutun und sich aus dem unklaren Zeug und Unterzeug herauszuziehen, sie scheute der Mühe nicht und tat ab und zog aus so lange, daß mans kaum mehr erwarten konnte. Und dann stand sie vor uns, bescheiden, mit ihrem dürren, verkümmerten Stück, und man sah, daß es rar war.

Nein, es ist nicht, daß ich mich von ihnen unterscheiden will; aber ich überhübe mich, wollte ich ihnen gleich sein. Ich bin es nicht. Ich hätte weder ihre Stärke noch ihr Maß. Ich ernähre mich, und so bin ich von Mahlzeit zu Mahlzeit, völlig geheimnislos; sie aber erhalten sich fast wie Ewige. Sie stehen an ihren täglichen Ecken, auch im November, und schreien nicht vor Winter. Der Nebel kommt und macht sie undeutlich und ungewiß: sie sind gleichwohl. Ich war verreist, ich war krank, vieles ist mir vergangen: sie aber sind nicht gestorben.

(Ich weiß ja nicht einmal, wie es möglich ist, daß die Schulkinder aufstehn in den Kammern voll grauriechender Kälte; wer sie bestärkt, die überstürzten Skelettchen, daß sie hinauslaufen in die erwachsene Stadt, in die trübe Neige der Nacht, in den ewigen Schultag, immer noch klein, immer voll Vorgefühl, immer verspätet. Ich habe keine Vorstellung von der Menge Beistand, die fortwährend verbraucht wird.)*

Diese Stadt ist voll von solchen, die langsam zu ihnen hinabgleiten. Die meisten sträuben sich erst; aber dann giebt es diese verblichenen, alternden Mädchen, die sich fortwährend ohne Widerstand hinüberlassen, starke, im Innersten ungebrauchte, die nie geliebt worden sind.

Vielleicht meinst du, mein Gott, daß ich alles lassen soll und sie lieben. Oder warum wird es mir so schwer, ihnen nicht nachzugehen, wenn sie mich überholen? Warum erfind ich auf einmal die süßesten, nächtlichsten Worte, und meine Stimme steht sanft in mir zwischen Kehle und Herz. Warum stell ich mir vor, wie ich sie unsäglich vorsichtig an meinen Atem halten würde, diese Puppen, mit denen das Leben gespielt hat, ihnen Frühling um Frühling für nichts

* *Im Manuskript an den Rand geschrieben.*

und wieder nichts die Arme auseinanderschlagend bis sie locker wurden in den Schultern. Sie sind nie sehr hoch von einer Hoffnung gefallen, so sind sie nicht zerbrochen; aber abgeschlagen sind sie und schon dem Leben zu schlecht. Nur verlorene Katzen kommen abends zu ihnen in die Kammer und zerkratzen sie heimlich und schlafen auf ihnen. Manchmal folge ich einer zwei Gassen weit. Sie gehen an den Häusern hin, fortwährend kommen Menschen, die sie verdecken, sie schwinden hinter ihnen weiter wie nichts.

Und doch, ich weiß, wenn einer nun versuchte, sie liebzuhaben, so wären sie schwer an ihm wie Zuweitgegangene, die aufhören zu gehn. Ich glaube, nur Jesus ertrüge sie, der noch das Auferstehen in allen Gliedern hat; aber ihm liegt nichts an ihnen. Nur die Liebenden verführen ihn, nicht die, die warten mit einem kleinen Talent zur Geliebten wie mit einer kalten Lampe.

Ich weiß, wenn ich zum Äußersten bestimmt bin, so wird es mir nichts helfen, daß ich mich verstelle in meinen besseren Kleidern. Glitt er nicht mitten im Königtum unter die Letzten? Er, der statt aufzusteigen hinabsank bis auf den Grund. Es ist wahr, ich habe zuzeiten an die anderen Könige geglaubt, obwohl die Parke nichts mehr beweisen. Aber es ist Nacht, es ist Winter, ich friere, ich glaube an ihn. Denn die Herrlichkeit ist nur ein Augenblick, und wir haben nie etwas Längeres gesehen als das Elend. Der König aber soll dauern.

Ist nicht dieser der Einzige, der sich erhielt unter seinem Wahnsinn wie Wachsblumen unter einem Glassturz? Für die anderen beteten sie in den Kirchen um langes Leben, von ihm aber verlangte der Kanzler Jean Charlier Gerson, daß er ewig sei, und das war damals, als er schon der Dürftigste war, schlecht und von schierer Armut trotz seiner Krone.

Das war damals, als von Zeit zu Zeit Männer fremdlings,

mit geschwärztem Gesicht, ihn in seinem Bette überfielen, um ihm das in die Schwären hineingefaulte Hemde abzureißen, das er schon längst für sich selber hielt. Es war verdunkelt im Zimmer, und sie zerrten unter seinen steifen Armen die mürben Fetzen weg, wie sie sie griffen. Dann leuchtete einer vor, und da erst entdeckten sie die jäsige Wunde auf seiner Brust, in die das eiserne Amulett eingesunken war, weil er es jede Nacht an sich preßte mit aller Kraft seiner Inbrunst; nun stand es tief in ihm, fürchterlich kostbar, in einem Perlensaum von Eiter wie ein wundertuender Rest in der Mulde eines Reliquärs. Man hatte harte Handlanger ausgesucht, aber sie waren nicht ekelfest, wenn die Würmer, gestört, nach ihnen herüberstanden aus dem flandrischen Barchent und, aus den Falten abgefallen, sich irgendwo an ihren Ärmeln aufzogen. Es war ohne Zweifel schlimmer geworden mit ihm seit den Tagen der parva regina; denn sie hatte doch noch bei ihm liegen mögen, jung und klar wie sie war. Dann war sie gestorben. Und nun hatte keiner mehr gewagt, eine Beischläferin an dieses Aas anzubetten. Sie hatte die Worte und Zärtlichkeiten nicht hinterlassen, mit denen der König zu mildern war. So drang niemand mehr durch dieses Geistes Verwilderung; niemand half ihm aus den Schluchten seiner Seele; niemand begriff es, wenn er selbst plötzlich heraustrat mit dem runden Blick eines Tiers, das auf die Weide geht. Wenn er dann das beschäftigte Gesicht Juvenals erkannte, so fiel ihm das Reich ein, wie es zuletzt gewesen war. Und er wollte nachholen, was er versäumt hatte.

Aber es lag an den Ereignissen jener Zeitläufte, daß sie nicht schonend beizubringen waren. Wo etwas geschah, da geschah es mit seiner ganzen Schwere, und war wie aus einem Stück, wenn man es sagte. Oder was war davon abzuziehen, daß sein Bruder ermordet war, daß gestern Valentina Visconti, die er immer seine liebe Schwester nannte, vor ihm gekniet hatte, lauter Witwenschwarz weghebend von des entstellten Antlitzes Klage und Anklage? Und heute stand stundenlang ein zäher, rediger Anwalt da und bewies das Recht des fürstlichen Mordgebers, solange bis das Verbrechen durchscheinend wurde und als wollte es licht in den Himmel fahren. Und gerecht sein hieß, allen recht geben; denn Valentina von Orléans starb Kummers, obwohl man ihr Rache versprach. Und was half es, dem burgundischen Herzog zu verzeihen und wieder zu verzeihen; über den war die finstere Brunst der Verzweiflung gekommen, so daß er schon seit Wochen tief im Walde von Argilly wohnte in einem Zelt und behauptete, nachts die Hirsche schreien hören zu müssen zu seiner Erleichterung.

Wenn man dann das alles bedacht hatte, immer wieder bis ans Ende, kurz wie es war, so begehrte das Volk einen zu sehen, und es sah einen: ratlos. Aber das Volk freute sich des Anblicks; es begriff, daß dies der König sei: dieser Stille, dieser Geduldige, der nur da war, um es zuzulassen, daß Gott über ihn weg handelte in seiner späten Ungeduld. In diesen aufgeklärten Augenblicken auf dem Balkon seines Hôtels von Saint-Pol ahnte der König vielleicht seinen heimlichen Fortschritt; der Tag von Roosbecke fiel ihm ein, als sein Oheim von Berry ihn an der Hand genommen hatte, um ihn hinzuführen vor seinen ersten fertigen Sieg; da überschaute er in dem merkwürdig langhellen Novembertag die Massen der Genter, so wie sie sich erwürgt hatten mit ihrer eigenen Enge, da man gegen sie angeritten war von allen Seiten. Ineinandergewunden wie ein ungeheueres Gehirn, lagen sie da in den Haufen, zu denen sie sich selber zusammengebunden hatten, um dicht zu sein. Die Luft ging einem weg, wenn man da und dort ihre erstickten Gesichter sah; man konnte es nicht lassen, sich vorzustellen, daß sie weit über diesen vor Gedränge noch stehenden Leichen verdrängt worden sei durch den plötzlichen Austritt so vieler verzweifelter Seelen.

Dies hatte man ihm eingeprägt als den Anfang seines

Ruhms. Und er hatte es behalten. Aber, wenn das damals der Triumph des Todes war, so war dieses, daß er hier stand auf seinen schwachen Knieen, aufrecht in allen diesen Augen: das Mysterium der Liebe. An den anderen hatte er gesehen, daß man jenes Schlachtfeld begreifen konnte, so ungeheuer es war. Dies hier wollte nicht begriffen sein; es war genau so wunderbar wie einst der Hirsch mit dem goldenen Halsband im Wald von Senlis. Nur daß er jetzt selber die Erscheinung war, und andere waren versunken in Anschauen. Und er zweifelte nicht, daß sie atemlos waren und von derselben weiten Erwartung, wie sie einmal ihn an jenem jünglinglichen Jagdtag überfiel, als das stille Gesicht, äugend, aus den Zweigen trat. Das Geheimnis seiner Sichtbarkeit verbreitete sich über seine sanfte Gestalt; er rührte sich nicht, aus Scheu, zu vergehen, das dünne Lächeln auf seinem breiten, einfachen Gesicht nahm eine natürliche Dauer an wie bei steinernen Heiligen und bemühte ihn nicht. So hielt er sich hin, und es war einer jener Augenblicke, die die Ewigkeit sind, in Verkürzung gesehen. Die Menge ertrug es kaum. Gestärkt, von unerschöpflich vermehrter Tröstung gespeist, durchbrach sie die Stille mit dem Aufschrei der Freude. Aber oben auf dem Balkon war nur noch Juvenal des Ursins, und er rief in die nächste Beruhigung hinein, daß der König rue Saint-Denis kommen würde zu der Passionsbrüderschaft, die Mysterien sehen.

Zu solchen Tagen war der König voll milden Bewußtseins. Hätte ein Maler jener Zeit einen Anhalt gesucht für das Dasein im Paradiese, er hätte kein vollkommeneres Vorbild finden können als des Königs gestillte Figur, wie sie in einem der hohen Fenster des Louvre stand unter dem Sturz ihrer Schultern. Er blätterte in dem kleinen Buch der Christine de Pisan, das »Der Weg des langen Lernens« heißt und das ihm gewidmet war. Er las nicht die gelehrten Streitreden jenes allegorischen Parlaments, das sich vorgesetzt hatte, den Fürsten ausfindig zu machen, der würdig sei, über die Welt zu herrschen. Das Buch schlug sich ihm immer an den einfachsten Stellen auf: wo von dem Herzen die Rede war, das dreizehn Jahre lang wie ein Kolben über dem Schmerzfeuer nur dazu gedient hatte, das Wasser der Bitternis für die Augen zu destillieren; er begriff, daß die wahre Konsolation erst begann, wenn das Glück vergangen genug und für immer vorüber war. Nichts war ihm näher, als dieser Trost. Und während sein Blick scheinbar die Brücke drüben umfaßte, liebte er es, durch dieses von der starken Cumäa zu großen Wegen ergriffene Herz die Welt zu sehen, die damalige: die gewagten Meere, fremdtürmige Städte, zugehalten vom Ausdruck der Weiten; der gesammelten Gebirge ekstatische Einsamkeit und die in fürchtigem Zweifel erforschten Himmel, die sich erst schlossen wie eines Saugkindes Hirnschale.

Aber wenn jemand eintrat, so erschrak er, und langsam beschlug sich sein Geist. Er gab zu, daß man ihn vom Fenster fortführte und ihn beschäftigte. Sie hatten ihm die Gewohnheit beigebracht, stundenlang über Abbildungen zu verweilen, und er war es zufrieden, nur kränkte es ihn, daß man im Blättern niemals mehrere Bilder vor sich behielt und daß sie in den Folianten festsaßen, so daß man sie nicht untereinander bewegen konnte. Da hatte sich jemand eines Spiels Karten erinnert, das völlig in Vergessenheit geraten war, und der König nahm den in Gunst, der es ihm brachte; so sehr waren diese Kartons nach seinem Herzen, die bunt waren und einzeln beweglich und voller Figur. Und während das Kartenspielen unter den Hofleuten in Mode kam, saß der König in seiner Bibliothek und spielte allein. Genau wie er nun zwei Könige nebeneinander aufschlug, so hatte Gott neulich ihn und den Kaiser Wenzel zusammengetan; manchmal starb eine Königin, dann legte er ein Herz-Aß auf sie, das war wie ein Grabstein. Es wunderte ihn nicht, daß es in diesem Spiel mehrere Päpste gab; er richtete Rom ein drüben am Rande des Tisches, und hier, unter seiner Rechten, war Avignon. Rom war ihm gleichgültig, er stellte es sich aus irgendeinem Grunde rund vor und bestand nicht weiter darauf. Aber Avignon kannte er. Und kaum dachte er es, so wiederholte seine Erinnerung den hohen hermetischen Palast und überanstrengte sich. Er schloß die Augen und mußte tief Atem holen. Er fürchtete bös zu träumen nächste Nacht.

Im ganzen aber war es wirklich eine beruhigende Beschäftigung, und sie hatten recht, ihn immer wieder darauf zu bringen. Solche Stunden befestigten ihn in der Ansicht, daß er der König sei, König Karl der Sechste. Das will nicht sagen, daß er sich übertrieb; weit von ihm war die Meinung, mehr zu sein als so ein Blatt, aber die Gewißheit bestärkte sich in ihm, daß auch er eine bestimmte Karte sei, vielleicht eine schlechte, eine zornig ausgespielte, die immer verlor: aber immer die gleiche: aber nie eine andere. Und doch, wenn eine Woche so hingegangen war in gleichmäßiger Selbstbestätigung, so wurde ihm enge in ihm. Die Haut spannte ihn um die Stirn und im Nacken, als empfände er auf einmal seinen zu deutlichen Kontur. Niemand wußte, welcher Versuchung er nachgab, wenn er dann nach den Mysterien fragte und nicht erwarten konnte, daß sie begännen. Und war es einmal so weit, so wohnte er mehr rue Saint-Denis als in seinem Hôtel von Saint-Pol.

Es war das Verhängnisvolle dieser dargestellten Gedichte, daß sie sich immerfort ergänzten und erweiterten und zu Zehntausenden von Versen anwuchsen, so daß die Zeit in ihnen schließlich die wirkliche war; etwa so, als machte man einen Globus im Maßstab der Erde. Die hohle Estrade, unter der die Hölle war und über der, an einen Pfeiler angebaut, das geländerlose Gerüst eines Balkons das Niveau des Paradieses bedeutete, trug nur noch dazu bei, die Täuschung zu verringern. Denn dieses Jahrhundert hatte in der Tat Himmel und Hölle irdisch gemacht: es lebte aus den Kräften beider, um sich zu überstehen.

Es waren die Tage jener avignonesischen Christenheit, die sich vor einem Menschenalter um Johann den Zweiundzwanzigsten zusammengezogen hatte, mit so viel unwillkürlicher Zuflucht, daß an dem Platze seines Pontifikats, gleich nach ihm, die Masse dieses Palastes entstanden war, verschlossen und schwer wie ein äußerster Notleib für die wohnlose Seele aller. Er selbst aber, der kleine, leichte, geistige Greis, wohnte noch im Offenen. Während er, kaum angekommen, ohne Aufschub, nach allen Seiten hin rasch und knapp zu handeln begann, standen die Schüsseln mit Gift gewürzt auf seiner Tafel; der erste Becher mußte immer weggeschüttet werden, denn das Stück Einhorn war mißfarbig, wenn es der Mundkämmerer daraus zurückzog. Ratlos, nicht wissend, wo er sie verbergen sollte, trug der Siebzigjährige die Wachsbildnisse herum, die man von ihm gemacht hatte, um ihn darin zu verderben; und er ritzte sich an den langen Nadeln, mit denen sie durchstochen waren. Man konnte sie einschmelzen. Doch so hatte er sich schon an diesen heimlichen Simulakern entsetzt, daß er, gegen seinen starken Willen, mehrmals den Gedanken formte, er könnte sich selbst damit tödlich sein und hinschwinden wie das Wachs am Feuer. Sein verminderter Körper wurde nur noch trockener vom Grausen und dauerhafter. Aber nun wagte man sich an den Körper seines Reichs; von Granada aus waren die Juden angestiftet worden, alle Christlichen zu vertilgen, und diesmal hatten sie sich furchtbarere Vollzieher erkauft. Niemand zweifelte, gleich auf die ersten Gerüchte hin, an dem Anschlag der Leprosen; schon hatten einzelne gesehen, wie sie Bündel ihrer schrecklichen Zersetzung in die Brunnen warfen. Es war nicht Leichtgläubigkeit, daß man dies sofort für möglich hielt; der Glaube, im Gegenteil, war so schwer geworden, daß er den Zitternden entsank und bis auf den Grund der Brunnen fiel. Und wieder hatte der eifrige Greis Gift abzuhalten vom Blute. Zur Zeit seiner abergläubischen Anwandlungen hatte er sich und seiner Umgebung das Angelus verschrieben gegen die Dämonen der Dämmerung; und nun läutete man auf der ganzen erregten Welt jeden Abend dieses kalmierende Gebet. Sonst aber glichen alle Bullen und Briefe, die von ihm ausgingen, mehr einem Gewürzwein als einer Tisane. Das Kaisertum hatte sich nicht in seine Behandlung gestellt, aber er ermüdete nicht, es mit Beweisen seines Krankseins zu überhäufen; und schon wandte man sich aus dem fernsten Osten an diesen herrischen Arzt.

Aber da geschah das Unglaubliche. Am Allerheiligentag hatte er gepredigt, länger, wärmer als sonst; in einem plötzlichen Bedürfnis, wie um ihn selbst wiederzusehen, hatte er seinen Glauben gezeigt; aus dem fünfundachtzigjährigen Tabernakel hatte er ihn mit aller Kraft langsam herausgehoben und auf der Kanzel ausgestellt: und da schrieen sie ihn an. Ganz Europa schrie: dieser Glaube war schlecht.

Damals verschwand der Papst. Tagelang ging keine Aktion von ihm aus, er lag in seinem Betzimmer auf den Knieen und erforschte das Geheimnis der Handelnden, die Schaden nehmen an ihrer Seele. Endlich erschien er, erschöpft von der schweren Einkehr, und widerrief. Er widerrief einmal über das andere. Es wurde die senile Leidenschaft seines Geistes, zu widerrufen. Es konnte geschehen, daß er nachts die Kardinäle wecken ließ, um mit ihnen von seiner Reue zu reden. Und vielleicht war das, was sein Leben über die Maßen hinhielt, schließlich nur die Hoffnung, sich auch noch vor Napoleon Orsini zu demütigen, der ihn haßte und der nicht kommen wollte.

Jakob von Cahors hatte widerrufen. Und man könnte meinen, Gott selber hätte seine Irrung erweisen wollen, da er so bald hernach jenen Sohn des Grafen von Ligny aufkommen ließ, der seine Mündigkeit auf Erden nur abzuwarten schien, um des Himmels seelische Sinnlichkeiten mannbar anzutreten. Es lebten viele, die sich dieses klaren Knaben in seinem Kardinalat erinnerten, und wie er am Eingang seiner Jünglingschaft Bischof geworden und mit kaum achtzehn Jahren in einer Ekstase seiner Vollendung gestorben war. Man begegnete Totgewesenen: denn die Luft an seinem Grabe, in der, frei geworden, pures Leben lag, wirkte lange noch auf die Leichname. Aber war nicht etwas Verzweifeltes selbst in dieser frühreifen Heiligkeit? War es nicht ein Unrecht an allen, daß das reine Gewebe dieser Seele nur eben durchgezogen worden war, als handelte es sich nur darum, es in der garen Scharlachküpe der Zeit leuchtend zu färben? Empfand man nicht etwas wie einen Gegenstoß, da dieser junge Prinz von der Erde absprang in seine leidenschaftliche Himmelfahrt? Warum verweilten die Leuchtenden nicht unter den mühsamen Lichtziehern? War es nicht diese Finsternis, die Johann den Zweiundzwanzigsten dahin gebracht hatte, zu behaupten, daß es *vor* dem jüngsten Gericht keine ganze Seligkeit gäbe, nirgends, auch unter den Seligen nicht? Und in der Tat, wieviel rechthaberische Verbissenheit gehörte dazu, sich vorzustellen, daß, während hier so dichte Wirrsal geschah, irgendwo Gesichter schon im Scheine Gottes lagen, an Engel zurückgelehnt und gestillt durch die unausschöpfliche Aussicht auf ihn.

Da sitze ich in der kalten Nacht und schreibe und weiß das alles. Ich weiß es vielleicht, weil mir jener Mann begegnet ist, damals als ich klein war. Er war sehr groß, ich glaube sogar, daß er auffallen mußte durch seine Größe.

So unwahrscheinlich es ist, es war mir irgendwie gelungen, gegen Abend allein aus dem Haus zu kommen; ich lief, ich bog um eine Ecke, und in demselben Augenblick stieß ich gegen ihn. Ich begreife nicht, wie das, was jetzt geschah, sich in etwa fünf Sekunden abspielen konnte. So dicht man es auch erzählt, es dauert viel länger. Ich hatte mir weh getan im Anlauf an ihn; ich war klein, es schien mir schon viel, daß ich nicht weinte, auch erwartete ich unwillkürlich, getröstet zu sein. Da er das nicht tat, hielt ich ihn für verlegen; es fiel ihm, vermutete ich, der richtige Scherz nicht ein, in dem diese Sache aufzulösen war. Ich war schon vergnügt genug, ihm dabei zu helfen, aber dazu war es nötig, ihm ins Gesicht zu sehen. Ich habe gesagt, daß er groß war. Nun hatte er sich nicht, wie es doch natürlich gewesen wäre, über mich gebeugt, so daß er sich in einer Höhe befand, auf die ich nicht vorbereitet war. Immer noch war vor mir nichts als der Geruch und die eigentümliche Härte seines Anzugs, die ich gefühlt hatte. Plötzlich kam sein Gesicht. Wie es war? Ich weiß es nicht, ich will es nicht wissen. Es war das Gesicht eines Feindes. Und neben diesem Gesicht, dicht nebenan, in der Höhe der schrecklichen Augen, stand, wie ein zweiter Kopf, seine Faust. Ehe ich noch Zeit hatte, mein Gesicht wegzusenken, lief ich schon; ich wich links an ihm vorbei und lief geradeaus eine leere, furchtbare Gasse hinunter, die Gasse einer fremden Stadt, einer Stadt, in der nichts vergeben wird.

Damals erlebte ich, was ich jetzt begreife: jene schwere, massive, verzweifelte Zeit. Die Zeit, in der der Kuß zweier, die sich versöhnten, nur das Zeichen für die Mörder war, die herumstanden. Sie tranken aus demselben Becher, sie bestiegen vor aller Augen das gleiche Reitpferd, und es wurde verbreitet, daß sie die Nacht in einem Bette schlafen würden: und über allen diesen Berührungen wurde ihr Widerwillen aneinander so dringend, daß, sooft einer die schlagenden Adern des andern sah, ein krankhafter Ekel ihn bäumte, wie beim Anblick einer Kröte. Die Zeit, in der ein Bruder den Bruder um dessen größeren Erbteils willen überfiel und gefangenhielt; zwar trat der König für den Mißhandelten ein und erreichte ihm Freiheit und Eigentum; in anderen, fernen Schicksalen beschäftigt, gestand ihm der Ältere Ruhe zu und bereute in Briefen sein Unrecht. Aber über alledem kam der Befreite nicht mehr zur Fassung. Das Jahrhundert zeigt ihn im Pilgerkleid von Kirche zu Kirche ziehen, immer wunderlichere Gelübde erfindend. Mit Amuletten behangen, flüstert er den Mönchen von Saint-Denis seine Befürchtungen zu, und in ihren Registern stand lange die hundertpfündige Wachskerze verzeichnet, die er für gut hielt, dem heiligen Ludwig zu weihen. Zu seinem eigenen Leben kam es nicht; bis an sein Ende fühlte er seines Bruders Neid und Zorn in verzerrter Konstellation über seinem Herzen. Und jener Graf von Foix, Gaston Phöbus, der in aller Bewunderung war, hatte er nicht seinen Vetter Ernault, des englischen Königs Hauptmann zu Lourdes, offen getötet? Und was war dieser deutliche Mord gegen den grauenvollen Zufall, daß er das kleine scharfe Nagelmesser nicht fortgelegt hatte, als er mit seiner berühmt schönen Hand in zuckendem Vorwurf den bloßen Hals seines liegenden Sohnes streifte? Die Stube war dunkel, man mußte leuchten, um das Blut zu sehen, das so weit herkam und nun für immer ein köstliches Geschlecht verließ, da es heimlich aus der winzigen Wunde dieses erschöpften Knaben austrat.

Wer konnte stark sein und sich des Mordes enthalten? Wer in dieser Zeit wußte nicht, daß das Äußerste unvermeidlich war? Da und dort über einen, dessen Blick untertags dem kostenden Blick seines Mörders begegnet war, kam ein seltsames Vorgefühl. Er zog sich zurück, er schloß sich ein, er schrieb das Ende seines Willens und verordnete zum Schluß die Trage aus Weidengeflecht, die Cölestinerkutte und Aschenstreu. Fremde Minstrel erschienen vor seinem Schloß, und er beschenkte sie fürstlich für ihre Stimme, die mit seinen vagen Ahnungen einig war. Im Aufblick der Hunde war Zweifel, und sie wurden weniger sicher in ihrer Aufwartung. Aus der Devise, die das ganze Leben lang gegolten hatte, trat leise ein neuer, offener Nebensinn. Manche lange Gewohnheit kam einem veraltet vor, aber es war, als bildete sich kein Ersatz mehr für sie. Stellten sich Pläne ein, so ging man im großen mit ihnen um, ohne wirklich an sie zu glauben; dagegen griffen gewisse Erinnerungen zu einer unerwarteten Endgültigkeit. Abends, am Feuerplatz, meinte man sich ihnen zu überlassen. Aber die Nacht draußen, die man nicht mehr kannte, wurde auf einmal ganz stark im Gehör. Das an so vielen freien oder gefährlichen Nächten erfahrene Ohr unterschied einzelne Stücke der Stille. Und doch war es anders diesmal. Nicht die Nacht zwischen gestern und heute: eine Nacht. Nacht. Beau Sire Dieu, und dann die Auferstehung. Kaum daß in solche Stunden die Berühmung um eine Geliebte hineinreichte: sie waren alle verstellt in Tagliedern und Diengedichten; unbegreiflich geworden unter langen nachschleppenden Prunknamen. Höchstens, im Dunkel, wie das volle, frauige Aufschaun eines Bastardsohns.

Und dann, vor dem späten Nachtessen diese Nachdenklichkeit über die Hände in dem silbernen Waschbecken. Die eigenen Hände. Ob ein Zusammenhang in das Ihre zu bringen war? eine Folge, eine Fortsetzung im Greifen und Lassen? Nein. Alle versuchten das Teil und das Gegenteil. Alle hoben sich auf, Handlung war keine.

Es gab keine Handlung, außer bei den Missionsbrüdern. Der König, so wie er sie hatte sich gebärden sehn, erfand selbst den Freibrief für sie. Er redete sie seine lieben Brüder an; nie war ihm jemand so nahegegangen. Es wurde ihnen wörtlich bewilligt, in ihrer Bedeutung unter den Zeitlichen herumzugehen; denn der König wünschte nichts mehr, als daß sie viele anstecken sollten und hineinreißen in ihre starke Aktion, in der Ordnung war. Was ihn selbst betrifft, so sehnte er sich, von ihnen zu lernen. Trug er nicht, ganz wie sie, die Zeichen und Kleider eines Sinnes an sich? Wenn er ihnen zusah, so konnte er glauben, dies müßte sich erlernen lassen: zu kommen und zu gehen, auszusagen und sich abzubiegen, so daß kein Zweifel war. Ungeheuere

Hoffnungen überzogen sein Herz. In diesem unruhig beleuchteten, merkwürdig unbestimmten Saal des Dreifaltigkeitshospitals saß er täglich an seinem besten Platz und stand auf vor Erregung und nahm sich zusammen wie ein Schüler. Andere weinten; er aber war innen voll glänzender Tränen und preßte nur die kalten Hände ineinander, um es zu ertragen. Manchmal im Äußersten, wenn ein abgesprochener Spieler plötzlich wegtrat aus seinem großen Blick, hob er das Gesicht und erschrak: seit wie lange schon war Er da: Monseigneur Sankt Michaël, oben, vorgetreten an den Rand des Gerüsts in seiner spiegelnden silbernen Rüstung.

In solchen Momenten richtete er sich auf. Er sah um sich wie vor einer Entscheidung. Er war ganz nahe daran, das Gegenstück zu dieser Handlung hier einzusehen: die große, bange, profane Passion, in der er spielte. Aber auf einmal war es vorbei. Alle bewegten sich ohne Sinn. Offene Fackeln kamen auf ihn zu, und in die Wölbung hinauf warfen sich formlose Schatten. Menschen, die er nicht kannte, zerrten an ihm. Er wollte spielen: aber aus seinem Mund kam nichts, seine Bewegungen ergaben keine Gebärde. Sie drängten sich so eigentümlich um ihn, es kam ihm die Idee, daß er das Kreuz tragen sollte. Und er wollte warten, daß sie es brächten. Aber sie waren stärker, und sie schoben ihn langsam hinaus.

Aussen ist vieles anders geworden. Ich weiß nicht wie. Aber innen und vor Dir, mein Gott, innen vor Dir, Zuschauer: sind wir nicht ohne Handlung? Wir entdecken wohl, daß wir die Rolle nicht wissen, wir suchen einen Spiegel, wir möchten abschminken und das Falsche abnehmen und wirklich sein. Aber irgendwo haftet uns noch ein Stück Verkleidung an, das wir vergessen. Eine Spur Übertreibung bleibt in unseren Augenbrauen, wir merken nicht, daß unsere Mundwinkel verbogen sind. Und so gehen wir herum, ein Gespött und eine Hälfte: weder Seiende, noch Schauspieler.

Das war im Theater zu Orange. Ohne recht aufzusehen, nur im Bewußtsein des rustiken Bruchs, der jetzt seine Fassade ausmacht, war ich durch die kleine Glastür des Wächters eingetreten. Ich befand mich zwischen liegenden Säulenkörpern und kleinen Althaeabäumen, aber sie verdeckten mir nur einen Augenblick die offene Muschel des Zuschauerhangs, die dalag, geteilt von den Schatten des Nachmittags, wie eine riesige konkave Sonnenuhr. Ich ging rasch auf sie zu. Ich fühlte, zwischen den Sitzreihen aufsteigend, wie ich abnahm in dieser Umgebung. Oben, etwas höher, standen, schlecht verteilt, ein paar Fremde herum in müßiger Neugier; ihre Anzüge waren unangenehm deutlich, aber ihr Maßstab war nicht der Rede wert. Eine Weile faßten sie mich ins Auge und wunderten sich über meine Kleinheit. Das machte, daß ich mich umdrehte.

Oh, ich war völlig unvorbereitet. Es wurde gespielt. Ein immenses, ein übermenschliches Drama war im Gange, das Drama dieser gewaltigen Szenenwand, deren senkrechte Gliederung dreifach auftrat, dröhnend vor Größe, fast vernichtend und plötzlich maßvoll im Übermaß.

Ich ließ mich hin vor glücklicher Bestürzung. Dieses Ragende da mit der antlitzhaften Ordnung seiner Schatten, mit dem gesammelten Dunkel im Mund seiner Mitte, begrenzt, oben, von des Kranzgesimses gleichlockiger Haartracht: dies war die starke, alles verstellende antikische Maske, hinter der die Welt zum Gesicht zusammenschoß. Hier, in diesem großen, eingebogenen Sitzkreis herrschte ein wartendes, leeres, saugendes Dasein: alles Geschehen war drüben: Götter und Schicksal. Und von drüben kam (wenn man hoch aufsah) leicht, über den Wandgrat: der ewige Einzug der Himmel.

Diese Stunde, das begreife ich jetzt, schloß mich für

immer aus von unseren Theatern. Was soll ich dort? Was soll ich vor einer Szene, in der diese Wand (die Ikonwand der russischen Kirchen) abgetragen wurde, weil man nicht mehr die Kraft hat, durch ihre Härte die Handlung durchzupressen, die gasförmige, die in vollen schweren Öltropfen austritt. Nun fallen die Stücke in Brocken durch das lochige Grobsieb der Bühnen und häufen sich an und werden weggeräumt, wenn es genug ist. Es ist dieselbe ungare Wirklichkeit, die auf den Straßen liegt und in den Häusern, nur daß mehr davon dort zusammenkommt, als sonst in einen Abend geht.

(Laßt uns doch aufrichtig sein, wir haben kein Theater, so wenig wir einen Gott haben: dazu gehört Gemeinsamkeit. Jeder hat seine besonderen Einfälle und Befürchtungen, und er läßt den andern so viel davon sehen, als ihm nützt und paßt. Wir verdünnen fortwährend unser Verstehen, damit es reichen soll, statt zu schreien nach der Wand einer gemeinsamen Not, hinter der das Unbegreifliche Zeit hat, sich zu sammeln und anzuspannen.)*

Hätten wir ein Theater, stündest du dann, du Tragische, immer wieder so schmal, so bar, so ohne Gestaltvorwand vor denen, die an deinem ausgestellten Schmerz ihre eilige Neugier vergnügen? Du sahst, unsäglich Rührende, das Wirklichsein deines Leidens voraus, in Verona damals, als du, fast noch ein Kind, theaterspielend, lauter Rosen vor dich hieltst wie eine maskige Vorderansicht, die dich gesteigert verbergen sollte.

Es ist wahr, du warst ein Schauspielerkind, und wenn die Deinen spielten, so wollten sie gesehen sein; aber du schlugst aus der Art. Dir sollte dieser Beruf werden, was für Marianna Alcoforado, ohne daß sie es ahnte, die Nonnenschaft war, eine Verkleidung, dicht und dauernd genug, um hinter ihr rückhaltlos elend zu sein, mit der Inständigkeit,

* *Im Manuskript an den Rand geschrieben.*

mit der unsichtbare Selige selig sind. In allen Städten, wohin du kamst, beschrieben sie deine Gebärde; aber sie begriffen nicht, wie du, aussichtsloser von Tag zu Tag, immer wieder eine Dichtung vor dich hobst, ob sie dich berge. Du hieltest dein Haar, deine Hände, irgendein dichtes Ding vor die durchscheinenden Stellen. Du hauchtest die an, die durchsichtig waren; du machtest dich klein; du verstecktest dich, wie Kinder sich verstecken, und dann hattest du jenen kurzen, glücklichen Auflaut, und höchstens ein Engel hätte dich suchen dürfen. Aber, schautest du dann vorsichtig auf, so war kein Zweifel, daß sie dich die ganze Zeit gesehen hatten, alle in dem häßlichen, hohlen, äugigen Raum: dich, dich, dich und nichts anderes.

Und es kam dich an, ihnen den Arm verkürzt entgegenzustrecken mit dem Fingerzeichen gegen den bösen Blick. Es kam dich an, ihnen dein Gesicht zu entreißen, an dem sie zehrten. Es kam dich an, du selber zu sein. Deinen Mitspielern fiel der Mut; als hätte man sie mit einem Pantherweibchen zusammengesperrt, krochen sie an den Kulissen entlang und sprachen was fällig war, nur um dich nicht zu reizen. Da aber zogst sie hervor und stelltest sie hin und gingst mit ihnen um wie mit Wirklichen. Die schlappen Türen, die hingetäuschten Vorhänge, die Gegenstände ohne Hinterseite drängten dich zum Widerspruch. Du fühltest, wie dein Herz sich unaufhaltsam steigerte zu einer immensen Wirklichkeit und, erschrocken, versuchtest du noch einmal die Blicke von dir abzunehmen wie lange Fäden Altweibersommers –: Aber da brachen sie schon in Beifall aus in ihrer Angst vor dem Äußersten: wie um im letzten Moment etwas von sich abzuwenden, was sie zwingen würde, ihr Leben zu ändern.

Schlecht leben die Geliebten und in Gefahr. Ach, daß sie sich überstünden und Liebende würden. Um die Liebenden ist lauter Sicherheit. Niemand verdächtigt sie mehr, und sie selbst sind nicht imstande, sich zu verraten. In ihnen ist das Geheimnis heil geworden, sie schreien es im Ganzen aus wie Nachtigallen, es hat keine Teile. Sie klagen um einen; aber die ganze Natur stimmt in sie ein: es ist die Klage um einen Ewigen. Sie stürzen sich dem Verlorenen nach, aber schon mit den ersten Schritten überholen sie ihn, und *vor* ihnen ist nur noch Gott. Ihre Legende ist die der Byblis, die den Kaunos verfolgt bis nach Lykien hin. Ihres Herzens Andrang jagte sie durch die Länder auf seiner Spur, und schließlich war sie am Ende der Kraft; aber so stark war ihres Wesens Bewegtheit, daß sie, hinsinkend, jenseits vom Tod als Quelle wiedererschien, eilend, als eilende Quelle.

Was ist anderes der Portugiesin geschehen: als daß sie innen zur Quelle ward? Was dir, Heloïse? was euch, Liebenden, deren Klagen auf uns gekommen sind: Gaspara Stampa; Gräfin von Die und Clara d'Anduze; Louise Labbé, Marceline Desbordes, Elisa Mercœur? Aber du, arme flüchtige Aïssé, du zögertest schon und gabst nach. Müde Julie Lespinasse. Trostlose Sage des glücklichen Parks: Marie-Anne de Clermont.

Ich weiß noch genau, einmal, vorzeiten, zuhaus, fand ich ein Schmucketui; es war zwei Hände groß, fächerförmig mit einem eingepreßten Blumenrand im dunkelgrünen Saffian. Ich schlug es auf: es war leer. Das kann ich nun sagen nach so langer Zeit. Aber damals, da ich es geöffnet hatte, sah ich nur, woraus diese Leere bestand: aus Samt, aus einem kleinen Hügel lichten, nicht mehr frischen Samtes; aus der Schmuckrille, die, um eine Spur Wehmut heller, leer, darin verlief. Einen Augenblick war das auszuhalten. Aber vor denen, die als Geliebte zurückbleiben, ist es vielleicht immer so.

Blättert zurück in euren Tagebüchern. War da nicht immer um die Frühlinge eine Zeit, da das ausbrechende Jahr euch wie ein Vorwurf betraf? Es war Lust zum

Frohsein in euch, und doch, wenn ihr hinaustratet in das geräumige Freie, so entstand draußen eine Befremdung in der Luft, und ihr wurdet unsicher im Weitergehen wie auf einem Schiffe. Der Garten fing an; ihr aber (das war es), ihr schlepptet Winter herein und voriges Jahr; für euch war es bestenfalls eine Fortsetzung. Während ihr wartetet, daß eure Seele teilnähme, empfandet ihr plötzlich eurer Glieder Gewicht, und etwas wie die Möglichkeit, krank zu werden, drang in euer offenes Vorgefühl. Ihr schobt es auf euer zu leichtes Kleid, ihr spanntet den Schal um die Schultern, ihr lieft die Allee bis zum Schluß: und dann standet ihr, herzklopfend, in dem weiten Rondell, entschlossen mit alledem einig zu sein. Aber ein Vogel klang und war allein und verleugnete euch. Ach, hättet ihr müssen gestorben sein?

Vielleicht. Vielleicht ist das neu, daß wir das überstehen: das Jahr und die Liebe. Blüten und Früchte sind reif, wenn sie fallen; die Tiere fühlen sich und finden sich zueinander und sind es zufrieden. Wir aber, die wir uns Gott vorgenommen haben, wir können nicht fertig werden. Wir rücken unsere Natur hinaus, wir brauchen noch Zeit. Was ist uns ein Jahr? Was sind alle? Noch eh wir Gott angefangen haben, beten wir schon zu ihm: laß uns die Nacht überstehen. Und dann das Kranksein. Und dann die Liebe.

Daß Clémence de Bourges hat sterben müssen in ihrem Aufgang. Sie, die ohne gleichen war; unter den Instrumenten, die sie wie keine zu spielen verstand, das schönste, selber im mindesten Klang ihrer Stimme unvergeßlich gespielt. Ihr Mädchentum war von so hoher Entschlossenheit, daß eine flutende Liebende diesem aufkommenden Herzen das Buch Sonette zueignen konnte, darin jeder Vers ungestillt war. Louise Labbé fürchtete nicht, dieses Kind zu erschrecken mit der Leidenslänge der Liebe. Sie zeigte ihr das nächtliche Steigen der Sehnsucht; sie versprach ihr den Schmerz wie einen größeren Weltraum; und sie ahnte, daß sie mit ihrem erfahrenen Weh hinter dem dunkel erwarteten zurückblieb, von dem diese Jünglingin schön war.

Mädchen in meiner Heimat. Daß die schönste von euch im Sommer an einem Nachmittag in der verdunkelten Bibliothek sich das kleine Buch fände, das Jan des Tournes 1556 gedruckt hat. Daß sie den kühlenden, glatten Band mitnähme hinaus in den summenden Obstgarten oder hinüber zum Phlox, in dessen übersüßtem Duft ein Bodensatz schierer Süßigkeit steht. Daß sie es früh fände. In den Tagen, da ihre Augen anfangen, auf sich zu halten, während der jüngere Mund noch imstande ist, viel zu große Stücke von einem Apfel abzubeißen und voll zu sein.

Und wenn dann die Zeit der bewegteren Freundschaften kommt, Mädchen, daß es euer Geheimnis wäre, einander Dika zu rufen und Anaktoria, Gyrinno und Atthis. Daß einer, ein Nachbar vielleicht, ein älterer Mann, der in seiner Jugend gereist ist und längst als Sonderling gilt, euch diese Namen verriete. Daß er euch manchmal zu sich einlüde, um seiner berühmten Pfirsiche willen oder wegen der Ridingerstiche zur Equitation oben im weißen Gang, von denen so viel gesprochen wird, daß man sie müßte gesehen haben.

Vielleicht überredet ihr ihn zu erzählen. Vielleicht ist die unter euch, die ihn erbitten kann, die alten Reisetagebücher hervorzuholen, wer kann es wissen? Dieselbe, die es ihm eines Tags zu entlocken versteht, daß einzelne Gedichtstellen der Sappho auf uns gekommen sind, und die nicht ruht bis sie weiß, was fast ein Geheimnis ist: daß dieser zurückgezogene Mann es liebte, zuzeiten seine Muße an die Übertragung dieser Versstücke zu wenden. Er muß zugeben, daß er lange nicht mehr daran gedacht hat, und was da ist, versichert er, sei nicht der Rede wert. Aber nun freut es ihn doch, vor diesen arglosen Freundinnen, wenn sie sehr drängen, eine Strophe zu sagen. Er entdeckt sogar den griechischen Wortlaut in seinem Gedächtnis, er spricht ihn vor, weil die Übersetzung nichts giebt, seiner Meinung nach, und um dieser Jugend den schönen, echten Bruch der massiven Schmucksprache zu zeigen, die in so starken Flammen gebogen ward.

Über dem allen erwärmt er sich wieder für seine Arbeit. Es kommen schöne, fast jugendliche Abende für ihn, Herbstabende zum Beispiel, die sehr viel stille Nacht vor sich haben. In seinem Kabinett ist dann lange Licht. Er bleibt nicht immer über die Blätter gebeugt, er lehnt sich oft zurück, er schließt die Augen über einer wiedergelesenen Zeile, und ihr Sinn verteilt sich in seinem Blut. Nie war er der Antike so gewiß. Fast möchte er der Generationen lächeln, die sie beweint haben wie ein verlorenes Schauspiel, in dem sie gerne aufgetreten wären. Nun begreift er momentan die dynamische Bedeutung jener frühen Welteinheit, die etwas wie ein neues, gleichzeitiges Aufnehmen aller menschlichen Arbeit war. Es beirrt ihn nicht, daß jene konsequente Kultur mit ihren gewissermaßen vollzähligen Versichtbarungen für viele spätere Blicke ein Ganzes zu bilden schien und ein im Ganzen Vergangenes. Zwar ward dort wirklich des Lebens himmlische Hälfte an die halbrunde Schale des Daseins gepaßt, wie zwei volle Hemisphären zu einer heilen, goldenen Kugel zusammengehen. Doch dies war kaum geschehen, so empfanden die in ihr eingeschlossenen Geister diese restlose Verwirklichung nur noch als Gleichnis; das massive Gestirn verlor an Gewicht und stieg auf in den Raum, und in seiner goldenen Rundung spiegelte sich zurückhaltend die Traurigkeit dessen, was noch nicht zu bewältigen war.

Wie er dies denkt, der Einsame in seiner Nacht, denkt und einsieht, bemerkt er einen Teller mit Früchten auf der Fensterbank. Unwillkürlich greift er einen Apfel heraus und legt ihn vor sich auf den Tisch. Wie steht mein Leben herum um diese Frucht, denkt er. Um alles Fertige steigt das Ungetane und steigert sich.

Und da, über dem Ungetanen, ersteht ihm, fast zu schnell, die kleine, ins Unendliche hinaus gespannte Gestalt, die (nach Galiens Zeugnis) alle meinten, wenn sie sagten: die Dichterin. Denn wie hinter den Werken des Herakles Abbruch und Umbau der Welt verlangend aufstand, so drängten sich, gelebt zu werden, aus den Vorräten des Seins an die Taten ihres Herzens die Seligkeiten und Verzweiflungen heran, mit denen die Zeiten auskommen müssen.

Er kennt auf einmal dieses entschlossene Herz, das bereit war, die ganze Liebe zu leisten bis ans Ende. Es wundert ihn nicht, daß man es verkannte; daß man in dieser überaus künftigen Liebenden nur das Übermaß sah, nicht die neue Maßeinheit von Liebe und Herzleid. Daß man die Inschrift ihres Daseins auslegte wie sie damals gerade glaubhaft war, daß man ihr endlich den Tod derjenigen zuschrieb, die der Gott einzeln anreizt, aus sich hinauszulieben ohne Erwiderung. Vielleicht waren selbst unter den von ihr gebildeten Freundinnen solche, die es nicht begriffen: daß sie auf der Höhe ihres Handelns nicht um einen klagte, der ihre Umarmung offen ließ, sondern um den nicht mehr Möglichen, der ihrer Liebe gewachsen war.

Hier steht der Sinnende auf und tritt an sein Fenster, sein hohes Zimmer ist ihm zu nah, er möchte Sterne sehen, wenn es möglich ist. Er täuscht sich nicht über sich selbst. Er weiß, daß diese Bewegung ihn erfüllt, weil unter den jungen Mädchen aus der Nachbarschaft die eine ist, die ihn angeht. Er hat Wünsche (nicht für sich, nein, aber für sie); für sie versteht er in einer nächtlichen Stunde, die vorübergeht, den Anspruch der Liebe. Er verspricht sich, ihr nichts davon zu sagen. Es scheint ihm das Äußerste, allein zu sein und wach und um ihretwillen zu denken, wie sehr im Recht jene Liebende war: wenn sie wußte, daß mit der Vereinigung nichts gemeint sein kann, als ein Zuwachs an Einsamkeit; wenn sie den zeitlichen Zweck des Geschlechtes durchbrach mit seiner unendlichen Absicht. Wenn sie im Dunkel der Umarmungen nicht nach Stillung grub, sondern nach Sehnsucht. Wenn sie es verachtete, daß von Zweien einer der Liebende sei und einer Geliebter, und die schwachen Geliebten, die sie sich zum Lager trug, an sich zu Liebenden glühte, die sie verließen. An solchen hohen Abschieden wurde ihr Herz zur Natur. Über dem Schicksal sang sie den firnen Lieblinginnen ihr Brautlied; erhöhte ihnen die Hochzeit; übertrieb ihnen den nahen Gemahl, damit sie sich zusammennähmen für ihn wie für einen Gott und auch noch *seine* Herrlichkeit überstünden.

Einmal noch, Abelone, in den letzten Jahren fühlte ich dich und sah dich ein, unerwartet, nachdem ich lange nicht an dich gedacht hatte.

Das war in Venedig, im Herbst, in einem jener Salons, in denen Fremde sich vorübergehend um die Dame des Hauses versammeln, die fremd ist wie sie. Diese Leute stehen herum mit ihrer Tasse Tee und sind entzückt, sooft ein kundiger Nachbar sie kurz und verkappt nach der Tür dreht, um ihnen einen Namen zuzuflüstern, der venezianisch klingt. Sie sind auf die äußersten Namen gefaßt, nichts kann sie überraschen; denn so sparsam sie sonst auch im Erleben sein mögen, in dieser Stadt geben sie sich nonchalant den übertriebensten Möglichkeiten hin. In ihrem gewöhnlichen Dasein verwechseln sie beständig das Außerordentliche mit dem Verbotenen, so daß die Erwartung des Wunderbaren, die sie sich nun gestatten, als ein grober, ausschweifender Ausdruck in ihre Gesichter tritt. Was ihnen zu Hause nur momentan in Konzerten passiert oder wenn sie mit einem Roman allein sind, das tragen sie unter diesen schmeichelnden Verhältnissen als berechtigten Zustand zur Schau. Wie sie, ganz unvorbereitet, keine Gefahr begreifend, von den fast tödlichen Geständnissen der Musik sich anreizen lassen wie von körperlichen Indiskretionen, so überliefern sie sich, ohne die Existenz Venedigs im geringsten zu bewältigen, der lohnenden Ohnmacht der Gondeln. Nicht mehr neue Eheleute, die während der ganzen Reise nur gehässige Repliken für einander hatten, versinken in schweigsame Verträglichkeit; über den Mann kommt die angenehme Müdigkeit seiner Ideale, während sie sich jung fühlt und den trägen Einheimischen aufmunternd zunickt mit einem Lächeln, als hätte sie Zähne aus Zucker, die sich beständig auflösen. Und hört man hin, so ergiebt es sich, daß sie morgen reisen oder übermorgen oder Ende der Woche.

Da stand ich nun zwischen ihnen und freute mich, daß ich nicht reiste. In kurzem würde es kalt sein. Das weiche, opiatische Venedig ihrer Vorurteile und Bedürfnisse verschwindet mit diesen somnolenten Ausländern, und eines Morgens ist das andere da, das wirkliche, wache, bis zum Zerspringen spröde, durchaus nicht erträumte: das mitten im Nichts auf versenkten Wäldern gewollte, erzwungene und endlich so durch und durch vorhandene Venedig. Der abgehärtete, auf das Nötigste beschränkte Körper, durch den das nachtwache Arsenal das Blut seiner Arbeit trieb, und dieses Körpers penetranter, sich fortwährend erweiternder Geist, der stärker war als der Duft aromatischer Länder. Der suggestive Staat, der das Salz und Glas seiner Armut austauschte gegen die Schätze der Völker. Das schöne Gegengewicht der Welt, das bis in seine Zierate hinein voll latenter Energien steht, die sich immer feiner vernervten –: dieses Venedig.

Das Bewußtsein, daß ich es kannte, überkam mich unter allen diesen sich täuschenden Leuten mit so viel Widerspruch, daß ich aufsah, um mich irgendwie mitzuteilen. War es denkbar, daß in diesen Sälen nicht einer war, der unwillkürlich darauf wartete, über das Wesen dieser Umgebung aufgeklärt zu sein? Ein junger Mensch, der es sofort begriff, daß hier nicht ein Genuß aufgeschlagen war, sondern ein Beispiel des Willens, wie es nirgends anfordernder und strenger sich finden ließ? Ich ging umher, meine Wahrheit beunruhigte mich. Da sie mich hier unter so vielen ergriffen hatte, brachte sie den Wunsch mit, ausgesprochen, verteidigt, bewiesen zu sein. Die groteske Vorstellung entstand in mir, wie ich im nächsten Augenblick in die Hände klatschen würde aus Haß gegen das von allen zerredete Mißverständnis.

In dieser lächerlichen Stimmung bemerkte ich sie. Sie stand allein vor einem strahlenden Fenster und betrachtete mich; nicht eigentlich mit den Augen, die ernst und nachdenklich waren, sondern geradezu mit dem Mund, der den offenbar bösen Ausdruck meines Gesichtes ironisch nachahmte. Ich fühlte sofort die ungeduldige Spannung in meinen Zügen und nahm ein gelassenes Gesicht an, worauf ihr Mund natürlich wurde und hochmütig. Dann, nach kurzem Bedenken, lächelten wir einander gleichzeitig zu.

Sie erinnerte, wenn man will, an ein gewisses Jugendbildnis der schönen Benedicte von Qualen, die in Baggesens Leben eine Rolle spielt. Man konnte die dunkle Stille ihrer Augen nicht sehen ohne die klare Dunkelheit ihrer Stimme zu vermuten. Übrigens war die Flechtung ihres Haars und der Halsausschnitt ihres hellen Kleides so kopenhagisch, daß ich entschlossen war, sie dänisch anzureden.

Ich war aber noch nicht nahe genug, da schob sich von der andern Seite eine Strömung zu ihr hin; unsere gästeglückliche Gräfin selbst, in ihrer warmen, begeisterten Zerstreutheit, stürzte sich mit einer Menge Beistand über sie, um sie auf der Stelle zum Singen abzuführen. Ich war sicher, daß das junge Mädchen sich damit entschuldigen würde, daß niemand in der Gesellschaft Interesse haben könne, dänisch singen zu hören. Dies tat sie auch, sowie sie zu Worte kam. Das Gedränge um die lichte Gestalt herum wurde eifriger; jemand wußte, daß sie auch deutsch singe. »Und italienisch«, ergänzte eine lachende Stimme mit boshafter Überzeugung. Ich wußte keine Ausrede, die ich ihr hätte wünschen können, aber ich zweifelte nicht, daß sie widerstehen würde. Schon breitete sich eine trockene Gekränktheit über die vom langen Lächeln abgespannten Gesichter der Überredenden aus, schon trat die gute Gräfin, um sich nichts zu vergeben, mitleidig und würdig einen Schritt ab, da, als es durchaus nicht mehr nötig war, gab sie nach. Ich fühlte, wie ich blaß wurde vor Enttäuschung; mein Blick füllte sich mit Vorwurf, aber ich wandte mich weg, es lohnte nicht, sie das sehn zu lassen. Sie aber machte sich von den andern los und war auf einmal neben mir. Ihr Kleid schien mich an, der blumige Geruch ihrer Wärme stand um mich.

»Ich will wirklich singen«, sagte sie auf dänisch meine Wange entlang, »nicht weil sie's verlangen, nicht zum Schein: weil ich jetzt singen muß.«

Aus ihren Worten brach dieselbe böse Unduldsamkeit, von welcher sie mich eben befreit hatte.

Ich folgte langsam der Gruppe, mit der sie sich entfernte. Aber an einer hohen Tür blieb ich zurück und ließ die Menschen sich verschieben und ordnen. Ich lehnte mich an das schwarzspiegelnde Türinnere und wartete. Jemand fragte mich, was sich vorbereite, ob man singen werde. Ich gab vor, es nicht zu wissen. Während ich log, sang sie schon.

Ich konnte sie nicht sehen. Es wurde allmählich Raum um eines jener italienischen Lieder, die die Fremden für sehr echt halten, weil sie von so deutlicher Übereinkunft sind. Sie, die es sang, glaubte nicht daran. Sie hob es mit Mühe hinauf, sie nahm es viel zu schwer. An dem Beifall vorne konnte man merken, wann es zu Ende war. Ich war traurig und beschämt. Es entstand einige Bewegung, und ich nahm mir vor, sowie jemand gehen würde, mich anzuschließen.

Aber da wurde es mit einemmal still. Eine Stille ergab

sich, die eben noch niemand für möglich gehalten hätte; sie dauerte an, sie spannte sich, und jetzt erhob sich in ihr die Stimme. (Abelone, dachte ich. Abelone.) Diesmal war sie stark, voll und doch nicht schwer; aus einem Stück, ohne Bruch, ohne Naht. Es war ein unbekanntes deutsches Lied. Sie sang es merkwürdig einfach, wie etwas Notwendiges. Sie sang:

»Du, der ichs nicht sage, daß ich bei Nacht
weinend liege,
deren Wesen mich müde macht
wie eine Wiege.
Du, die mir nicht sagt, wenn sie wacht
meinetwillen:
wie, wenn wir diese Pracht
ohne zu stillen
in uns ertrügen?
(kurze Pause und zögernd):
Sieh dir die Liebenden an,
wenn erst das Bekennen begann,
wie bald sie lügen.«

Wieder die Stille. Gott weiß, wer sie machte. Dann rührten sich die Leute, stießen aneinander, entschuldigten sich, hüstelten. Schon wollten sie in ein allgemeines verwischendes Geräusch übergehen, da brach plötzlich die Stimme aus, entschlossen, breit und gedrängt:

»Du machst mich allein. Dich einzig kann ich vertauschen. Eine Weile bist dus, dann wieder ist es das Rauschen, oder es ist ein Duft ohne Rest.

Ach, in den Armen hab ich sie alle verloren,
du nur, du wirst immer wieder geboren:
weil ich niemals dich anhielt, halt ich dich fest.«

Niemand hatte es erwartet. Alle standen gleichsam geduckt unter dieser Stimme. Und zum Schluß war eine solche Sicherheit in ihr, als ob sie seit Jahren gewußt hätte, daß sie in diesem Augenblick würde einzusetzen haben.

Manchmal früher fragte ich mich, warum Abelone die Kalorien ihres großartigen Gefühls nicht an Gott wandte. Ich weiß, sie sehnte sich, ihrer Liebe alles Transitive zu nehmen, aber konnte ihr wahrhaftiges Herz sich darüber täuschen, daß Gott nur eine Richtung der Liebe ist, kein Liebesgegenstand? Wußte sie nicht, daß keine Gegenliebe von ihm zu fürchten war? Kannte sie nicht die Zurückhaltung dieses überlegenen Geliebten, der die Lust ruhig hinausschiebt, um uns, Langsame, unser ganzes Herz leisten zu lassen? Oder – wollte sie Christus vermeiden? Fürchtete sie, halben Wegs von ihm aufgehalten, an ihm zur Geliebten zu werden? Dachte sie deshalb ungern an Julie Reventlow?

Fast glaube ich es, wenn ich bedenke, wie an dieser Erleichterung Gottes eine so einfältige Liebende wie Mechthild, eine so hinreißende wie Therese von Avila, eine so wunde wie die Selige Rose von Lima, hinsinken konnte, nachgiebig, doch geliebt. Ach, der für die Schwachen ein Helfer war, ist diesen Starken ein Unrecht; wo sie schon nichts mehr erwarteten, als den unendlichen Weg, da tritt sie noch einmal im spannenden Vorhimmel ein Gestalteter an und verwöhnt sie mit Unterkunft und verwirrt sie mit Mannheit. Seines stark brechenden Herzens Linse nimmt noch einmal ihre schon parallelen Herzstrahlen zusamm, und sie, die die Engel schon ganz für Gott zu erhalten hofften, flammen auf in der Dürre ihrer Sehnsucht.

(Geliebtsein heißt aufbrennen. Lieben ist: Leuchten mit unerschöpflichem Öle. Geliebtwerden ist vergehen, Lieben ist dauern.)*

Es ist gleichwohl möglich, daß Abelone in späteren Jahren versucht hat, mit dem Herzen zu denken, um unauffällig und unmittelbar mit Gott in Beziehung zu kommen. Ich könnte mir vorstellen, daß es Briefe von ihr giebt, die an die aufmerksame innere Beschauung der Fürstin Amalie

* *Im Manuskript an den Rand geschrieben.*

Galitzin erinnern; aber wenn diese Briefe an jemanden gerichtet waren, dem sie seit Jahren nahestand, wie mag der gelitten haben unter ihrer Veränderung. Und sie selbst: ich vermute, sie fürchtete nichts als jenes gespenstische Anderswerden, das man nicht merkt, weil man beständig alle Beweise dafür, wie das Fremdeste, aus den Händen läßt.

Man wird mich schwer davon überzeugen, daß die Geschichte des verlorenen Sohnes nicht die Legende dessen ist, der nicht geliebt werden wollte. Da er ein Kind war, liebten ihn alle im Hause. Er wuchs heran, er wußte es nicht anders und gewöhnte sich in ihre Herzweiche, da er ein Kind war.

Aber als Knabe wollte er seine Gewohnheiten ablegen. Er hätte es nicht sagen können, aber wenn er draußen herumstrich den ganzen Tag und nicht einmal mehr die Hunde mithaben wollte, so wars, weil auch sie ihn liebten: weil in ihren Blicken Beobachtung war und Teilnahme, Erwartung und Besorgtheit; weil man auch vor ihnen nichts tun konnte, ohne zu freuen oder zu kränken. Was er aber damals meinte, das war die innige Indifferenz seines Herzens, die ihn manchmal früh in den Feldern mit solcher Reinheit ergriff, daß er zu laufen begann, um nicht Zeit und Atem zu haben, mehr zu sein als ein leichter Moment, in dem der Morgen zum Bewußtsein kommt.

Das Geheimnis seines noch nie gewesenen Lebens breitete sich vor ihm aus. Unwillkürlich verließ er den Fußpfad und lief weiter feldein, die Arme ausgestreckt, als könnte er in dieser Breite mehrere Richtungen auf einmal bewältigen. Und dann warf er sich irgendwo hinter eine Hecke, und niemand legte Wert auf ihn. Er schälte sich eine Flöte, er schleuderte einen Stein nach einem kleinen Raubtier, er neigte sich vor und zwang einen Käfer umzukehren: dies alles wurde kein Schicksal, und die Himmel gingen wie über Natur. Schließlich kam der Nachmittag mit lauter

Einfällen; man war ein Bucanier auf der Insel Tortuga, und es lag keine Verpflichtung darin, es zu sein; man belagerte Campêche, man eroberte Vera-Cruz; es war möglich, das ganze Heer zu sein oder ein Anführer zu Pferd oder ein Schiff auf dem Meer: je nachdem man sich fühlte. Fiel es einem aber ein, hinzuknien, so war man rasch Deodat von Gozon und hatte den Drachen erlegt und vernahm, ganz heiß, daß dieses Heldentum hoffährtig war, ohne Gehorsam. Denn man ersparte sich nichts, was zur Sache gehörte. Soviel Einbildungen sich aber auch einstellten, zwischendurch war immer noch Zeit, nichts als ein Vogel zu sein, ungewiß welcher. Nur daß der Heimweg dann kam.

Mein Gott, was war da alles abzulegen und zu vergessen; denn richtig vergessen, das war nötig; sonst verriet man sich, wenn sie drängten. Wie sehr man auch zögerte und sich umsah, schließlich kam doch der Giebel herauf. Das erste Fenster oben faßte einen ins Auge, es mochte wohl jemand dort stehen. Die Hunde, in denen die Erwartung den ganzen Tag angewachsen war, preschten durch die Büsche und trieben einen zusammen zu dem, den sie meinten. Und den Rest tat das Haus. Man mußte nur eintreten in seinen vollen Geruch, schon war das Meiste entschieden. Kleinigkeiten konnten sich noch ändern; im ganzen war man schon der, für den sie einen hier hielten; der, dem sie aus seiner kleinen Vergangenheit und ihren eigenen Wünschen längst ein Leben gemacht hatten; das gemeinsame Wesen, das Tag und Nacht unter der Suggestion ihrer Liebe stand, zwischen ihrer Hoffnung und ihrem Argwohn, vor ihrem Tadel oder Beifall.

So einem nützt es nichts, mit unsäglicher Vorsicht die Treppen zu steigen. Alle werden im Wohnzimmer sein, und die Türe muß nur gehn, so sehen sie hin. Er bleibt im Dunkel, er will ihre Fragen abwarten. Aber dann kommt das Ärgste. Sie nehmen ihn bei den Händen, sie ziehen ihn an den Tisch, und alle, soviel ihrer da sind, strecken sich neugierig vor die Lampe. Sie haben es gut, sie halten sich dunkel, und auf ihn allein fällt, mit dem Licht, alle Schande, ein Gesicht zu haben.

Wird er bleiben und das ungefähre Leben nachlügen, das sie ihm zuschreiben, und ihnen allen mit dem ganzen Gesicht ähnlich werden? Wird er sich teilen zwischen der zarten Wahrhaftigkeit seines Willens und dem plumpen Betrug, der sie ihm selber verdirbt? Wird er es aufgeben, *das* zu werden, was denen aus seiner Familie, die nur noch ein schwaches Herz haben, schaden könnte?

Nein, er wird fortgehen. Zum Beispiel während sie alle beschäftigt sind, ihm den Geburtstagstisch zu bestellen mit den schlecht erratenen Gegenständen, die wieder einmal alles ausgleichen sollen. Fortgehen für immer. Viel später erst wird ihm klar werden, wie sehr er sich damals vornahm, niemals zu lieben, um keinen in die entsetzliche Lage zu bringen, geliebt zu sein. Jahre hernach fällt es ihm ein und, wie andere Vorsätze, so ist auch dieser unmöglich gewesen. Denn er hat geliebt und wieder geliebt in seiner Einsamkeit; jedesmal mit Verschwendung seiner ganzen Natur und unter unsäglicher Angst um die Freiheit des andern. Langsam hat er gelernt, den geliebten Gegenstand mit den Strahlen seines Gefühls zu durchscheinen, statt ihn darin zu verzehren. Und er war verwöhnt von dem Entzücken, durch die immer transparentere Gestalt der Geliebten die Weiten zu erkennen, die sie seinem unendlichen Besitzenwollen auftat.

Wie konnte er dann nächtelang weinen vor Sehnsucht, selbst so durchleuchtet zu sein. Aber eine Geliebte, die nachgiebt, ist noch lang keine Liebende. O, trostlose Nächte, da er seine flutenden Gaben in Stücken wiederempfing, schwer von Vergänglichkeit. Wie gedachte er dann der Troubadours, die nichts mehr fürchteten als erhört zu sein. Alles erworbene und vermehrte Geld gab er dafür hin, dies nicht noch zu erfahren. Er kränkte sie mit seiner groben Bezahlung, von Tag zu Tag bang, sie könnten versuchen, auf seine Liebe einzugehen. Denn er hatte die Hoffnung nicht mehr, die Liebende zu erleben, die ihn durchbrach.

Selbst in der Zeit, da die Armut ihn täglich mit neuen Härten erschreckte, da sein Kopf das Lieblingsding des Elends war und ganz abgegriffen, da sich überall an seinem Leibe Geschwüre aufschlugen wie Notaugen gegen die Schwärze der Heimsuchung, da ihm graute vor dem Unrat, auf dem man ihn verlassen hatte, weil er seinesgleichen war: selbst da noch, wenn er sich besann, war es sein größestes Entsetzen, erwidert worden zu sein. Was waren alle Finsternisse seither gegen die dichte Traurigkeit jener Umarmungen, in denen sich alles verlor. Wachte man nicht auf mit dem Gefühl, ohne Zukunft zu sein? Ging man nicht sinnlos umher ohne Anrecht auf alle Gefahr? Hatte man nicht hundertmal versprechen müssen, nicht zu sterben? Vielleicht war es der Eigensinn dieser argen Erinnerung, die sich von Wiederkunft zu Wiederkunft eine Stelle erhalten wollte, was sein Leben unter den Abfällen währen ließ. Schließlich fand man ihn wieder. Und erst dann, erst in den Hirtenjahren, beruhigte sich seine viele Vergangenheit.

Wer beschreibt, was ihm damals geschah? Welcher Dichter hat die Überredung, seiner damaligen Tage Länge zu vertragen mit der Kürze des Lebens? Welche Kunst ist weit genug, zugleich seine schmale, vermantelte Gestalt hervorzurufen und den ganzen Überraum seiner riesigen Nächte.

Das war die Zeit, die damit begann, daß er sich allgemein und anonym fühlte wie ein zögernd Genesender. Er liebte nicht, es sei denn, daß er es liebte, zu sein. Die niedrige Liebe seiner Schafe lag ihm nicht an; wie Licht, das durch Wolken fällt, zerstreute sie sich um ihn her und schimmerte sanft über den Wiesen. Auf der schuldlosen Spur ihres Hungers schritt er schweigend über die Weiden der Welt. Fremde sahen ihn auf der Akropolis, und vielleicht war er lange einer der Hirten in den Baux und sah die versteinerte Zeit das hohe Geschlecht überstehen, das mit allem Erringen von Sieben und Drei die sechzehn Strahlen seines Sterns nicht zu bezwingen vermochte. Oder soll ich ihn denken zu Orange, an das ländliche Triumphtor geruht? Soll ich ihn sehen im seelengewohnten Schatten der Allyscamps, wie sein Blick zwischen den Gräbern, die offen sind wie die Gräber Auferstandener, eine Libelle verfolgt?

Gleichviel. Ich seh mehr als ihn, ich sehe sein Dasein, das damals die lange Liebe zu Gott begann, die stille, ziellose Arbeit. Denn über ihn, der sich für immer hatte verhalten wollen, kam noch einmal das anwachsende Nichtanderskönnen seines Herzens. Und diesmal hoffte er auf Erhörung. Sein ganzes, im langen Alleinsein ahnend und unbeirrbar gewordenes Wesen versprach ihm, daß jener, den er jetzt meinte, zu lieben verstünde mit durchdringender, strahlender Liebe. Aber während er sich sehnte, endlich so meisterhaft geliebt zu sein, begriff sein an Fernen gewohntes Gefühl Gottes äußersten Abstand. Nächte kamen, da er meinte, sich auf ihn zuzuwerfen in den Raum; Stunden voller Entdeckung, in denen er sich stark genug fühlte, nach der Erde zu tauchen, um sie hinaufzureißen auf der Sturmflut seines Herzens. Er war wie einer, der eine herrliche Sprache hört und fiebernd sich vornimmt, in ihr zu dichten. Noch stand ihm die Bestürzung bevor, zu erfahren, wie schwer diese Sprache sei; er wollte es nicht glauben zuerst, daß ein langes Leben darüber hingehen könne, die ersten, kurzen Scheinsätze zu bilden, die ohne Sinn sind. Er stürzte sich ins Erlernen wie ein Läufer in die Wette; aber die Dichte dessen, was zu überwinden war, verlangsamte ihn. Es war nichts auszudenken, was demütigender sein konnte als diese Anfängerschaft. Er hatte den Stein der Weisen gefunden, und nun zwang man ihn, das rasch gemachte Gold seines Glücks unaufhörlich zu verwandeln in das klumpige Blei der Geduld. Er, der sich dem Raum angepaßt hatte, zog wie ein Wurm krumme Gänge ohne Ausgang und Richtung. Nun, da er so mühsam und kummervoll lieben lernte, wurde ihm gezeigt, wie nachlässig und gering bisher alle Liebe gewesen war, die er zu leisten vermeinte. Wie aus keiner etwas hatte werden können, weil er nicht begonnen hatte, an ihr Arbeit zu tun und sie zu verwirklichen.

In diesen Jahren gingen in ihm die großen Veränderungen vor. Er vergaß Gott beinah über der harten Arbeit, sich ihm zu nähern, und alles, was er mit der Zeit vielleicht bei ihm zu erreichen hoffte, war »sa patience de supporter une âme«. Die Zufälle des Schicksals, auf die die Menschen halten, waren schon längst von ihm abgefallen, aber nun verlor, selbst was an Lust und Schmerz notwendig war, den gewürzhaften Beigeschmack und wurde rein und nahrhaft für ihn. Aus den Wurzeln seines Seins entwickelte sich die feste, überwinternde Pflanze einer fruchtbaren Freudigkeit. Er ging ganz darin auf, zu bewältigen, was sein Binnenleben ausmachte, er wollte nichts überspringen, denn er zweifelte nicht, daß in alledem seine Liebe war und zunahm. Ja, seine innere Fassung ging so weit, daß er beschloß, das Wichtigste von dem, was er früher nicht hatte leisten können, was einfach nur durchwartet worden war, nachzuholen. Er dachte vor allem an die Kindheit, sie kam ihm, je ruhiger er sich besann, desto ungetaner vor; alle ihre Erinnerungen hatten das Vage von Ahnungen an sich, und daß sie als vergangen galten, machte sie nahezu zukünftig. Dies alles noch einmal und nun wirklich auf sich zu nehmen, war der Grund, weshalb der Entfremdete heimkehrte. Wir wissen nicht, ob er blieb; wir wissen nur, daß er wiederkam.

Die die Geschichte erzählt haben, versuchen es an dieser Stelle, uns an das Haus zu erinnern, wie es war; denn dort ist nur wenig Zeit vergangen, ein wenig gezählter Zeit, alle im Haus können sagen, wieviel. Die Hunde sind alt geworden, aber sie leben noch. Es wird berichtet, daß einer aufheulte. Eine Unterbrechung geht durch das ganze Tagwerk. Gesichter erscheinen an den Fenstern, gealterte und erwachsene Gesichter von rührender Ähnlichkeit. Und in einem ganz alten schlägt ganz plötzlich blaß das Erkennen durch. Das Erkennen? Wirklich nur das Erkennen? – Das Verzeihen. Das Verzeihen wovon? – Die Liebe. Mein Gott: die Liebe.

Er, der Erkannte, er hatte daran nicht mehr gedacht, beschäftigt wie er war: daß sie noch sein könne. Es ist begreiflich, daß von allem, was nun geschah, nur noch dies überliefert ward: seine Gebärde, die unerhörte Gebärde, die man nie vorher gesehen hatte; die Gebärde des Flehens, mit der er sich an ihre Füße warf, sie beschwörend, daß sie nicht liebten. Erschrocken und schwankend hoben sie ihn zu sich herauf. Sie legten sein Ungestüm nach ihrer Weise aus, indem sie verziehen. Es muß für ihn unbeschreiblich befreiend gewesen sein, daß ihn alle mißverstanden, trotz der verzweifelten Eindeutigkeit seiner Haltung. Wahrscheinlich konnte er bleiben. Denn er erkannte von Tag zu Tag mehr, daß die Liebe ihn nicht betraf, auf die sie so eitel waren und zu der sie einander heimlich ermunterten. Fast mußte er lächeln, wenn sie sich anstrengten, und es wurde klar, wie wenig sie ihn meinen konnten.

Was wußten sie, wer er war. Er war jetzt furchtbar schwer zu lieben, und er fühlte, daß nur Einer dazu imstande sei. Der aber wollte noch nicht.

Ende der Aufzeichnungen

DIE AUFZEICHNUNGEN DES MALTE LAURIDS BRIGGE

AUS DEM NACHLASS:

*

ERSTE FASSUNG DES EINGANGS

*

ZWEITE FASSUNG DES EINGANGS

*

URSPRÜNGLICHER SCHLUSS DER AUFZEICHNUNGEN:
(TOLSTOJ)

⟨ERSTE FASSUNG DES EINGANGS⟩

I.

Zuerst glaubte ich, sein Gesicht würde das unvergeßlichste sein; aber ich fühle, daß ich es nicht beschreiben kann. Auch seine Hände waren seltsam, aber ich kann nicht von ihnen reden. Sein Wesen, seine Stimme und die Art gewisser unerwarteter und leiser Bewegungen – alles das ist mir vergangen, wie er selbst vergangen ist. Es kann sein daß mir das Wissen von diesen Eindrücken (die sehr stark waren) einmal zurückkommt in späteren Jahren, wenn ich ruhiger geworden bin und geduldiger.

Wenn ich mich jetzt zwinge an diesen Menschen zu denken, – der eine Weile mit mir gelebt hat und eines Tages mein Leben verlassen hat, leise wie man ein Theater verläßt, bei offener Bühne, – so fallen mir nur jene Abende ein, da er, der Schweigsame, sprach, über mich fort sprach, als müßte er eine Frage beantworten, die in der Stille unseres entlegenen Hauses aufgestanden war. Ja er erzählte wie man antwortet, wie man vielleicht einem Dinge antworten würde, wenn Dinge fragen könnten; manchmal glaubte ich Erinnerungen seines eigenen Lebens zu hören (von dem ich nichts wußte), oft aber schien er mir verschiedene Leben mit einander zu vermischen und zu verwechseln und gerade dann waren seine Worte am überzeugendsten.

Nun sind Jahre vergangen. Ich wohne an einem anderen Orte. Ich höre seine Stimme nichtmehr und mir ist als hätte ich alle jene Begebenheiten, von denen sie zitterte, in einem Buche gelesen. Trotzdem, ich weiß, daß es dieses Buch nicht giebt, und darum soll es in diesen einsamen Tagen geschrieben werden.

⟨ZWEITE FASSUNG DES EINGANGS⟩

An einem Herbstabende eines dieser letzten Jahre besuchte Malte Laurids Brigge, ziemlich unerwartet, einen von den wenigen Bekannten, die er in Paris besaß. Es war ein schwerer, feuchter, gleichsam beständig fallender Abend; man fröstelte, ohne daß man eigentlich zu sagen vermochte, wo diese Kälte war; denn die Luft war dunkel und lau. So war es angenehm, die beiden Lehnstühle an das Kaminfeuer zu rücken. Dieses Feuer brannte träge, ohne eigentliche Lust; es legte sich beständig auf dem Holze hin und erhob sich, wie von innerer Unruhe gezwungen, und versuchte wieder sich auszustrecken und warf sich, halbwach, hin und her. Der Schein des Feuers kam und ging über die Hände Brigges, die mit einer gewissen abgespannten Feierlichkeit nebeneinander lagen wie die Gestalten eines Königs und seiner Gemahlin auf einer Grabplatte. Und die Bewegung des Scheines schien an diesen ruhenden Händen zu rühren, ja für den, der gegenübersaß und nur diese Hände sah, war es als arbeiteten sie. Das Gesicht Malte Laurids Brigge's aber war weit aus alledem fortgerückt, ins Dunkel hinein und seine Worte kamen aus unbestimmter Entfernung, als er von sich zu sprechen begann. »Heute, sagte er langsam, heute ist es mir klar geworden. Klarheiten kommen so sonderbar; man ist nie vorbereitet auf sie. Sie kommen während man auf einen Omnibus steigt, während man die Speisekarte in der Hand dasitzt, während die Kellnerin nebenan steht und anderswohin schauend wartet –; plötzlich sieht man nichts von alledem was auf der Karte steht, man denkt gar nichtmehr daran zu essen: denn jetzt ist eine Klarheit gekommen, eben jetzt, während man mit müder, halb gleichgültiger Wichtigkeit die Namen von Speisen las, von Saucen und Gemüsen, eben jetzt ist sie eingetreten, als hätte unsere Seele keine Ahnung davon, womit wir uns in einem bestimmten Augenblicke beschäftigen. Heute kam mir diese Klarheit auf dem Boulevard des Capucines während ich über den nassen Fahrdamm durch das fortwährende Fahren nach der Rue Richelieu hinüberzukommen versuchte, da, gerade mitten im Übergange, leuchtete es in mir auf und war eine Sekunde so hell, daß ich nicht allein eine sehr entfernte Erinnerung, sondern auch gewisse seltsame Zusammenhänge sah, durch welche eine frühe und scheinbar unwichtige Begebenheit meiner Kindheit mit meinem Leben verbunden ist. Ja es geschah, daß sie sich sogar aus allen anderen Erinnerungen mit einer besonderen Überlegenheit heraushob; es war mir, als wäre in ihr der Schlüssel gewesen für alle ferneren Türen meines Lebens, das Zauberwort für meine verschlossenen Berge, das goldene Horn, auf dessen Ruf hin immer Hülfe kommt. Als wäre mir damals der wichtigste Wink meines Lebens gegeben worden, ein Rat, eine Lehre – und nun ist alles verfehlt nur weil ich diesen Rat nicht befolgt, weil ich diesen Wink nicht verstanden habe; weil ich nicht gelernt habe, nicht aufzustehen, wenn sie eintreten und vorübergehen, die, welche eigentlich nicht kommen dürften, die Unerklärlichen. Mein Vater hat es noch gekonnt, er kämpfte damit, ich sah, welche Anstrengung es ihn kostete, nicht wieder aufzuspringen, – aber schließlich konnte er es; er blieb bei Tische sitzen, freilich er hatte auch dann noch nicht die vornehme Gelassenheit meines Großvaters; er konnte niemals essen während sie vorübergingen; seine Hände zitterten, sein Gesicht verzerrte sich auf eine fremde und fürchterliche Art. Und doch war er ein mächtiger und starker Mann, zu dem die Abenteuer aller Länder kamen wie Frauen oder Tiere, angezogen von seinem Mute, seiner Schönheit und Entschlossenheit.«

Es entstand eine Pause. Der junge Mann, zu dem Brigge gekommen war, wußte, daß dieser möglicherweise nichts weiter sagen würde; und so sehr ihn nach einer Aufklärung und Ergänzung jener schon gesprochenen Worte verlangte, so unterdrückte er doch jede Frage, ja sogar jedes Geräusch. Man könnte sagen, er bemühte sich auch noch den Wunsch nach Weiterem, der in ihm heranwuchs, zu vernichten, um seinen Gast in keiner Weise zu beeinflussen und zu stören. Da neigte Malte Laurids Brigge sich nach vorn, sein Gesicht kam in den Feuerschein, wurde hell und dunkel, hell und dunkel, und nun sah der Andere dieses Gesicht, wie er es nie zuvor gesehen hatte. Es wurde ihm gezeigt, welche Möglichkeiten in diesem Gesichte lagen: die Masken von sehr viel großen und merkwürdigen Schicksalen traten aus seinen Formen hervor und sanken wieder zurück in die Tiefe eines unbekannten Lebens. Es waren Züge von Pracht und Aufwand in diesen Masken, aber es kamen, im unabgeschlossenen und schnellen Wechsel ihres Ausdrucks, auch harte, verschlossene, absagende Linien vor; und das alles war so stark, so zusammengefaßt und bedeutungsvoll, daß der Beschauer fast bestürzt in die Bühne dieses Gesichtes hineinsah, von der er, wie er jetzt begriff, bis zu diesem Tage nur den Vorhang mit seinem immer gleichen Faltenfall gekannt hatte.

In diesem Augenblick sank das Kaminfeuer zusammen, Brigges Mund wurde dunkel und er sagte:

»Zwölf Jahre oder höchstens dreizehn muß ich damals gewesen sein. Mein Vater hatte mich nach Urnekloster mitgenommen. Ich weiß nicht, was ihn veranlaßte, seinen Schwiegervater aufzusuchen; die beiden Männer hatten sich jahrelang, seit dem Tode meiner Mutter nicht gesehen und mein Vater selbst war noch nie in dem alten Schlosse gewesen, in welches der Graf Brahe sich erst spät zurückgezogen hatte. Ich habe das merkwürdige Haus später nie wiedergesehen, das, als mein Großvater starb, in fremde

Hände kam. So wie es in meiner kindlich gearbeiteten Erinnerung bewahrt ist, ist es kein Gebäude; es ist ganz aufgeteilt in mir; da ein Raum, dort ein Raum und hier ein Stück Gang das diese beiden Räume nicht verbindet, sondern nur wie ein Fragment aufbewahrt ist. In dieser Weise ist alles in mir verstreut, – die Zimmer, die Treppen, die mit so großer Umständlichkeit sich niederließen, und andere kleine rundgebaute Stiegen in deren Dunkel man ging wie das Blut in den Adern; die Turmzimmer, die hoch aufgehängten Balkone, die unerwarteten Altane, auf die man von einer kleinen Tür hinausgedrängt wurde, – alles das ist noch in mir und wird nie aufhören in mir zu sein. Es ist als wäre das Bild dieses Hauses aus unendlicher Höhe in mich hineingestürzt und auf meinem Grunde zerschlagen; in jedem meiner Organe ist ein Stück davon und das größte ist in meinem Herzen. Da ist, so scheint es mir, vollkommen erhalten, jener Saal, in dem wir uns zum Mittagessen zu versammeln pflegten, jeden Abend um 7 Uhr. Ich habe diesen Raum niemals bei Tage gesehen, ich erinnere nicht einmal, ob er Fenster hatte und wohin sie aussahen; jedesmal sooft die Familie eintrat, brannten die Kerzen in den schweren Armleuchtern, und man vergaß in einigen Minuten die Tageszeit und alles was man draußen gesehen hatte. Dieser hohe, wie ich vermute, gewölbte Raum war stärker als alles; er saugte mit seiner dunkelnden Höhe, mit seinen niemals ganz aufgeklärten Ecken alle Bilder aus einem heraus, ohne einem einen bestimmten Ersatz dafür zu geben. Man saß da wie aufgelöst, völlig ohne Willen, ohne Besinnung, ohne Lust und ohne Abwehr. Man war wie eine leere Stelle. Ich erinnere mich, daß dieser vernichtende Zustand mir zuerst fast Übelkeit verursachte, eine Art Seekrankheit, die ich nur dadurch überwand, daß ich mein Bein ausstreckte bis ich mit dem Fuß das Knie meines Vaters berührte, der mir gegenübersaß. Erst später fiel es mir auf, daß er dieses merkwürdige Benehmen zu begreifen oder doch zu dulden schien, obwohl zwischen uns ein fast kühles Verhältnis bestand, aus dem ein solches Gebahren nicht erklärbar war. Es war indessen jene leise Berührung, welche mir die Kraft gab, die langen Mahlzeiten auszuhalten. Und nach einigen Wochen krampfhaften Ertragens hatte ich, mit der fast unbegrenzten Anpassung des Kindes, mich so sehr an das Unheimliche jener Zusammenkünfte gewöhnt, daß es mich keine Anstrengung mehr kostete zwei Stunden bei Tische zu sitzen; jetzt vergingen sie sogar verhältnismäßig schnell, weil ich mich damit beschäftigte die Anwesenden zu beobachten. Mein Großvater nannte es die Familie und ich hörte auch die Anderen diese Bezeichnung gebrauchen, die ganz willkürlich war; denn obwohl diese vier Menschen miteinander in entfernten verwandtschaftlichen Beziehungen standen, so gehörten sie doch in keiner Weise zusammen. Der Oheim, welcher neben mir saß, war ein alter Mann, dessen hartes und verbranntes Gesicht einige schwarze Flecken zeigte, wie ich erfuhr, die Folgen einer explodierenden Pulverladung; mürrisch und malkontent wie er war, hatte er als Major seinen Abschied genommen und nun machte er in einem mir unbekannten Raume des Schlosses alchymistische Versuche, war auch, wie ich die Diener sagen hörte, mit einem Gefangenhause in Verbindung, von wo man ihm ein oder zweimal jährlich Leichen zusandte, mit denen er sich Tage und Nächte einschloß und die er zerschnitt und auf eine geheimnisvolle Art zubereitete, so daß sie der Verwesung widerstanden. Ihm gegenüber war der Platz des Fräuleins Mathilde Brahe. Es war das eine Person von unbestimmtem Alter, eine entfernte Cousine meiner Mutter, von der nichts bekannt war, als daß sie eine sehr rege Korrespondenz mit einem österreichischen Spiritisten unterhielt, der sich Baron Nolde nannte und dem sie vollkommen ergeben war, so daß sie nicht das geringste unternahm, ohne vorher seine Zustimmung oder vielmehr etwas wie seinen Segen einzuholen. Sie war zu jener Zeit außerordentlich stark, von einer weichen, trägen Fülle, die gleichsam achtlos in ihre losen, hellen Kleider hineingegossen war; ihre Bewegungen waren müde und haltlos und ihre Augen flossen beständig über. Und trotzdem war etwas in ihr, das mich an meine zarte und schlanke Mutter erinnerte. Ich fand, je länger ich sie betrachtete, alle die feinen und leisen Züge in ihrem Gesichte, an die ich mich seit meiner Mutter Tode nie mehr recht hatte erinnern können; nun erst, seit ich Mathilde Brahe täglich sah, wußte ich wieder wie die Verstorbene ausgesehen hatte; ja ich wußte es vielleicht zum ersten Mal. Nun erst setzte sich aus hundert und hundert Einzelheiten ein Bild der Toten in mir zusammen, jenes Bild, das mich überall begleitet. Später ist es mir klar geworden, daß in dem Gesichte des Fräuleins Brahe wirklich alle Einzelheiten vorhanden waren, die die Züge meiner Mutter bestimmten, – sie waren nur, als ob ein fremdes Gesicht sich dazwischen geschoben hätte, auseinandergedrängt, verbogen und nicht mehr in Verbindung miteinander. Neben dieser Dame saß der kleine Sohn einer Cousine, ein Knabe, etwa gleichaltrig mit mir, aber kleiner und schwächlicher. Aus einer gefältelten Krause stieg sein dünner blasser Hals und verschwand unter einem langen Kinn. Seine Lippen waren schmal und fest geschlossen, seine Nasenflügel zitterten leise und von seinen schönen dunkelbraunen Augen war nur das eine beweglich. Es blickte manchmal ruhig und traurig zu mir herüber, während das andere, wie in starrer Angst immer in dieselbe Ecke gerichtet blieb, als dürfte es sich nicht von dort abwenden. Am oberen Ende der Tafel stand der ungeheuere Lehnsessel meines Großvaters, den ein Diener, der nichts anderes zu tun hatte, ihm unterschob, und in dem der Greis nur einen geringen Raum einnahm. Es gab Leute, die diesen schwerhörigen und herrischen alten Herrn Exzellenz und Hofmarschall nannten, andere gaben ihm den Titel General. Und er besaß gewiß auch alle diese Würden; aber es war solange her seit er Ämter bekleidet hatte, daß diese Benennungen kaum mehr verständlich waren. Mir schien es überhaupt als ob an seiner in gewissen Momenten so scharfen und doch immer wieder aufgelösten Persönlichkeit kein bestimmter Name haften könne. Ich konnte mich nie entschließen, ihn Großvater zu nennen, obwohl er bisweilen freundlich zu mir war, ja mich sogar zu sich rief, wobei er meinem Namen eine scherzhafte Betonung zu geben versuchte. Übrigens zeigte die ganze Familie ein aus Ehrfurcht und Scheu gemischtes Benehmen dem Grafen gegenüber, nur der kleine Erik lebte in einer gewissen Vertraulichkeit mit dem greisen Hausherrn; sein bewegliches Auge hatte zu Zeiten rasche Blicke des Einverständnisses mit ihm, die ebenso rasch von dem Großvater erwidert wurden; auch konnte man sie zuweilen, an den langen Nachmittagen am Ende der tiefen Galerie auftauchen sehen und beobachten, wie sie, Hand in Hand, die dunklen alten Bildnisse entlang gingen, ohne zu sprechen, offenbar auf eine andere Weise sich verständigend. Ich befand mich fast während des ganzen Tages im Parke und draußen in den Buchenwäldern, oder auch auf der Heide; und es gab zum Glück Hunde auf Urnekloster, die mich begleiteten, es gab da und dort ein Pächterhaus oder einen Meierhof, wo ich Milch und Brot und Früchte bekommen konnte und ich glaube, daß ich meine Freiheit ziemlich sorglos genoß, ohne mich, wenigstens in den folgenden Wochen von dem Gedanken an die abendlichen Zusammenkünfte ängstigen zu lassen. Ich sprach fast mit niemandem, denn es war meine Freude einsam zu sein; nur mit den Hunden hatte ich kurze Gespräche dann und wann: mit ihnen verstand ich mich ausgezeichnet. Schweigsamkeit war übrigens eine Art Familieneigenschaft; ich kannte sie von meinem Vater her, und es wunderte mich nicht, daß während der Abendtafel fast nichts gesprochen wurde. In den ersten Tagen nach unserer Ankunft allerdings benahm sich Mathilde Brahe äußerst gesprächig; sie fragte den Vater nach früheren Bekannten in ausländischen Städten, sie erinnerte sich entlegener Eindrücke, sie rührte sich selbst bis zu Tränen, indem sie verstorbener Freundinnen und eines gewissen jungen Mannes gedachte, von dem sie andeutete, daß er sie geliebt habe, ohne daß sie seine inständige und hoffnungslose Neigung hätte erwidern mögen. Mein Vater hörte höflich zu, neigte dann und wann zustimmend sein Haupt und antwortete nur das Nötigste. Der Graf, oben am Tische, lächelte beständig mit herabgezogenen Lippen, sein Gesicht erschien größer als sonst, es war als trüge er eine Maske. Er ergriff übrigens selbst manchmal das Wort, wobei seine Stimme sich auf niemanden bezog, aber obwohl sie sehr leise war doch im ganzen Saale gehört werden konnte; sie hatte etwas von dem gleichmäßigen und unermüdlichen Ticken einer Uhr; solange sie klang schien die Stille eine tiefere Resonanz zu haben: man hörte jede Silbe kommen und gehen. Graf Brahe hielt es für eine besondere Artigkeit meinem Vater gegenüber von dessen verstorbener Gemahlin, meiner Mutter, zu sprechen; er nannte sie Gräfin Sibylle und alle seine Sätze schlossen als fragte er nach ihr. Ja, es kam mir, ich weiß nicht weshalb vor, als rede er von einem ganz jungen, weißgekleideten Mädchen, das jeden Augenblick bei uns eintreten könne. In demselben Tone hörte ich ihn auch von ›unserer kleinen Anna Sophie‹ reden. Und als ich eines Tages nach diesem Fräulein fragte, das dem Großvater besonders lieb zu sein schien, erfuhr ich, daß er die Gräfin Anna Sophie Reventlow meinte, die dritte Gemahlin des Königs Friedrich des IV., die zu Beginn des 18. Jahrhunderts lebte. Die Zeitfolgen spielten durchaus keine Rolle für ihn, der Tod war ein kleiner Zwischenfall, den er vollkommen ignorierte, Personen, die er einmal in seine Erinnerung aufgenommen hatte, existierten und daran konnte ihr Absterben nicht das geringste ändern. Mehrere Jahre später nach dem Tode des alten Herrn erzählte man sich, wie er auch das Zukünftige mit demselben Eigensinn als gegenwärtig empfand. Er soll einmal einer gewissen jungen Frau von ihren Söhnen gesprochen haben, von den Reisen eines dieser Söhne insbesondere, während die junge Dame, eben im dritten Monate ihrer ersten Schwangerschaft, fast besinnungslos vor Entsetzen und Furcht neben dem unablässig redenden Alten saß.«

Hier entstand wieder eine Pause. Malte Laurids Brigge erhob sich, trat ans Fenster und sah hinaus. Der junge Mann aber war nachdenklich und verwirrt in seinem Sessel sitzen geblieben, bis es ihm einfiel neue Scheiter in das Kaminfeuer zu legen, das zu dichter zuckender Glut zusammengesunken war. Bei dem Geräusch des Holzes wandte Brigge sich um: »Soll ich weitererzählen?« sagte er.

»Es ermüdet Sie –« antwortete der Andere, am Kamine knieend.

Brigge ging auf und ab. Als sein Bekannter sich wieder gesetzt hatte, blieb er stehn ziemlich in der Tiefe des Zimmers und sagte hastig:

»Es begann damit, daß ich lachte. Ja ich lachte laut und ich konnte mich nicht beruhigen. Eines Abends fehlte nämlich Mathilde Brahe. Der alte fast ganz erblindete Bediente hielt, als er zu ihrem Platze kam, dennoch die Schüssel anbietend hin; eine Weile verharrte er so. Dann ging er befriedigt und würdig und als ob alles in Ordnung wäre weiter. Ich hatte diese Szene beobachtet und sie kam mir, im Augenblick da ich sie sah, durchaus nicht komisch vor. Aber eine Weile später, als ich eben einen Bissen in den Mund steckte, stieg mir das Gelächter mit solcher Schnelligkeit in den Kopf, daß ich mich verschluckte und großen Lärm verursachte; und trotzdem diese Situation mir selber lästig war, trotzdem ich mich auf alle mögliche Weise anstrengte, ernst zu sein, kam das Lachen stoßweise immer wieder und behielt völlig die Herrschaft über mich. Mein

Vater, gleichsam um mein Benehmen zu verdecken, fragte mit seiner breiten gedämpften Stimme: ›Ist Mathilde krank?‹ Der Großvater lächelte in seiner Art und antwortete dann mit einem Satze, den ich durchaus nicht beachtete und der etwa lautete: Nein, sie wünscht nur nicht Christinen zu begegnen. Ich sah es also auch nicht als die Wirkung dieser Worte an, daß mein Nachbar der braune Major sich nach einer Weile erhob und mit einer undeutlich gemurmelten Entschuldigung und einer Verbeugung gegen den Grafen hin, den Saal verließ. Es fiel mir nur auf, daß er sich hinter dem Rücken des Hausherren in der Tür nochmals umdrehte und dem kleinen Erik und zu meinem größten Erstaunen plötzlich auch mir winkende und nickende Zeichen machte, als forderte er uns auf ihm zu folgen. Ich war so überrascht, daß mein Lachen aufhörte mich zu bedrängen. Im übrigen schenkte ich dem Major weiter keine Aufmerksamkeit; er war mir unangenehm und ich bemerkte auch, daß der kleine Erik ihn nicht beachtete. Die Mahlzeit schleppte sich weiter wie immer und man war gerade beim Nachtisch angelangt, als meine Blicke von einer Bewegung ergriffen und mitgenommen wurden, die im Hintergrunde des Saales, im Halbdunkel, vor sich ging. Dort war lautlos und langsam eine, wie ich meinte, stets verschlossene Türe, von welcher man mir gesagt hatte, daß sie in das Zwischengeschoß führe, aufgegangen und jetzt, während ich mit einem mir ganz neuen Gefühl von Neugier und Bestürzung hinsah, erschien im Dunkel der Türöffnung eine schlanke, hellgekleidete Dame und kam langsam auf uns zu. Ich weiß nicht, ob ich eine Bewegung machte oder einen Laut von mir gab, der Lärm eines umstürzenden Stuhles zwang mich meine Blicke von der merkwürdigen Gestalt abzureißen und ich sah meinen Vater, der aufgesprungen war und nun, totenbleich im Gesicht, und mit herabhängenden geballten Händen auf die Dame zuging. Diese bewegte sich indessen, von dieser Szene ganz unberührt, auf uns zu, Schritt für Schritt, und sie war schon nichtmehr weit von dem Platze des Grafen, als dieser sich mit einem Ruck erhob, meinen Vater beim Arme faßte, ihn an den Tisch zurückzog und festhielt, während die fremde Dame, langsam und teilnahmslos, durch den nun freigewordenen Raum vorüberging, Schritt für Schritt durch unbeschreibliche Stille, in der nur irgendwo ein Glas zitternd klirrte, und in einer Tür der gegenüberliegenden Wand des Saales verschwand. In diesem Augenblick bemerkte ich, daß es der kleine Erik war, der mit einer tiefen Verbeugung diese Tür hinter der Fremden schloß. Ich war der einzige der am Tische sitzen geblieben war, von unsichtbaren Gewichten in meinen Sessel hineingedrückt. Eine Weile sah ich gar nichts. Dann fiel mir mein Vater ein, und ich gewahrte, daß der Alte ihn noch immer am Arme festhielt. Das Gesicht meines Vaters war jetzt zornig und rot, aber der Großvater, dessen Finger wie eine weiße Kralle meines Vaters Arm umklammerten, lächelte sein maskenhaftes Lächeln. Ich hörte dann wie er etwas sagte, Silbe für Silbe, ohne daß ich den Sinn seiner Worte verstehen konnte. Dennoch fielen sie mir tief in die Erinnerung, denn vor etwa zwei Jahren fand ich sie eines Tages in mir und ich weiß jetzt wie sie lauteten. Er sagte: ›Du bist heftig, Kammerherr, und unhöflich. Was läßt du die Leute nicht an ihre Beschäftigungen gehn?‹ ›Wer ist das?‹ schrie mein Vater dazwischen. ›Jemand, der wohl das Recht hat hier zu sein. Keine Fremde; Christine Brahe.‹ Da entstand wieder jene merkwürdig angespannte Stille, und wieder fing das Glas an zu zittern. Dann aber riß sich mein Vater mit *einer* Bewegung los und stürzte aus dem Saale. Ich hörte ihn die ganze Nacht in seinem Zimmer auf und abgehen; denn auch ich konnte nicht schlafen. Aber plötzlich gegen Morgen erwachte ich doch aus irgendetwas Schlafähnlichem und sah mit einem Entsetzen, das mich bis ins Herz hinein lähmte, etwas Weißes das an meinem Bette saß. Meine

Verzweiflung gab mir schließlich die Kraft, den Kopf unter die Decke zu stecken und dort begann ich aus Angst und Hülflosigkeit zu weinen. Plötzlich wurde es kühl und hell über meinen weinenden Augen; ich drückte sie um nichts sehen zu müssen über den Tränen zu. Aber die Stimme, die nun von ganz nahe auf mich einsprach klang weich und süßlich und ich erkannte sie: es war Fräulein Mathildes Stimme. Ich beruhigte mich sofort und ließ mich trotzdem, auch als ich schon ganz ruhig war, immer noch weiter trösten; ich fühlte zwar daß diese Güte zu weichlich sei, aber ich genoß sie dennoch und glaubte sie irgendwie verdient zu haben. ›Tante‹ sagte ich schließlich und versuchte in ihrem zerflossenen Gesicht die Züge meiner Mutter zusammenzufassen, ›Tante, wer war die Dame?‹ ›Ach‹, antwortete das Fräulein Brahe mit einem Seufzer, der mir komisch vorkam, ›eine Unglückliche, mein Kind, eine Unglückliche.‹ Am Morgen dieses Tages bemerkte ich in einem Zimmer einige Bediente, die mit Packen beschäftigt waren. Ich dachte, daß wir reisen würden, ich fand es ganz natürlich, daß wir nun reisten. Vielleicht war das auch meines Vaters Absicht. Ich habe nie erfahren was ihn bewog nach jenem Abende noch auf Urnekloster zu bleiben. Aber wir reisten nicht. Wir hielten uns noch acht Wochen oder neun in diesem Hause auf, wir ertrugen die Last seiner Seltsamkeiten und wir sahen noch dreimal Christine Brahe. Ich wußte damals nichts von ihrer Geschichte. Ich wußte nicht, daß sie vor hundertzwanzig Jahren in ihrem zweiten Kindbett gestorben war, einen Knaben gebärend der zu einem bangen und grausamen Schicksal heranwuchs, – ich wußte nicht, daß sie eine Gestorbene war. Aber mein Vater wußte es. Hatte er, der leidenschaftlich war und die Klarheit liebte, sich zwingen wollen in Ruhe und ohne zu fragen dieses Abenteuer auszuhalten? Ich sah, ohne es zu begreifen, wie er mit sich kämpfte, ich erlebte es, ohne zu verstehen, wie er sich endlich bezwang. Das war, als wir Christine

Brahe zum letzten Mal sahen. Dieses Mal war auch Fräulein Mathilde zu Tische erschienen; aber sie war anders als sonst; wie in den ersten Tagen nach unserer Ankunft, sprach sie unaufhörlich, ohne bestimmten Zusammenhang und fortwährend sich verwirrend und dabei war eine körperliche Unruhe in ihr, die sie nötigte sich beständig etwas am Haar oder am Kleide zu richten, – bis sie mit einem Mal mit einem spitzen langen Schrei aufsprang und verschwand. In demselben Augenblick öffnete sich (meine Blicke warteten schon auf ihr) die gewisse Türe und Christine Brahe trat ein. Mein Nachbar, der Major, machte eine heftige rasche Bewegung, die sich in meinen Körper fortpflanzte, aber es war, als hätte er keine Kraft mehr sich zu erheben. Sein braunes, altes, fleckiges Gesicht wendete sich von einem zum anderen, sein Mund war offen und die Zunge wand sich hinter den verdorbenen Zähnen; dann auf einmal war dieses Gesicht fort und sein grauer Kopf lag auf dem Tische und seine Arme lagen wie in Stücken darüber und darunter und irgendwo kam eine welke fleckige Hand hervor und bebte. Und nun ging Christine Brahe vorbei, Schritt für Schritt, langsam wie eine Kranke, durch unbeschreibliche Stille in die nur ein einziger wimmernder Laut hineinklang wie eines alten Hundes. Aber da schob sich links von dem großen silbernen Schwan, der mit Narzissen gefüllt war, die große Maske des Alten hervor mit ihrem grauen Lächeln. Er hob sein Weinglas meinem Vater zu. Und nun sah ich, wie mein Vater, gerade als Christine Brahe hinter seinem Sessel vorüberkam, nach seinem Glase griff und es wie etwas sehr Schweres eine Handbreit über den Tisch hob. Und noch in dieser Nacht reisten wir.«

⟨URSPRÜNGLICHER SCHLUSS DER AUFZEICHNUNGEN: TOLSTOJ⟩

⟨*Erste Niederschrift*⟩

Wenn Gott *ist,* so ist alles getan und wir sind triste, überzählige Überlebende, für die es gleichgültig ist, mit welcher Scheinhandlung sie sich hinbringen. Sahen wirs nicht? Hat nicht jener große Todesfürchtige, da er immer geiziger einging auf einen seienden und gemeinsamen Gott, das gesegnete Erdreich seiner Natur zerstört? Einst, da er sich, ringend mit allem, seine verwandelnde Arbeit entdeckte, wie half er da. Begann er nicht in ihr, unter seliger Mühsal, seinen einzig möglichen Gott, und die es in seinen Büchern erlebten, wurden sie nicht von Ungeduld erfüllt, jeder in sich, auch zu beginnen? Dann aber kam der Versucher vor ihn und stellte ihm vor, daß er ein Geringes täte. Und er, der immer noch eitel war, wollte Wichtiges tun. Der Versucher kam wieder und überzeugte ihn, daß es nicht zu verantworten sei, daß er das Schicksal Eingebildeter und Erfundener beschriebe, während die Wirklichen das ihre nicht bewältigen konnten. Schließlich blieb der Versucher Tage und Nächte in dem Landhaus von Jassnaja und gedieh. Es war sein Entzücken, es mitzumachen wie der Beirrte immer bestürzter das Herzwerk verließ, das sein eigenes war, um sich verzweifelt an allen Gewerben zu üben, die er nicht konnte. Über diesen dürftigen Handfertigkeiten verengte sich dem Versuchten das Leben zur Absicht. Er begriff nicht mehr, daß man es nicht verstehen durfte; er wollte es wörtlich nehmen wie einen Text. Was nicht gleich deutlich war, das schloß er aus, und bald war alles gestrichen, was kommen konnte, und mehr als die halbe Vergangenheit war verurteilt. Und diese Stunde, da er gebückt saß über einen Schuh, der von ihm nicht gemacht sein wollte, diese armsäligschwere Stunde, war wie die letzte. Wenn dann der Regenpfeifer tönte hinten im feuchten Gehölz, so war nichts mehr vor dem Tod. Er dachte an den Knaben, der dreizehnjährig gestorben war: wozu, mit welchem Recht? Die grausamen Tage in Hyères fielen ihm ein, da sein Bruder Nikolai sich auf einmal veränderte, nachgab und sich pflegen ließ. Er veränderte sich auch: würde er sterben? Und mit einem Entsetzen ohnegleichen ahnte er, daß sein eigener, eingeborener Gott kaum begonnen war; daß er, wenn er jetzt stürbe, nicht lebensfähig sein würde im Jenseits; daß man sich schämen würde für seine rudimentäre Seele und sie in der Ewigkeit verstecken würde wie eine Frühgeburt. Es war alle Angst seines Stolzes, die ihn ergriff, aber vor der Versuchung hätte sie ihn vielleicht angetrieben, seinen heimlichen Gott nur desto dringender weiterzuwirken, soweit er damit kam. Jetzt aber gab er sich keine Zeit, bei jeder innern Bewegung stieß er an die harten Gegengründe in seinem Bewußtsein; in verzweifelter Neugier zwang er sich immer wieder, seine Sterbensnot durchzumachen, und sie kam über ihn, täuschend ähnlich; um so furchtbarer, als er sich nicht zugleich die Geistesgegenwart des Sterbenden zu geben vermochte, die die Kräfte der Qualen an sich reißt und mit ihnen zur Einheit, vielleicht zur Ekstase kommt. Alle gingen gedrückt durch das veränderte Haus, in dem soviel Unrecht geschah. Und die milde unwillkürlich Gerechte, deren stilles Dasein oben in ihrer Stube wie ein Hausschutz gewesen war, lebte nicht mehr. Hatte sie mit der klaren Aussicht der großen Liebenden das Hereinbrechen dieser Todesfurcht vorausgesehen? Einige Jahre vor ihrem Tod, damals als sie in ihrem Zimmer sich plötzlich abwandte und bat, man möchte ihr ein anderes geben, ein schlechteres, damit auf dieses gute hier nicht die Nebenbedeutung ihres Sterbens fiele und es für später verdürbe. Und mit welcher Vorsicht und Reinlichkeit starb sie dann nicht. Ihre wertlosen Dinge waren bescheiden zusammengestellt; es sah aus, als ließe sie sie nur zurück, weil sie nicht denken mochte, daß ihr etwas gehöre. Aus Scheu vor der Wirklichkeit hatte sie nichts vernichtet; alles war da, auch die kleine perlengestickte Tasche, in der der Zettel mit ihrem alten Geheimnis lag; er fand sich, als wäre auch er nicht das erworbene Eigentum ihres Herzens und müßte gewissenhaft zurückgegeben werden an das strenge Ärar Gottes. Ahnte diese starke Verzichtende, die die Musik ihrer Liebe verhielt, um die Herrlichkeit ihres Herzens heimlich und unscheinbar zu vollbringen, daß unter ihr der heranwuchs, dessen tragischer Irrtum es wurde, daß er sein Werk verhielt? Sagte ihm nicht bis zuletzt ihr unbewußt bittender Blick, daß sie nicht ihr Werk unterdrückt hatte, sondern nur seine zeitliche Eitelkeit? Wars nicht in ihrer Stube, wo ihn ein Mal über das andere die Macht der Arbeit überkam, so daß an Widerspruch nicht zu denken war? Wenn er dann aufstand und, ganz warm, hinunterging um zu schreiben, fühlte er sich nicht im Recht? War er wirklich ein besserer Liebender später, als er damit beschäftigt war, die Liebe aus seinem Werke auszureißen wie ein Dieb? – Da war Tatjana Alexandrowna nicht mehr. Da war er allein; allein mit der namenlosen Angst seiner innern Gefahr; allein mit dem Vorgefühl seiner unmöglichen Wahl; mit dem Versucher allein: so allein, daß er sich bangsam zu dem fertigen Gott entschloß, der gleich zu haben war, zu dem verabredeten Gott derer, die keinen machen können und doch einen brauchen. Und hier beginnt der lange Kampf eines Schicksals, das wir nicht übersehen. Noch lebt er, und es steht nicht mehr über ihm. Es ballt sich irgendwo am Horizont unseres Herzens und droht. Wir ertragen es nur, abgerückt, als die Sage von dem, der fruchtbar war und unfruchtbar werden wollte. Der Felsen seiner Verzweiflung erhebt sich vor uns mit dem brüsken Relief, in dem sein Wille sein Werk erwürgt. Und von der Beängstigung, mit der sein berechtigtes Unterdrücktes ihn bedrängte, wird man erzählen wie von Erdbeben: sie war so groß geworden, daß er die ganze Welt beunruhigte um seiner Ruhe willen.

Ich bilde mir ein, es giebt irgendwo in dem zuwachsenden Park einen Denkstein, den ich nicht gefunden habe; eine Säule, auf der nichts steht als der Junitag und das Jahr, da er, noch einmal von sich überwältigt, still aufsah und aufschrieb: wie der Duft war und wie das Gras; wie enorm die Ahornblätter geworden waren, und daß eine Biene die gelben Blumen besucht und nach der dreizehnten abfliegt mit ihrem Ertrag. So bestünde doch eine Gewißheit, daß er jetzt war. Wenn seine verzehrte Gestalt für immer verschwindet in dem undatierten Verhängnis. Wenn es nach und nach klar wird, daß er, trotz der latenten Kraft seines eigenmächtig verwendeten Gott-Talents, an Gottes Besitzstand so wenig nachweisbar ist wie jene, die, schlecht und ausgehöhlt, auf Gott herabgekommen sind, als auf die leichteste und allgemeinste Ausschweifung, die sie noch konnten.

⟨*Zweite Niederschrift*⟩

Wozu fällt mir aufeinmal jener fremde Maimorgen ein? Soll ich ihn jetzt verstehen nach soviel Jahren? Selbst ohne die Augen zu schließen, weiß ich, wie mir zu Mut war, als ich in der abenteuerlichen Teljega saß und nicht begriff, warum sie manchmal so rasend schnell und plötzlich, ohne Übergang, ganz langsam fuhr. Zuweilen hatte ich Zeit, an den sachten Hügeln, die einzelnen Vergißmeinnicht zu unterscheiden, die in dichten Stellen beisammenstanden, dann wieder wars, als würfen wir mit dem

Wind unserer Eile die schwachen Hütten um, die zu nah an den Weg herankamen, und endlich, ebenso unerwartet, wurde die Fahrt weich, das stotternde Radgeräusch fiel fort, und das volle Geläut des Dreigespanns mit dem Peitschenknall blieb allein im Gehör und machte sich lustig drin breit. In diesem Moment bog der Wiesenweg verschwenderisch um und glitt mit mildem Gefäll auf den taligen Parkeingang zu, der von zwei kurzen runden Tortürmen bezeichnet war. Da hatten einst, unter dem alten Fürsten, die Wachposten gestanden; nun waren nur Bäume da, aber das machte keinen geringeren Eindruck auf mich; ich sprang auf und rüttelte den Kutscher und beschwor ihn, um Gottes willen, anzuhalten und aufzuhören. Zwar war noch kein Herrenhaus zu sehen, aber ich empfand es wie eine Ungeheuerlichkeit, mit so hochzeitlichem Bauernjubel dicht an jenes große Leben heranzufahren, dessen Nähe schon auf mir lag. Ich wartete unter den ersten Bäumen, bis der Wagen wendete und sich entfernte. Ich brauchte Stille. Jetzt war es still. Die nicht geordnete Stille eines vernachlässigten, tiefliegenden Parks, in dem auf welken Unterlagen der leichte Frühling sich rührt, ein wenig betäubt von ihrem feuchten Geruch. Was hätte ich darum gegeben, nichts vor zu haben, als eine Stunde in diesem Park. Und doch war ich schon in dem Lichtmuster der erwachsenen Birkenallee und ging, so langsam ich konnte, auf das Haus zu. Es kam mir erwünscht, daß rechts im Gehölz etwas blühte, was vom Weg aus nicht zu erkennen war; ich drängte mich durch: es war ein fremdes Gesträuch. Das war die letzte Ausflucht. Und um wie wenig schob ich mit ihr den Augenblick hinaus, da mich von ihm nichts mehr trennte als der Glanz der Frühlingsluft, der sich in der Glastür spiegelte. Durchbrach sein Gesicht eine Sekunde lang diese Spiegelung? Es schien mir zu klein, zu alt, zu kummervoll. Aber da war es vor mir. In der Tat, es war sehr viel älter geworden in kurzer Zeit. Alter war darauf gehäuft, da und dort, unverteilt, so wie die Krankheiten es abgeladen hatten und die Todesgedanken und die schlaflosen Nächte; Alter in Haufen, nicht umgegrabenes Alter. Dabei fiel der Blick scharf wie aus weißen Scheinwerfern aus den zu weit gewordenen Augen, über denen die Brauen aufschäumten wie Zorn; die breite Nase gab ungewöhnliche Maße an, und in dem abstürzenden Bart war eine große Gewalt. Dann wandte sich die eingegangene Gestalt, die dieses Haupt zu tragen hatte, und ging mir vorauf. Und nun sah ich das Haar, das über dem Nacken lang geworden war und den hohlen Raum hinter den Ohren mit kleinen weichen Wendungen ausfüllte; es hatte etwas Scheues und Rührendes, es war Stubenhaar, im Zimmer gewachsen, verwöhnt von der Wärme der Kissen.

Nie wieder erfuhr ich je in solcher Gleichzeitigkeit Mitleid und Furcht. Ich stand oben im Saal, in dem nichts dunkel war als die alten Familienbilder, und ich sagte mir, daß ich Grund hatte, froh zu sein. Die Fenster waren weitoffen, es kam eine Menge Morgen herein und, ganz allein auf dem Tischtuch der breiten Familientafel, spielte das Silber des Samowars mit der unsichtbaren schwebenden Heiterkeit. Und doch war es zu spät. Dies war alles, was ich hätte sagen können, wenn man mich gedrängt hätte. Ich vertiefte mich in die Porträts, als wäre etwas da, was man vergessen müßte, und schließlich blieb ich vor einem, das mich wirklich beschäftigte. Es stellte eine Nonne dar, die Äbtissin eines Klosters in ihrer verschlossenen Ordenstracht, und mochte gegen Ende des siebzehnten Jahrhunderts gemalt worden sein, offenbar von russischer Hand. Alles in diesem Bildnis, das Gesicht nicht ausgenommen, war allgemein und gleichgültig; die Gewohnheit des Kanons hatte sichtlich das Übergewicht behalten über den Einfluß des Gegenstandes. Aber plötzlich, bei den Händen, war ein Wunder geschehen: es waren deutliche, sehr eigene Hände, unsymmetrisch aneinandergelegt zu der oft gebrauchten Haltung des gewohnten Gebets. Gott weiß wie es geschehen sein mochte: der schlichte leibeigene Maler hatte es aufgegeben, seine sonstigen erlernten Hände zu malen; es war über ihn gekommen, die Hände nachzubilden, die er in Wirklichkeit vor sich sah, – und man mußte zugeben, daß es ihm wunderlich gelungen war, sie in ihrer Realität zu erreichen. Er hatte sie wichtig genommen, als gäbe es nichts als diese alternden gefalteten Hände, als hinge eine Menge davon ab, sie nicht zu vergessen. Über dem Bestreben, alle Einzelheiten, die er nach und nach entdeckte, in ihrem Umriß unterzubringen, waren sie ihm viel zu groß geworden, und nun standen sie vorn in dem Bilde, hoch wie ein Kirchturm, ein für alle Mal. Es ging mir durch den Kopf, daß mit diesen Händen wirklich etwas von dem Schicksal der dargestellten Frau überliefert war, aber zugleich empfand ich, daß ich mich viel zu lange mit ihnen einließ. Denn welches Interesse konnte ich an dieser Nonne haben, von der man wahrscheinlich nicht einmal den Namen wußte? Ich weiß, ich hielt es damals für einen Vorwand meiner Verlegenheit, ich meinte sogar nicht ganz wahr zu sein, indem ich mich immer noch mit dieser Malerei beschäftigte. Und doch war es ganz anders. Jetzt, nach so langer Zeit, begreife ich, daß dieses Bild mich anging. Wie so oft alte Bildnisse, hing es da im Saal und enthielt, unter dem Schein einer Unbekannten, das vorhandene Verhängnis des Hauses. Die Äbtissin war gleichgültig, und vielleicht war ihr Leben für andere ohne Bedeutung. Das es *ihre* Hände waren, das ging mir sicher nicht nah, aber daß in diesen grotesk großen Händen das entscheidende, das hinreißende Erlebnis des Malers war, der der Welt gewahr wurde, der sich zum ersten Mal mit allem Glück und aller Mühsal seines Wesens nachfühlend an ihr versuchte: das schaute ich in mich hinein, und jetzt ergreift es mich von innen. Denn genau das gleiche Erlebnis war in diesem Haus unterdrückt worden, wieder und wieder. Hier hatte einer, dem das Herz für die Herrlichkeit zweier Hände aufgegangen war, seine vielen Jahre damit hingebracht sich zu weigern. Eigenmächtig hatte er über sein Leben verfügt und sich gewehrt und anders gewollt. Mit immer neuen Beschäftigungen hatte er seine innerste Aufgabe zu ersticken versucht, und die Beängstigung, mit der ihr Drängen ihn erfüllte, war schließlich so groß geworden, daß er die ganze Welt beunruhigte um seiner Ruhe Willen. War er nun ruhig? Man stand vor ihm, man zwang sich aufzusehen, man wußte es nicht. Unwillkürlich sah man um sich, aber es war nirgends ein Beweis dafür, daß in diesem gewissensgeizigen Greis der Kampf zu Ende war. Wie, wenn die ungeheuer angewachsene Forderung seines Werkes sich noch einmal in ihm erhübe? Wie, wenn er Recht gehabt hätte mit seiner vielen Todesfurcht, weil er nun doch enden würde als einer, der am Beginn unterbrochen war? Es war kein Zimmer in diesem Haus, in dem er sich nicht gefürchtet hatte zu sterben. Hier irgendwo war er auf und ab gegangen und hatte an jenen Knaben gedacht, der mit dreizehn Jahren gestorben war, wozu, mit welchem Recht? Oder die grausamen Tage in Hyères waren ihm eingefallen, da sein Bruder Nikolai sich auf einmal veränderte, nachgab und sich pflegen ließ. Er veränderte sich auch. Und mit einem Entsetzen ohnegleichen ahnte er, daß sein Inneres kaum angefangen war; daß er, wenn er jetzt stürbe, nicht lebensfähig sein würde im Jenseits; daß man sich dort schämen würde für seine rudimentäre Seele und sie in der Ewigkeit verstecken würde wie eine Frühgeburt. Er sah nicht, daß diese Angst die Angst seines Stolzes war. Er merkte nicht, wieviel Ungeduld und Eitelkeit darin lag, daß er die Liebe aus seiner Arbeit riß um sie schier aufzuzeigen und allen damit Gewalt anzutun. Er wußte nicht, daß seine neue Stimme für den Ruhm, den er verjagen wollte, nur ein noch lauterer Lockruf war. Und niemand sagte es ihm. Wir bringen es kaum über uns, dem Gang solcher Versuchungen nachzugehen ohne die Spur eines Engels zu suchen, der vielleicht hätte gebraucht werden können. Und doch erschrickt man, wenn man wirklich in der Nähe dieses Lebens die große Liebende entdeckt, die umsonst gewesen war. Zwar damals lebte sie nicht mehr. Aber hatte er sich nicht an Tatjana Alexandrowna von Kindheit auf, mit allen Instinkten seines Herzens geheftet? Und war es nicht später in ihrer Stube, wo ihn immer wieder die Macht der Arbeit überkam, mit so elementischer Freudigkeit, daß an Widerspruch nicht zu denken war? Ist es ein Aberglaube, zu meinen, sie hätte, mit der klaren Aussicht der Liebenden, alles irgendwie vorausgesehen. Muß sie nicht um die Todesfurcht gewußt haben, die über dieses Haus hereinbrechen würde, damals als sie, einige Jahre vor ihrem Tod, in ihrem Zimmer sich plötzlich abwandte und bat, man möchte ihr ein anderes geben, ein schlechteres, damit auf dieses gute hier nicht die Nebenbedeutung ihres Sterbens fiele und es für später verdürbe? Und mit welcher Vorsicht und Reinlichkeit starb sie dann nicht. Ihre wertlosen Dinge waren zusammengestellt; es sah aus, als ließe sie sie nur zurück, weil sie nicht denken mochte, daß ihr etwas gehöre. Vielleicht geschah es aus demselben Grund, daß sie nichts vernichtet hatte; es paßte zu ihr, daß sie nichts für das endgültige Eigentum ihres Herzens hielt und meinte, es müsse alles gewissenhaft zurückgegeben werden an Gottes strenges Ärar. Oder war es doch die letzte Aufgabe ihrer schweren Liebe, daß in der kleinen perlengestickten Tasche der Zettel mit ihrem alten Geheimnis geblieben war? Sollte er ihm in die Hände fallen? Sollte er lesen, was er nicht verstanden hatte solang sie war, daß sie, in allem Verzicht, ihr inneres Werk nicht unterdrückt hatte, sondern nur seine zeitliche Eitelkeit. Er las es. Er warf ihr vor, daß sie nur um seines Vaters willen hatte lieben können. Er verurteilte sie fast. Er begriff es nicht mehr.

INHALT

ZU DIESER AUSGABE

insel taschenbuch 1640: Rainer Maria Rilke, Die Aufzeichnungen des Malte Laurids Brigge. Geschrieben: 8. Februar 1904 bis 27. Januar 1910. Der überwiegende Teil des Werkes ist erst 1908/09 entstanden. Erstdruck: Insel-Verlag Leipzig 1910. Der vorliegende Text folgt der Ausgabe: Rainer Maria Rilke, Sämtliche Werke. Herausgegeben vom Rilke-Archiv in Verbindung mit Ruth Sieber-Rilke. Besorgt durch Ernst Zinn. Sechster Band: Die Aufzeichnungen des Malte Laurids Brigge. Prosa 1906–1926. Insel Verlag Frankfurt am Main 1966. In der vorliegenden Form erschien diese Ausgabe erstmals 1982 im Insel Verlag als insel taschenbuch 630. Umschlagabbildung: Maurice Denis, Die Musen oder Im Park. Öl auf Leinwand, 1893. Ausschnitt. Musée d'Orsay, Paris.

Klassische deutsche Literatur im insel taschenbuch

Bettine von Arnims Armenbuch. Herausgegeben von Werner Vordtriede. it 541

Bettine von Arnim: Goethes Briefwechsel mit einem Kinde. Herausgegeben und eingeleitet von Waldemar Oehlke. Mit zeitgenössischen Abbildungen. it 767

– Die Günderode. Mit einem Essay von Christa Wolf. it 702

Hermann Bote: Till Eulenspiegel. Ein kurzweiliges Buch aus dem Lande Braunschweig. Wie er sein Leben vollbracht hat. Sechsundneunzig seiner Geschichten. Herausgegeben, in die Sprache unserer Zeit übertragen und mit Anmerkungen versehen von Siegfried H. Sichtermann. Mit zeitgenössischen Illustrationen. it 336

Clemens Brentano: Rheinmärchen. In der von Guido Görres herausgegebenen Ausgabe von 1846. Mit Illustrationen von Edward Steinle. it 804

Georg Büchner: Lenz. Erzählung. Mit Oberlins Aufzeichnungen ›Der Dichter Lenz, im Steinthale‹, ausgewählten Briefen von J. M. R. Lenz und einem Nachwort von Jürgen Schröder. it 429

– Leonce und Lena. Ein Lustspiel. Mit farbigen Illustrationen von Karl Walser und einem Nachwort von Jürgen Schröder. it 594

– Woyzeck. Nach den Handschriften neu herausgegeben und kommentiert von Henri Poschmann. it 846

Gottfried August Bürger: Wunderbare Reisen zu Wasser und zu Lande. Feldzüge und lustige Abenteuer des Freiherrn von Münchhausen, wie er dieselben bei der Flasche im Zirkel seiner Freunde selbst zu erzählen pflegt. Mit den Holzschnitten von Gustave Doré. it 207

Wilhelm Busch: Kritisch-Allzukritisches. Gedichte. Ausgewählt und mit einem Nachwort von Theo Schlee. Mit Illustrationen von Wilhelm Busch. it 52

Adelbert von Chamisso: Peter Schlemihls wundersame Geschichte. Nachwort von Thomas Mann. Illustriert von Emil Preetorius. it 27

Matthias Claudius: Der Wandsbecker Bote. Mit einem Vorwort von Peter Suhrkamp und einem Nachwort von Hermann Hesse. it 130

Annette von Droste-Hülshoff: Die Judenbuche. Ein Sittengemälde aus dem gebirgichten Westfalen. Mit Illustrationen von Max Unold. it 399

– Sämtliche Gedichte. Mit einem Nachwort von Ricarda Huch. it 1092

Marie von Ebner-Eschenbach: Dorf- und Schloßgeschichten. Mit einem Nachwort von Joseph Peter Strelka. it 1272

Johann Peter Eckermann: Gespräche mit Goethe in den letzten Jahren seines Lebens. 2 Bde. Herausgegeben von Fritz Bergemann. it 500

161/1/8.92

Klassische deutsche Literatur im insel taschenbuch

Joseph von Eichendorff: Aus dem Leben eines Taugenichts. Mit Illustrationen von Adolf Schrödter und einem Nachwort von Ansgar Hillach. it 202
- Gedichte. Mit Zeichnungen von Otto Ubbelohde. Herausgegeben von Traude Dienel. it 255
- Gedichte. In chronologischer Folge herausgegeben von Hartwig Schultz. it 1060
- Novellen und Gedichte. Ausgewählt und eingeleitet von Hermann Hesse. it 360

Theodor Fontane: Cécile. Mit einem Nachwort von Walter Müller-Seidel. it 689
- Effi Briest. Mit 21 Lithographien von Max Liebermann. it 138
- Frau Jenny Treibel oder ›Wo sich Herz zum Herzen findt‹. Roman. Mit einem Nachwort von Richard Brinkmann. it 746
- Grete Minde. Mit einem Nachwort von Peter Demetz. it 1157
- Herr von Ribbeck auf Ribbeck. Gedichte und Balladen. Herausgegeben von Gottfried Honnefelder. it 1446
- Irrungen, Wirrungen. Mit einem Nachwort von Walther Killy. it 771
- Jenseit des Tweed. Bilder und Briefe aus Schottland. Mit zahlreichen Abbildungen und einem Nachwort herausgegeben von Otto Drude. it 1066
- Kriegsgefangen. Erlebnisse 1870. Herausgegeben von Otto Drude. Mit zahlreichen Abbildungen. it 1437
- Mathilde Möhring. Mit einem Nachwort von Peter Demetz. it 1107
- Meine Kinderjahre. Autobiographischer Roman. Mit einem Nachwort von Otto Drude. it 705
- Die Poggenpuhls. Roman. it 1271
- Schach von Wuthenow. Erzählung aus der Zeit des Regiments Gendarmes. Mit einem Nachwort von Benno von Wiese. it 816
- Der Stechlin. Mit einem Nachwort von Walter Müller-Seidel. it 152
- Stine. Roman. Mit einem Nachwort von Peter Demetz. it 899
- Unwiederbringlich. Roman. it 286
- Vor dem Sturm. Roman, aus dem Winter 1812 auf 13. Mit einem Nachwort von Hugo Aust. it 583
- Wanderungen durch die Mark Brandenburg. 5 Bde. in Kassette. Herausgegeben von Gotthard Erler und Rudolf Mingau. it 1181-1185

  Band I: Die Grafschaft Ruppin. it 1181
  Band II: Das Oderland. it 1182
  Band III: Havelland. it 1183
  Band IV: Spreeland. it 1184
  Band V: Fünf Schlösser. it 1185

161/2/8.92

Klassische deutsche Literatur im insel taschenbuch

Georg Forster: Reise um die Welt. Herausgegeben und mit einem Nachwort von Gerhard Steiner. it 757

Das Gespensterbuch. Herausgegeben von Johann August Apel und Friedrich Laun. Ausgewählt von Robert Stockhammer. it 1388

Johann Wolfgang Goethe: Dichtung und Wahrheit. 3 Bde. in Kassette. Mit Bildmaterial. it 149-151

– Elegie von Marienbad. September 1823. Faksimile einer Urhandschrift. Herausgegeben von Christoph Michel und Jürgen Behrens. Mit einem Geleitwort von Arthur Henkel. it 1250

– Erotische Gedichte. Gedichte, Skizzen und Fragmente. Herausgegeben von Andreas Ammer. it 1225

– Faust. Erster Teil. Nachwort von Jörn Göres. Illustrationen von Eugène Delacroix. it 50

– Faust. Zweiter Teil. Mit Federzeichnungen von Max Beckmann. Mit einem Nachwort zum Text von Jörn Göres und zu den Zeichnungen von Friedhelm Fischer. it 100

– Gedichte. Sämtliche Gedichte in zeitlicher Folge. Herausgegeben von Heinz Nicolai. it 1400

– Hermann und Dorothea. Mit Aufsätzen von August Wilhelm Schlegel, Wilhelm von Humboldt, Georg Wilhelm Friedrich Hegel und Hermann Hettner. Mit zehn Kupfern von Catel. it 225

– Italienische Reise. Mit vierzig Zeichnungen des Autors. Herausgegeben und mit einem Nachwort versehen von Christoph Michel. it 175

– Tagebuch der Italienischen Reise 1786. Notizen und Briefe aus Italien. Mit Skizzen und Zeichnungen des Autors. Herausgegeben und erläutert von Christoph Michel. it 176

– Die Leiden des jungen Werther. Mit einem Essay von Georg Lukács und einem Nachwort von Jörn Göres. Mit zeitgenössischen Illustrationen von Daniel Nikolaus Chodowiecki und anderen. it 25

– Märchen. Der neue Paris. Die neue Melusine. Das Märchen. Herausgegeben und erläutert von Katharina Mommsen. it 825

– Der Mann von funfzig Jahren. Mit einem Nachwort von Adolf Muschg. it 850

– Maximen und Reflexionen. Text der Ausgabe von 1907 mit den Erläuterungen und der Einleitung Max Heckers. Nachwort von Isabella Kuhn. it 200

– Novelle. Mit Federzeichnungen von Max Liebermann und einem Nachwort von Paul Stöcklein. Großdruck. it 2301

– Novellen. Herausgegeben und mit einem Nachwort versehen von Katharina Mommsen. Mit Federzeichnungen von Max Liebermann. it 425

161/3/8.92

Klassische deutsche Literatur im insel taschenbuch

Johann Wolfgang Goethe: Reineke Fuchs. Mit Stahlstichen nach Zeichnungen von Wilhelm Kaulbach. it 125

– Römische Elegien und Venezianische Epigramme. Herausgegeben von Regine Otto. it 1150

– Schriften zur Naturwissenschaft. Ausgewählt und herausgegeben von Horst Günther. Mit Zeichnungen von Goethe. it 550

– Tagebuch der ersten Schweizer Reise 1775. Goethes letzte Schweizer Reise. Mit den Zeichnungen des Autors und einem vollständigen Faksimile der Handschrift, herausgegeben und erläutert von Hans-Georg Dewitz. it 300/375

– Unterhaltungen deutscher Ausgewanderten. Mit einem Nachwort herausgegeben von Gert Ueding. it 1050

– Die Wahlverwandtschaften. Ein Roman. Erläuterungen von Hans-J. Weitz. Mit einem Essay von Walter Benjamin. it 1

– West-östlicher Divan. Mit Essays zum ›Divan‹ von Hugo von Hofmannsthal, Oskar Loerke und Karl Krolow. Herausgegeben und mit Erläuterungen versehen von Hans-J. Weitz. it 75

– Wilhelm Meisters Lehrjahre. Herausgegeben von Erich Schmitt. Mit sechs Kupferstichen von Catel, sieben Musikbeispielen und Anmerkungen. it 475

– Wilhelm Meisters Wanderjahre oder die Entsagenden. Mit einem Nachwort von Adolf Muschg. it 575

Goethes Briefe an Charlotte von Stein. 3 Bde. in Kassette. Herausgegeben von Julius Petersen. it 1125

Goethes Feste. Festliche Texte. Ausgewählt und mit einem Nachwort versehen von Uwe Hebekus. Mit zahlreichen Abbildungen. it 1325

Goethes Gedanken über Musik. Eine Sammlung aus seinen Werken, Briefen, Gesprächen und Tagebüchern. Herausgegeben von Hedwig Walwei-Wiegelmann. Mit achtundvierzig Abbildungen erläutert von Hartmut Schmidt. it 800

Goethes Liebesgedichte. Herausgegeben von Hans Gerhard Gräf mit einem Nachwort von Emil Staiger. it 275

Der Briefwechsel zwischen Schiller und Goethe. 2 Bde. Herausgegeben von Emil Staiger. Mit Illustrationen. Bildkommentar von Hans-Georg Dewitz. it 250

Johann Wolfgang von Goethe / Friedrich von Schiller: Sämtliche Balladen und Romanzen in zeitlicher Folge. Herausgegeben von Karl Eibl. it 1275

Manfred Wenzel: Goethe und die Medizin. Selbstzeugnisse und Dokumente. Mit zahlreichen Abbildungen. it 1350

161/4/8.92

Klassische deutsche Literatur im insel taschenbuch

Jeremias Gotthelf: Die schwarze Spinne. Mit Illustrationen von Renate Sendler-Peters. it 991

Hans Jakob Christoffel von Grimmelshausen: Der abenteuerliche Simplicissimus. Mit Zeichnungen von Fritz Kredel. it 739

Karoline von Günderode: Gedichte. Herausgegeben von Franz Josef Görtz. it 809

Hartmann von Aue: Hartmann von Aue erzählt. Der arme Heinrich. Gregorius oder Der gute Sünder Erec. Iwein oder der Löwenritter. Aus dem Mittelhochdeutschen von Lambertus Okken. it 1417

Wilhelm Hauff: Märchen. Herausgegeben von Bernhard Zeller. Mit Illustrationen von Theodor Weber, Theodor Hosemann und Ludwig Burger. it 216

Johann Peter Hebel: Kalendergeschichten. Ausgewählt und mit einem Nachwort von Ernst Bloch. Mit neunzehn Holzschnitten von Ludwig Richter. it 17

– Schatzkästlein des rheinischen Hausfreundes. Nachdruck der Ausgabe von 1811 sowie sämtliche Kalendergeschichten aus dem »Rheinländischen Hausfreund« der Jahre 1808-1819. Herausgegeben und mit einem Nachwort versehen von Jan Knopf. it 719

Heinrich Heine: Briefe aus Berlin. Herausgegeben von Joseph A. Kruse. it 1322

– Buch der Lieder. Mit zeitgenössischen Illustrationen und einem Nachwort von E. Galley. it 33

– Deutschland. Ein Wintermärchen. Mit einem Nachwort von Joseph Peter Strelka. Anhang mit Bibliographie und einer Zeittafel. it 723

– Florentinische Nächte. Mit Illustrationen von Wilhelm Wagner. it 923

– Italien. Mit farbigen Illustrationen von Paul Scheurich. it 1072

– Liebesgedichte. In einer Auswahl von Thomas Brasch. it 1444

– Neue Gedichte. it 1055

– Der Rabbi von Bacherach. Ein Fragment. Mit Illustrationen von Max Liebermann und einem Nachwort von Joseph A. Kruse. it 811

– Reisebilder. Mit einem Nachwort von Joseph A. Kruse und zeitgenössischen Illustrationen. it 444

– Romanzero. Mit einem Nachwort von Joseph A. Kruse und zeitgenössischen Illustrationen. it 538

Friedrich Hölderlin: Gedichte. Herausgegeben und mit Erläuterungen versehen von Jochen Schmidt. it 781

– Hyperion oder Der Eremit in Griechenland. Herausgegeben und mit einem Nachwort versehen von Jochen Schmidt. it 365

161/5/8.92

161/6/8.92

Klassische deutsche Literatur im insel taschenbuch

Gottfried Keller: Die Leute von Seldwyla. Vollständige Ausgabe der Novellensammlung. Mit einem Nachwort von Gerhard Kaiser. it 958

– Romeo und Julia auf dem Dorfe. Mit einem Kommentar und einem Nachwort von Klaus Jeziorkowski. it 756

– Züricher Novellen. Mit einem Nachwort von Werner Weber. it 201

Heinrich von Kleist: Werke in vier Bänden. 4 Bände in Kassette. Herausgegeben von Siegfried Streller. it 981-984

Band 1: Dramen I. Die Familie Schroffenstein. Robert Guiskard. Der zerbrochne Krug. Amphitryon. it 981

Band 2: Dramen II. Penthesilea. Das Käthchen von Heilbronn. Die Hermannsschlacht. Prinz Friedrich von Homburg. it 982

Band 3: Erzählungen, Gedichte, Anekdoten. it 983

Band 4: Briefe. it 984

– Die Marquise von O... Mit Materialien und Bildern zu dem Film von Eric Rohmer und einem Aufsatz von Heinz Politzer. Herausgegeben von Werner Berthel. Übersetzungen aus dem Französischen von Werner Berthel. it 299

– Die Marquise von O... Großdruck. it 2307

– Michael Kohlhaas. Aus einer alten Chronik. Mit einem Nachwort von Jochen Schmidt. it 1352

– Der zerbrochne Krug. Ein Lustspiel. Mit Holzstichen von Adolph Menzel und einem Nachwort von Hans Joachim Piechotta. it 171

August Klingemann: Nachtwachen von Bonaventura. Mit Illustrationen von Lovis Corinth. Herausgegeben und mit einem Nachwort versehen von Jost Schillemeit. it 89

Johann C. Lavater: Physiognomische Fragmente. Herausgegeben von Karl Riha und Carsten Zelle. Mit zahlreichen Abbildungen. it 1366

Jakob Michael Reinhold Lenz: Werke und Briefe in drei Bänden. Herausgegeben von Sigrid Damm. it 1441-1443

Band 1: Dramen. Übersetzungen. Herausgegeben von Sigrid Damm. it 1441

Band 2: Prosadichtungen, Übertragungen, Theoretische Schriften. Herausgegeben von Sigrid Damm. it 1442

Band 3: Gedichte und Briefe. Herausgegeben von Sigrid Damm. it 1443

Gotthold Ephraim Lessing: Dramen. Mit einem Nachwort herausgegeben von Kurt Wölfel. it 714

Georg Christoph Lichtenberg: Schriften und Briefe. 4 Bände in Kassette. Herausgegeben von Franz H. Mautner. it 1360

– Aphorismen. In einer Auswahl. Herausgegeben und mit einem Nachwort versehen von Kurt Batt. it 165

161/7/8.92

Klassische deutsche Literatur
im insel taschenbuch

Georg Christoph Lichtenberg: Sudelbücher. Herausgegeben von Franz H. Mautner. Mit einem Nachwort, Anmerkungen zum Text, einer Konkordanz der Aphorismen-Nummern und einer Zeittafel. it 792

Liselotte von der Pfalz: Briefe. Herausgegeben und eingeleitet von Helmuth Kiesel. Mit zeitgenössischen Portraits. it 428

Märchen der Romantik. Mit zeitgenössischen Illustrationen. Herausgegeben von Maria Dessauer. it 285

Meister Eckhart: Das Buch der göttlichen Tröstung. Ins Neuhochdeutsche übertragen von Josef Quint. it 1005

Conrad Ferdinand Meyer: Jürg Jenatsch. Eine Bündnergeschichte. Mit einem Nachwort von Reto Hänny. it 862

Eduard Mörike: Alte unnennbare Tage ... Ausgewählte Gedichte. Herausgegeben und mit einem Vorwort von Hermann Hesse, Zeichnungen von Eduard Mörike und einem Essay von Wolf von Niebelschütz. it 246

– Die Historie von der schönen Lau. Mit Illustrationen von Moritz von Schwind und einem Nachwort von Traude Dienel. it 72

– Maler Nolten. Novelle in zwei Teilen. Erste Fassung. Mit zeitgenössischen Illustrationen und einem Nachwort von Wolfgang Vogelmann. it 404

– Mozart auf der Reise nach Prag. Eine Novelle. Mit Illustrationen von Hugo Steiner-Prag und einem Nachwort von Traude Dienel. it 376

– Mozart auf der Reise nach Prag. Novelle. Mit Illustrationen von Gunter Böhmer. Großdruck. it 2320

– Die schönsten Erzählungen. Ausgewählt von Herrmann Hesse. it 1290

Karl Philipp Moritz: Anton Reiser. Ein psychologischer Roman. Mit einem Nachwort von Max von Brück. it 433

Friedrich de la Motte-Fouqué: Undine. Ein Märchen von Friedrich de la Motte-Fouqué. Musik von E.T.A. Hoffmann. Mit Bildern von Karl Friedrich Schinkel. Mit einem Essay von Ute Schmidt-Berger. it 1353

Johann Karl August Musäus: Rübezahl. Für die Jugend von Christian Morgenstern. Mit Illustrationen von Max Slevogt. it 73

Johann Nestroy: Nestroy für Minuten. ›Das ist klassisch‹. Herausgegeben und mit einer Vorrede von Egon Friedell. Mit acht Rollenbildern. it 818

Novalis: Aphorismen. Herausgegeben von Michael Brucker. it 1434

– Gedichte. Die Lehrlinge zu Sais – Dialogen und Monolog. Mit einem Nachwort von Jochen Hörisch. it 1010

– Heinrich von Ofterdingen. Herausgegeben von Jochen Hörisch. Mit zeitgenössischen Abbildungen. it 596

161/8/8.92